ちくま学芸文庫

ホームズと推理小説の時代

中尾真理

筑摩書房

目次

第二部　推理小説の黄金時代（イギリスの場合）　143

ホームズと推理小説の時代

日本シャーロック・ホームズ・クラブ関西支部のみなさまへ

前書き

サー・アーサー・コナン・ドイルが創造したシャーロック・ホームズという探偵の物語は世界的に有名になり、今では推理小説の中の人物というだけでなく、探偵、私立探偵、非凡な推理力を持つ人、という意味の普通名詞にもなっている。それほどよく知られ、愛された人物を生み出した作家なのだから、コナン・ドイルは英文学の偉大な伝統を受け継ぐ作家として尊敬され、その作品は重要な文学作品として認められてきたかというと、そうではなかった。英文学史の中でコナン・ドイルが大きくとりあげられることはなかったし、『シャーロック・ホームズの冒険』や『シャーロック・ホームズの思い出』が文学作品として研究されることは、まずなかった。よく知られ、愛されてきたとは言っても、シェイクスピアやジェイン・オースティン、チャールズ・ディケンズとはその点が違っている。イギリスが誇る国民的な作家であるシェイクスピアはもちろん、オースティンもディケンズも、演劇や映画で繰り返し取り上げられ、世間に知られる名作として愛読されてきた。それだけではない。彼らは作家として尊敬され、その作品は英文学として大学での研究対象となっている。

しかし、アーサー・コナン・ドイルの『シャーロック・ホームズの冒険』は、今のところ、探偵小説、推理小説というジャンルに入れられ、英国文化のひとつの代表ではあるが、サブ・カルチュアと考えられている。『不思議の国のアリス』や『宝島』『メアリー・ポピンズ』などのイギリス児童文学も、同様に、英国の代表的サブ・カルチュアの一角を占めている。もっともこれは今のところは、であって、将来はわからない。このサブ・カルチュアというもの、侮れない人気と影響力を持っていることがよく知られるようになった。ディケンズでさえ、かつては英文学の中で一段低い大衆文学と見られていた時代もあったのだ。

推理小説が、コナン・ドイルによって創造されたシャーロック・ホームズの活躍によって、世間に広く知られるようになって百三十年余り、今ではもっとも人気のあるジャンルとなった。架空の人物ながら、シャーロック・ホームズは、英国を代表する人物として、エリザベス女王やビートルズと並ぶ存在感と知名度を誇っている。時代は常に動いている。コナン・ドイルとシャーロック・ホームズが英文学史の中で重要な位置付けを獲得する日も近いのかもしれない。

ところで、ヴィクトリア朝時代のロンドンで、拡大鏡を片手に、元軍医のワトスンと縦横に活躍した鷲のように鋭い目の、細身で寡黙なホームズに、私たちがひきつけられるのはなぜだろうか。

本書では、そのような疑問をもとに推理小説がどのようにして生まれ、どのように展開していったかを、シャーロック・ホームズを基点にしてたどってみた。具体的には、『シャーロック・ホームズの冒険』が『ストランド・マガジン』という雑誌に連載され、俄然人気を博した十九世紀末から二十世紀初期にかけてと、その後、続々と生まれた推理小説の黄金時代と言われる一九一〇年代から三〇年代にかけてのイギリスとアメリカ、さらに日本の推理小説の誕生と発展の様子を見ていくこととする。ホームズという非凡な探偵の活躍は、ワトスンという凡庸だが誠実な人物の存在なしには語れない。ホームズ以後の探偵はどれもホームズ＝ワトスンのコンビを意識した探偵像となっている。本書は、したがって、名探偵とその唯一無二の友人、ホームズとワトスンの系譜でもある。

用語について、および三つのミステリー小説論と、引用の訳について

推理小説、古くは探偵小説と言ったが、本書ではほぼ同義で使っている。探偵その人に力点がある場合は、あえて探偵小説の語を使っている箇所もある。英語で言えば「ミステリー（mystery）」あるいは、「ディテクティヴ・ストーリー（detective story）」である。し

たがって、推理小説でもミステリーでも、まったくかまわない。

「犯罪小説＝クライム・フィクション（crime fiction）」という呼称もあるが、本書は犯罪について語っているわけではないので、この語は使っていない。また、アメリカの口語で、「フーダニット（whodunit）」という呼び方もあるが、これはもともと一九三〇年代のアメリカの俗語で、Who done it?（誰がやったのか？）という正しくない英語をさらに崩した言い方である。俗語を振り回すのは筆者の趣味ではなく、本書で扱う探偵像ともあわないので、この呼称は避けることにした。しかし、こだわるわけではないので、どれもほぼ似たようなものだと思っていただいてよろしいのである。

推理小説についてはすでに三つの優れた推理小説論がある。すなわち、高橋哲雄『ミステリーの社会学』（中公新書、一九八九）、廣野由美子『ミステリーの人間学』（岩波新書、二〇〇九）、丸谷才一『快楽としてのミステリー』（ちくま文庫、二〇一二）である。丸谷才一のものは出版年こそ新しいが、一九五三年から二〇一二年の間に発表された小論、短編、書評を集めたアンソロジーなので、書かれた年代から見ると、三冊の中ではこれがもっとも古いとも言える。いずれも推理小説と言わず、ミステリーの用語を使っているが、意味としては同じであろう。三冊はどれも読みやすく、興味深いが、テーマは少しずつ違っている。それぞれの副題を見れば、一目瞭然だろう。高橋哲雄『ミステリーの社会学』は副題が「近代的「気晴らし」の条件」、廣野由美子『ミステリーの人間学』は「英国古典探偵小説を読む」である。丸谷才一『快楽としてのミステリー』は他にちくま文庫から同じ著者で『快楽としての読書』日本編、海外編があるのと合わせた「快楽シリーズ」の一環である。高橋氏は社会学者・経済学者としての立場から、ミステリーというイギリス特有の「気晴らし」文化を論じている。廣野氏のは英文学者の立場から、英文学の一角を占める古典的探偵小説を精密に読んだもので、ドイル、チェスタトン、クリスティの他にチャールズ・ディケンズやウィルキー・コリンズが論じられている。丸谷才一も英文学者だが、小説家・評論家として世間に知られている人らしく、ミステリーを快楽として読む贅沢について、悠然と語っている。中でも「ホームズ学の諸問題」は、ドイルのルーズな書きぶりのせいで正確さと一貫性の点において、星の数ほどもある原典の矛盾を後世のシャーロッキアンが見逃さず、いかに愛情こめて対処しているかを、解き明かしている。いわば、ホームズ学の大本を示すシャーロッキアン必読のエッセイである。丸谷氏の「ホームズ学の諸問題」から、そのエッセンスともいうべき箇所をあげてみよう。

「ホームズ学」はもともと学問のパロディである。(『快楽としてのミステリー』二〇六頁)

要するに、精緻(＝煩瑣《はんさ》)をきわめた冗談である(二一二頁)、ということらしい。

日本の推理小説については最近、堀啓子『日本のミステリー小説史』（中公新書、二〇一四）が出て、おもしろく読み、参考にさせていただいた。

なお、本書で引用した文章の訳は、シャーロック・ホームズの作品とコナン・ドイルの自伝『わが思い出と冒険』に関しては延原謙の訳である。ドイル以外の作家の作品は、訳者名を入れて、既存の邦訳を使わせていただいた。訳者の記載のない引用はすべて、筆者の訳である。

第一部　『ストランド・マガジン』とシャーロック・ホームズ

第一章　シャーロック・ホームズ登場

『ストランド・マガジン』

世紀末も間近な一八九一年のこと、『ストランド・マガジン（*The Strand Magazine*）』という家庭向け総合雑誌の七月号に、「ボヘミアの醜聞」という短編小説が掲載された。アーサー・コナン・ドイル（Arthur Conan Doyle 一八五九〜一九三〇）作、シドニー・パジェットの挿絵付き。シャーロック・ホームズが友人ワトスンと共に、ボヘミア国王の依頼で、オペラ歌手アイリーン・アドラーから写真を取り戻すという物語である。今や普通名詞にもなっている名探偵シャーロック・ホームズの華々しい雑誌デビューだった。以後、一八九一年七月から一八九二年六月まで、『ストランド・マガジン』には一年間にわたって毎月、「赤髪組合」「花婿失踪《しっそう》事件」「ボスコム谷の惨劇」「オレンジの種五つ」「唇の捩れた男」「青いガーネット」「まだらの紐」「技師の親指」「花嫁失踪事件（独身の貴族）」「緑玉石の宝冠」「椈《ぶな》屋敷」の十二編のホームズの冒険が連載された。これらの十二編は、読者から熱狂的に迎えられ、連載終了後『シャーロック・ホームズの冒険』（一八九二）というタイトルで単行本となった。出版したのは、『ストランド・マガジン』の出版元、ジョージ・ニューンズ社である。『ストランド・マガジン』は大衆週刊誌『ティット・ビッツ(Tit Bits)』(一八八一年創刊)で大当たりした雑誌王ニューンズが、上層中産階級をターゲットに一八九一年一月に創刊した、家庭向け総合月刊誌である。

『ストランド・マガジン』に連載を開始したこれら十二編は、ホームズ物語の中でも、粒ぞろいの傑作である。愛読者で人気コンテストをすれば、必ずベスト・テンに入る作品が幾つも含まれている。作者のコナン・ドイルはこれらの短編を一週間に一編のスピードで書いた(河村幹夫『コナン・ドイル』[1])。よほど興が乗っていなければ、十二編もの短編推理小説をこれだけのスピードで書けるものではない。しかし、初めから成功が期待されていたわけではなかった。それどころか、作者は『ストランド・マガジン』に依頼されたわけでもなかった。当時まだ無名だったコナン・ドイルは、掲載の当てもないまま、「ボヘミアの醜聞」と「赤髪組合」の二編を書き、それを『ストランド・マガジン』に送って、創刊されたばかりの、この「高級家庭雑誌」がシャーロック・ホームズものを受け入れてくれるかどうかを打診した。原稿を読んだ『ストランド・マガジン』の編集長グリーンノー・スミスは、すぐに物語の魅力を見ぬき、社長のニューンズの元に駆けつけたという。「エドガー・アラン・ポー以来の、素晴らしいストーリー・テラーが現れたと思った」とグリーンノーは語っている(*Arthur Conan Doyle: A Life in Letters*)[2]。競合する雑誌が多い中、創刊したばかりの『ストランド・マガジン』は、雑誌の顔であり目玉となる読み物を求めていた。強いインパクトで読者の心を捕らえ、雑誌の売り上げ部数を伸ばすような魅力ある物語が必要だった。高踏すぎず、娯楽性があり、家庭向け総合雑誌にふさわしい内容がのぞまれた。

編集長が見抜いた通り、シャーロック・ホームズを主人公にしたコナン・ドイルの短編小説は、掲載されるとたちまち読者の心をつかんだ。ホームズの連載後、『ストランド・マガジン』は、三十万部だった売り上げを五十万部にまで伸ばしたという。はじめは、一編につき三十五ポンドの原稿料で六編を掲載する予定でスタートしたが、読者の人気を見て編集側はコナン・ドイルに、さらに六編の追加を依頼した。原稿料として、倍に近い一編五十ポンドを約束している。それほどまでに『ストランド・マガジン』としてはホームズを手放したくなかったのである。

編集長の思惑通り、シャーロック・ホームズは『ストランド・マガジン』を代表する人気読み物となり、連載はその後三十数年に及んだ。

『緋色の研究』

しかし、『ストランド・マガジン』には初登場だったが、コナン・ドイルがシャーロック・ホームズを主人公とした探偵小説を書いたのは、実は、これが初めてではない。「ボへミアの醜聞」はホームズものとしては三作目である。ホームズがこの世に最初に登場したのは『緋色の研究（*A Study in Scarlet*）』という長編小説においてであって、一八八七年の『ビートンのクリスマス年鑑（*Beeton's Christmas Annual*）』という雑誌（一八七〇年創刊）に掲載された。この雑誌は名前の如く、毎年クリスマスに出されるもので、『ビートン夫人の家政書』（一八六一）を出したことで有名なサミュエル・ビートン（Samuel Orchart Beeton 一八三一～七七）がクリスマス・シーズンに向けて発行した雑誌の一つである。ビートンは一八六〇年代、七〇年代に活躍した雑誌王である。惜しいことに早世したが、ビートンの雑誌は多くの読者を得ていたので、ウォード・ロック社が版権を買い取り、ビートンの名を冠したまま刊行を続けていた。『緋色の研究』はその『ビートンのクリスマス年鑑』一八八七年号に掲載されたのである。雑誌の写真を見ると、表紙に大きく「緋色の研究（*A Study in Scarlet*）」と書かれており、まるで雑誌全体が『緋色の研究』特別号のような趣になっている。『緋色の研究』は『ビートンのクリスマス年鑑』に載ったあと、単行本になった。しかし、作品自体はたいした反響を得なかった。

そもそも『緋色の研究』は、医師を開業したばかりのコナン・ドイルが一向に患者が来ないために暇を持て余し、医師としての前途に不安を抱いてあれこれ模索していた時代に書いたものである。文筆には自信があったが、作家として身を立てるか、医師を続けるか、葛藤しながら書いたものだった。掲載のあてもなく、原稿をあちこちの雑誌に送ってはみたものの、みな突き返されてしまった。最後に原稿を送ったのが、ウォード・ロック社だったというわけである。ウォード・ロック社へ原稿を送ったのは、そこが「安価な、時には扇情的なものを出しているから」（『わが思い出と冒険』[3]）という理由であった。コナン・ドイルとしては、『コーンヒル・マガジン（*Cornhill Magazine*）』[4]のような、一流の文芸雑誌に掲載してもらいたかったのだが、望みかなわず、仕方なく、二流誌に送ったというところだろう。コナン・ドイルは自伝『わが思い出と冒険（*Memories and Adventures*）』で、ホームズとワトスンがこの世に出るいきさつを語っているが、不満げな調子を隠せない。当時は雑誌の全盛時代で、文才があれば、雑誌に作品を送り、筆一本で、名声と収入を獲得することも可能だった。

ウォード・ロック社のその時の返事がまた、あまり嬉しいものではなかった。「……現在は市場に安い小説が氾濫していますから、本年中の出版は不可能です。しかし、来年までの持ち越しにご異存がなければ、二十五ポンドで版権を買い取りましょう」。『緋色の研究』を「安い小説（cheap fiction）」だと言っているわけではないのだが、コナン・ドイルにすればそう言われたも同然だっただろう。しかも掲載までに一年も待たなければならなかった。それでも他に受け入れてくれる出版社もなく、コナン・ドイルはこれを受け入れざるをえなかった。

こうして、ようやく日の目を見た『緋色の研究』だったが、しかし、ほとんど注目されなかった。シャーロック・ホームズとワトスンを主人公にした第二作目は『リッピンコット月刊マガジン(*Lippincott's Monthly Magazine*)』からの依頼で書いた『四つの署名(*The Sign of Four*)』(一八九〇)である。こちらは依頼されて書いたのであり、しかも、オスカー・ワイルドと同席の場で依頼されたのであるから、張り切って書いたと思われる。長編だが、今回も、『緋色の研究』の場合と同様、一挙掲載である。掲載されたのは一八九〇年の二月号だった。『リッピンコット月刊マガジン』はアメリカ、フィラデルフィアの雑誌だが、ロンドンのウォード・ロック社と提携し、英米同時発売をしていた。しかし、作者にとって残念なことに、今回もまた、たいして話題にはならなかった。コナン・ドイルは相変わらず無名で、シャーロック・ホームズは注目されなかった。したがって、シャーロック・ホームズの名推理と、友人ワトスンとの共同生活をベースにした物語が広く世間に知られるようになったのは、『ストランド・マガジン』の連載が始まってからのことである。そういう意味では、「ボヘミアの醜聞」がシャーロック・ホームズの事実上のデビュー作だといっても過言ではない。最初の二作は長編だったが、今度は短編での勝負だった。

コナン・ドイルの工夫

シャーロック・ホームズを短編形式にしたことについては、コナン・ドイルなりの工夫と目算があった。作家として活躍するには、まず雑誌に作品が掲載される必要がある。そして、その掲載が一回限りではなく、長く続いてくれることが望ましい。ニューンズが創刊したばかりの家庭向け総合雑誌『ストランド・マガジン』に自分の作品を連載してもらうにはどうすればいいか。コナン・ドイルは長編ではなく、一回読み切りの短編にして売り出そうと考えたのである。

> 一人の人物が各号で活躍するような話はどうであろうか。それで読者をひきつけられれば、その雑誌へ読者をひきつけることになる。これに反して普通の続きものは、どうかして読者が一号読み通すとあとは興味が薄れるから、雑誌のためになるどころか、かえって邪魔ものになる。そこで理想的なのは明らかに一人の人物がずっと活躍し、しかも一つの話はその号だけで完結するのだ。そうすれば読者はいつでもその雑誌を完全に楽しむことができる……考えた末、中心人物にはシャーロック・ホームズがよかろうと思った。（『わが思い出と冒険』[5]）

たいした評判にはならなかったが、コナン・ドイルは、ホームズとワトスンを主人公にした推理冒険物語に自信があったのだろう。探偵小説というジャンルは、コナン・ドイルが創始したものではなく、エドガー・アラン・ポー（Edgar Allan Poe）やガボリオ（Emile

Gaboriau）などの先例があった。推理分析に優れた才人を探偵に、凡庸な常識人を語り手にするという組み合わせも、また、独身男性同士の気楽な下宿生活という基本設定も、先輩のエドガー・アラン・ポーに倣《なら》ったものである。コナン・ドイルの功績は、ホームズを典型的な英国紳士にしたことだろう。ホームズは代々地方地主であった家の三男坊[6]で、「ギリシア語通訳」や「グロリア・スコット号」に示されているように、オックスフォードかケンブリッジか明らかではないが、とにかくオックスブリッジの出身である。友人のワトスンはロンドン大学で医学博士の学位をとった元軍医。時は大英帝国の最盛期、アメリカは独立したが、オーストラリア、インド、アフリカに及ぶ広大な植民地を背景に持つ帝都ロンドンで、気ままな下宿生活を送る二人は、近代的な都会生活者である。芸術家気質で化学実験を趣味とするボヘミアン、しかも顧問探偵（consulting detective）[7]という、世界でただ一人の職業を名乗るシャーロック・ホームズと、退役軍人からのちに開業医に転身する、友人のワトスン。この二人の自由業専門職・独身組の生活は、現代にあっても充分魅力的である。ただし、世紀末の通常のボヘミアンに比べると、ホームズにもワトスンにもアナーキスト的破壊願望はなく、逆に社会正義感が強かった。コナン・ドイルの思惑通り、『ストランド・マガジン』に登場したホームズとワトスンのコンビは人気を得、看板的な読み物としての地位を獲得することになった。

『シャーロック・ホームズの冒険』

ホームズは探偵小説ブームを巻き起こし、探偵の代名詞となったが、純粋な推理小説としての評価は、実は、日本の推理小説マニアの間で、それほど高くない。特に、本格推理小説好きを称す一部マニアの間で、コナン・ドイルの考案したトリックが話題になることはそう多くない。例外は、密室殺人事件である「まだらの紐」と、殺人か自殺かをめぐって拳銃のトリックが問題となる「ソア橋」で、これはマニアの間でも、推理小説の古典的なトリックとして、不動の地位を保っている。『恐怖の谷』も顔のない殺人を扱っているが、暗号文が雑であるという理由で、余り評価は高くない。そもそも、ホームズの活躍する事件の中には、これが純粋に推理小説と言えるかどうか、怪しいものも相当数混じっているのだ。『ストランド・マガジン』に連載された、最初の十二編を今一度、見てみよう（表1）。

先にあげた十二編のうち、殺人事件は「ボスコム谷の惨劇」「オレンジの種五つ」「まだらの紐」の三件のみである。その他には、銀行強盗（「赤髪組合」）、宝石泥棒（「緑柱石の宝冠」「青いガーネット」）、贋金作り（「技師の親指」）という重犯罪がある。しかし、中には犯罪とは言い難いものもある。「花婿失踪事件」（原題は「花婿の正体事件"A Case of Identity"」）と「花嫁失踪事件」（原題は「独身の貴族」）がその良い例だ。これは結婚式の式場から花婿、花嫁が姿を消したという、失踪事件を扱っている。「唇の捩れた男」も失

事件（雑誌掲載年月）	事件の場所	主な登場人物	特徴および特記事項
ボヘミアの醜聞（1891年7月）"A Scandal in Bohemia"	ロンドンのセント・ジョンズ・ウッド（アーティストなどの住む高級住宅街）	ボヘミア国王 アイリーン・アドラー（コントラルト歌手） ゴドフリー・ノートン（インナー・テンプルの弁護士）	アイリーン・アドラーはアメリカ生まれ
赤髪組合（1891年8月）"The Red-Headed League"	シティに近いコバーグ・スクエア	ジェイベズ・ウィルスン（質屋） スポールディング（番頭）	シティの銀行の地下金庫にフランス金貨が眠っている。
花婿失踪事件（1891年9月）"A Case of Identity"	ロンドンのトットナム・コート通り	メアリ・サザーランド（タイピストで鉛管工事屋の娘） ホズマ・エンジェル（会社の会計係） 義父ウィンディバンク（酒の外交員）	ウィンディバンク氏は時折フランスに出張する。
ボスコム谷の惨劇（1891年10月）"The Boscombe Valley Mystery"	パディントン発列車で5時間弱の町ロス近郊のボスコム谷	ジョン・ターナー（地主） チャールズ・マッカーシー（ターナーの友人、ターナーからハザリー農場を借りている） ジェイムズ・マッカーシー（息子）	ジョン・ターナー氏はオーストラリアの金鉱で財産を得て、帰国後地主となる。
オレンジの種五つ（1891年11月）"The Five Orange Pips"	サセックス州ホーシャム ウォータールー橋	ジョン・オープンショー（サセックス州ホーシャム在） 伯父ジョウゼフ・オープンショー大佐	依頼人の伯父はかつて、アメリカ南部で、ク・クラックス・クラン（K.K.K.）に加わっていた。
唇の捩れた男（1891年12月）"The Man with the Twisted Lip"	ロンドン橋下手の阿片窟 ロンドン郊外の別荘地	ネヴィル・セント・クレア（郊外に住む裕福な勤め人） ヒュー・ブーン（シティの名物乞食）	阿片窟のあたりには、外国人水夫やインド人用心棒がいる。
青いガーネット（1892年1月）"The Blue Carbuncle"	トットナム・コート通り（大英博物館近辺）	ヘンリー・ベイカー（大英博物館近くのアルファ亭鵞鳥クラブ会員） ジェイムズ・ライダー（コスモポリタン・ホテルのボーイ長）	コヴェント・ガーデンの市場。
まだらの紐（1892年2月）"The Speckled Band"	サリー州ストーク・モーラン	ヘレン・ストーナー 義父ロイロット博士（元インド勤務の医者）	ヘレンは双子の姉を亡くしたばかり。
技師の親指（1892年3月）"The Engineer's Thumb"	レディングから7マイルのスターク大佐の家	ヴィクター・ハザリ（水力技師） ライサンダー・スターク大佐	水圧圧搾機を使った贋金作り。
花嫁失踪事件（独身の貴族）（1892年4月）"The Noble Bachelor"	ハノーヴァー・スクエア（ロンドンの高級住宅街）の教会	セント・サイモン卿（バルモラル公爵次男） ハティ・ドーラン（アメリカ、サンフランシスコ鉱山の出身）	花嫁はカリフォルニアの金鉱成金のひとり娘。
緑柱石の宝冠（1892年5月）"The Beryl Coronet"	南ロンドン郊外ホールダー氏の別荘風屋敷	アレグザンダー・ホールダー（銀行頭取） 英国皇太子（のちのエドワード七世） 姪メアリ	依頼人はシティ第二位の銀行の頭取。
椈屋敷（1892年6月）"The Copper Beeches"	ウィンチェスターから5マイルの椈屋敷	ヴァイオレット・ハンター（住込み家庭教師） ルーカッスル夫妻	先妻の娘アリスはフィラデルフィア在。

表1　『シャーロック・ホームズの冒険』

踪事件で、幕開けに怪しげな阿片窟の描写があり、場所はロンドン橋下手の北岸、荷揚場に近い路地裏である。ホームズは姿を消した夫の身の上を心配する妻からの依頼で、阿片窟に張り込む。シティの名物乞食の正体は？　という意外な結末の物語。「椈屋敷」も、奇妙な条件付きで家庭教師として住み込むことになった若い女性の不安に、ホームズが親身に相談に乗る。以上四話とも、犯罪事件というよりも人生相談に近いものだ。「ボヘミアの醜聞」も同じだろう。ボヘミア王が、若気の至りの後始末を頼みに、お忍びでベイカー街を訪れるという設定で、特に事件性はない。また、「青いガーネット」は宝石泥棒事件、「赤髪組合」は銀行強盗事件に発展するが、大英博物館界隈のパブやコヴェント・ガーデンの鵞鳥《がちょう》商、シティの質屋など、庶民の暮らしの中で起きる小さな出来事が発端で、血なまぐさい殺人事件は絡まない。このような人情話が十二編中、実に七編を占めている。『緋色の研究』では、ホームズが下宿の居間に依頼人を迎え入れ、相談に乗ってやっている様子がワトスンによって次のように描かれている。

> いっしょに住み始めて最初の一週間ばかり、ひとりも来客がなかったので、私はホームズもまた私同様に友人の少ない男なのだろうと決めかけていた。だがまもなく、それは思いちがいで、彼には多くの知人が、しかも広く社会のあらゆる方面に知人のあることがわかった。そのなかのひとりで、血色のすこし悪い、鼠のような顔をした

黒眼のレストレードという男は、たった一週間のうちに三、四回もやってきた。それからある朝は、流行の服装をした若い女性が来て、三十分あまりいたかと思うと、その午後にはごま塩頭の、行商人らしいみすぼらしいユダヤ人が来たが、この男はひどく興奮しているらしかった。その、すぐあとから、だらしない風をした中婆さんがやってきた。

またあるときは、白髪の老紳士が面会にきたこともあるし、綿ビロードの制服を着た鉄道の赤帽もやってきた。これら得体の知れぬ人物がやってくると、ホームズはきまって居間を専用させてくれというので、私はいつも寝室へ退却することにしていた。これについては気の毒だといつも彼はあやまっていた。

「僕はこの部屋を仕事用に使わなきゃならないのでね。あれはみんな僕のところへ頼みにくる客なんだ」（『緋色の研究』第二章）

顧問探偵《コンサルティング・ディテクティヴ》ホームズ

ホームズは自分の仕事について、次のように言っている。

「そう、僕には独自の職業がある。この職業を持っているのは、おそらく世界中で僕ひとりだろうが、実は諮問探偵《コンサルティング・ディテクティヴ》なんだ。といっても君にはわかるかどうか。

いまこのロンドンには国家の刑事《ガヴァメント・ディテクティヴ》や私立探偵《プライヴェート・ディテクティヴ》がたくさんいる。これらの連中が失敗すると、みんな僕のところへやってくるので、僕は正しい手掛かりを得させてやるのだ。依頼者がすべての証拠を僕のまえに提出するので、僕は犯罪史の知識を利用して、たいてい正しい方向を指摘してやることができる」(『緋色の研究』第二章)

要するに、世界でも類を見ない、ただひとりのユニークな職業、「顧問探偵(consulting detective)」だと言うのである(延原謙訳では「諮問探偵」だが、本書では「顧問探偵」で統一した)。

「顧問探偵」というのは、通常の探偵(警察の刑事"police detective"[8]と民間で探偵事務所を開設している私立探偵)が困った時に相談に乗ってやるという、範囲を絞った探偵である。「探偵のためのコンサルタント」というところだろうか。「だいたい犯罪にはきわめて強い類似性がある」ので、たくさんの犯罪を詳しく知っていれば、たいていのものは解決するのだという。ホームズは「過去現在にわたって、犯罪捜査に関して僕ほどの研究を積み、また僕ほどの天分をもつものは、ひとりだっていやしない」と豪語して、同居まもないワトスンを呆れさせる。ホームズが古今の犯罪記録を熟知していることは、再三示されている。またホームズは、自分が探偵の才能に恵まれていることに絶大な自信を持っているが、その才能とは、「観察と推理」なのだとくり返し表明している。その具体例は、依頼人が登場する前後の、ちょっとした逸話の形で示されることが多い。その「観察と推理」の過程を、ホームズは素早くやってのけるので、凡庸なワトスンは驚いてしまうのだが、その程度の「観察と推理」は、ホームズにすれば、一秒も要しないのである。たとえば、『緋色の研究』でワトスンが初対面のホームズに「あなたアフガニスタンに行ってきましたね」と言われた時がその良い例だ。

この「観察と推理」については後（第三章）で詳しく触れるが、エドガー・アラン・ポーの創造した探偵C・オーギュスト・デュパンや、エミール・ガボリオのルコック探偵と同じ方法である。また、過去の事例を広く蓄積しておいて、その情報と照らし合わせるという方法は、実在した世界最初の探偵ヴィドック[9]が取ったと言われている方法でもある。これについても後（第三章）でまた触れたい。

注目すべきは、ホームズが観察と推理の才能と、犯罪についての知識によって、「毎日のパンを得ている」と言っていることだ。探偵を職業としているわけで、そこが素人探偵（amateur detective）とは異なるところである。もっとも、その報酬は特に決まっているわけではなく、相手によって受け取ったり受け取らなかったりしている。実費で結構ですということもあるし（「まだらの紐」「椈屋敷」）、多額の懸賞金を大事そうに懐に収める場合もある（「プライオリ学校」）。そんな鷹揚な取り立てでも、別段、生活に困っている様子はない。すべてをコンサルタント報酬に頼っているわけではなさそうだ。[10]

恩師ジョウゼフ・ベル教授

コナン・ドイルがホームズの原型をエディンバラ大学時代の恩師ジョウゼフ・ベル教授にとったことはよく知られている。[11]『ストランド・マガジン』に連載した十二編を『シャーロック・ホームズの冒険』の題で単行本にした際に、コナン・ドイルが「恩師ジョウゼフ・ベル医学博士に」という献呈の辞をつけているからだ。ベル教授の観察による推理法は、コナン・ドイルの自伝『わが思い出と冒険』の第三章に詳しく書かれている。一般市民の患者が診療に訪れた時のことだ。

「ははあ、君は軍隊にいましたね？」

「そうです」

「近ごろ除隊になったね？」

「そうです」

「高地連隊だね？」

「そうです」

「下士官だったね？」

「そうです」

「バルバドス駐屯隊だね？」

「そうです」

「さて諸君、これはまじめで卑しからぬ人なのに、はいってきても帽子をとらない。軍隊ではそうするのが普通であるが、これは除隊して間がないから、一般市民の風習になれる暇がなかった。見たところ威力があるし、明らかにスコットランド人だ。バルバドスといったのは、この人の訴えている病気は象皮病であるが、この病気は西インド地方のもので、イギリスにはない」[12]

この会話は、『緋色の研究』の海兵隊あがりの便利屋《コミッショネア》に関するホームズの観察、「赤髪組合」のジェイベズ・ウィルスン氏をめぐる推論、「ギリシア語通訳」でマイクロフトとホームズとの間で交わされるやりとりなどに生かされている。ベル教授は容貌もシャーロック・ホームズに似ていたようで、「やせっぽちで眼や髪が黒ずんでおり、鼻が高くて顔つきが鋭く、やせた肩をいからせてひょいひょいと飛ぶように歩いた。声は高くて調子はずれだった」とコナン・ドイルは述懐している。[13] コナン・ドイルと同じエディンバラ大学の卒業生、ロバート・ルイス・スティーヴンソン（Robert Louis Stevenson 一八五〇～九四）は『シャーロック・ホームズの冒険』を一読してすぐに、ホームズのモデルがベル教授であることを見抜いている。コナン・ドイルに宛てた手紙の中で、次のように述べている。

一八九三年四月五日、サモア島アピア、ヴァリマにて。

拝啓

貴君のさまざまなるお気遣いに、もっと早く謝意をお伝えできればよかったと思っています。さて今度は小生の出番です。シャーロック・ホームズの冒険の数々、きわめて独創的、かつ面白く、感服いたしました。歯が痛い時に読みたいような文学ですね。実のところ、貴君の本を読んだ時、小生が患っていたのは、肋膜炎であったのですが。目下、その治療は効果をあげていると申し上げれば、医者である貴君の興味を引くでしょうか。ただ、ひとつだけ気になっていることがあります。もしかしたら、これ、小生も知っているあのジョー・ベルかしら?

敬具

ロバート・ルイス・スティーヴンソン

九歳年上のスティーヴンソンは、コナン・ドイルの大学の先輩であり、流行作家としても大先輩であったので、コナン・ドイル宛の手紙では、改まった中にもくだけた調子を交えている。スティーヴンソンがコナン・ドイルに手紙を送るのはこの時が初めてだったので「拝啓（Dear Sir）」という書き出しだが、次の手紙では「親愛なるコナン・ドイル博士（My Dear Dr. Conan Doyle）」に変わり、一年後のやりとりでは「親愛なるコナン・ドイル君（My Dear Conan Doyle）」になっている。

コナン・ドイル自身、『ブックマン』誌のインタビュー（一八九二年五月）に答えて、次のように語っている。

……シャーロック・ホームズは、言ってみれば、エディンバラ大学の医学部のある教授の私の思い出を、文字通り、そのまま体現化したものです。先生はレッド・インディアンのような顔で、患者の待合室に座っていて、患者が入って来ると、かれらが口を開く前に診断を下したものでした。その症状を言い、その人たちの人生を細部まで言い当て、しかも滅多に間違えませんでした。「諸君」と先生は周りにずらりと立っている僕達学生に向かって言うのです。「この人がコルク職人なのか、スレート職人なのか、私にはわからない。よく見ると、人差し指の片側に小さなタコというか、固くなったところがあり、親指の外側が少し太くなっている。これはこの人がどちらかの職人であるという確かな兆候なのです」。先生の素晴らしい推理能力は時には、たいそうドラマティックでした。「ああ」と別の患者に言うのです。「あなたは兵隊ですね。それも下士官だ。バーミューダにいたでしょう。さて、諸君、どうしてそれが私にわかったのでしょう? この人は帽子を脱がずにこの部屋に入って来た。中隊の事務室に入る時のように。この人は兵隊だったのだ。態度が少し高圧的なのと、この人の年齢を結びつけて考えると、下士官であったことがわかります。額の小さな発疹から、この人がバーミューダにいたことがわかる。その地でしか見られない発疹であるからです」そこから、シャーロック・ホームズの着想を得ました。シャーロックは完全に非人間的で、非情ですが、みごとに論理的な知性を持っているのです。(『*A Life in Letters*』[14] 傍点は筆者)

「アメリカ・インディアンのような」風貌(「背の曲った男」「海軍条約文書事件」)、一目見ただけで、職業や勤務地を言い当てる観察眼と推理、その根拠を解き明かす際の明晰な論理性、これらはまぎれもなくシャーロック・ホームズのやり方であり、口調である。

シャーロック・ホームズの人物像

しかし、ただベル教授直伝の推理法だけで、世界中にシャーロッキアンを生み出すほど愛される名探偵が生まれたわけではない。

では、ホームズとはどんな人物であろうか。

まずは外見である。身長六フィート（一八三センチ）以上、ひどく痩せているので、実際よりよほど高く見える（『緋色の研究』第二章）。眼光鋭く、肉の薄い鷲のような鼻が、全体の風貌に俊敏で果敢な印象を与えている。顎は角ばっていて、決断の人であることを示している。具体的なホームズ像としては、パイプをくわえ、鹿追い帽（ディア・ストーカー）をかぶる、インヴァーネスをまとった姿がお馴染みだが、こうした姿は『ストランド・マガジン』の挿絵を描いたシドニー・パジェット（Sidney Paget 一八六〇〜一九〇八）や、一八九九年以来実に三九年にもわたって舞台でシャーロック・ホームズを演じ続けたアメリカの俳優ウィリアム・ジレット（William Gillette 一八五三〜一九三七）などによって定着したものだ。トレード・マークのパイプについては、シドニー・パジェットの挿絵では、吸い口のまっすぐなパイプだが、ウィリアム・ジレットは吸い口の曲がったパイプを手にしているなど、細かな違いを指摘するシャーロッキアンもいる。大きな拡大鏡や、シルク・ハット、長い部屋着姿など、ホームズは発表当時から繰り返し、視覚化され、舞台化されてきた。コナン・ドイルは恩師ベル教授を思い描いていたが、『ストランド・マガジン』で挿絵を担当したシドニー・パジェットは美男の弟ウォルターをモデルに描いたので、そこから長身でハンサムな紳士像が定着した。コナン・ドイルも、結果的に、これがよかったと認めている（『わが思い出と冒険』[15]）。

パジェットの描いたホームズ像は、舞台俳優のジレットに引き継がれ、ジレットの後はベイジル・ラスボーン[16]（Basil Rathbone 一八九二～一九六七）や、シルク・ハットがよく似合うジェレミー・ブレット[17]（Jeremy Brett 一九三三～一九九五）、最近のBBCドラマ『シャーロック』のベネディクト・カンバーバッチ（Benedict Cumberbatch 一九七六～）にまで受け継がれている。挿絵から舞台へ、映画、テレビへと繰り返し示され、映像化されることによって、折々の時代の好みを反映しながらも、長身の紳士という基本的なホームズ像は変わっていない。

人物像の内側、性格はどうであろうか。作者コナン・ドイルは前述の『ブックマン』誌とのインタビューで、シャーロックの人物像について、「完全に非人間的で非情」と形容しているが、実際はどうだろう。

ワトスンと共同下宿生活に入る時、スタンフォード青年はホームズの奇矯ぶりを強調していた。しかし、いざ実際に暮らしてみると、ホームズは放縦なボヘミアンではなかった。「ホームズはいっしょに暮らしにくい男では決してなかった」（『緋色の研究』第二章）。生活は規則正しく、むしろワトスンの方が朝寝坊でだらしがない。部屋にウィスキーと炭酸《ガソ》水製造機《ジーン》を置いているが、酒飲みではない[18]。シンプスンズやパブ、料理店で料理やお茶を楽しむ一方、事件に集中すると寝食を忘れ、粗末な食事も平気である。いつも身ぎれいにしているが、特におしゃれではない。贅を尽くした生活や快楽を求めないこと、苦行僧のごとく、である。なお、ホームズは初対面のワトスンになんのためらいもなく、共同生活を申し出ているが、おそらく、一瞬の観察眼で、ワトスンが温和な常識人であること、正直で御しやすい人間であることを見抜いたのだろう。また、女性には常に親切だが、女性にはまったく関心がなく、「女性嫌い」である。

ところで、女性嫌いは、ヴィクトリア朝の男性に共通の傾向でもあるのだが、舞台や映画に取り上げられるとき、ホームズの「女性嫌い」は暗礁となるらしく、決まってアイリーン・アドラーが「あの女」として登場してくる。ホームズが男装のアイリーン・アドラーにしてやられ、以後忘れられない女性になったのは事実だが、想いを寄せた女性ではない。女性嫌いではあっても、女性には丁寧であるところが、英国紳士なのである。

嗜好品として欠かせないのは、煙草とコーヒー。一晩で一オンスのシャグ煙草を煙にし、ポット一杯のコーヒーを飲み干している（「唇の捩れた男」）。

そんなホームズの悪癖と言えばコカインで、事件がないと退屈をもてあまし、注射器を取る。

シャーロック・ホームズはマントルピースの隅から壜を取ってきて、きれいなモロッコ革のケースから注射器をとりだした。長くて白い神経質な指さきで注射器に細い針をはめこむと、左腕のシャツの袖をまくりあげた。そのまましばらく無数の注射の跡が残っている筋張った前膊部を感慨深そうに眺めた。それから、鋭い針さきをぶすりと突き刺し、小さなピストンを押しさげると、満足そうに大きな溜息をもらし、ビロード張りの肘掛椅子に深々と沈みこんだ。(『四つの署名』)

この時代、麻薬を取り締まる法律はまだなく、イギリスで「危険薬物取締法(Dangerous Drugs Act)」が制定されたのは一九二〇年のことである。世紀末病である「倦怠《アンニュイ》」をやり過ごす手段として、あるいは芸術的創造のためと称し、芸術家などはむしろ積極的に利用していた。しかし、医者であるワトスンはこれを悪癖と考え、苦心して辞めさせている(「スリー・クウォーターの失踪」)。

ワトスンはホームズと共同生活を始めてすぐに、仕事をしていない時のホームズの倦怠感に気づいている。猛烈に仕事をした後、その反動で、「幾日となくぶっ通しで長椅子に長くなったきり」、口もきかず、「うつろな、夢見るような」眼をしているのを見ると、「彼の平素の節制と潔白を知っていなかったら、なにか麻薬(narcotics)の類に惑溺しているのだと信じたかもしれなかった」(『緋色の研究』第二章)と言っている。ホームズが実際にコカインを使用しているという記述は、『四つの署名』の冒頭のコカイン注射と、結びの「僕か、僕にはコカインがあるさ」とその瓶に手を伸ばす場面、および「ボヘミアの醜聞」の、「独りベーカー街の古巣にふみとどまって古本のなかに埋まり、コカインと功名心——麻薬(the drug)による夢み心地の日と、彼一流の鋭い性格からくるさかんな精力に燃えたつ日の連続を、交互にくりかえしていた」という部分である。これらは初期の三作品であるので、『ストランド・マガジン』でホームズの人気が高まると、その社会的影響を考慮して芸術的刺激のためのコカイン利用は断念されることになったのだろう。

もっとも、ホームズのコカインへの惑溺は、当時は非道徳的で不健康なものと考えられていたが、悪徳とまでは受け止められていなかったという意見もある（山田勝『孤高のダンディズム——シャーロック・ホームズの世紀末』）。むしろホームズの「ひどく怠けものの素質のある」ことの方が問題で、勤勉を美徳としたヴィクトリア朝時代に、「怠惰な性癖」は悪徳であっただろうというのである。[19]

ホームズが夢見がちな目をしているのは、必ずしも麻薬のせいだけではないとするならば、それは彼に芸術家としての素質があるからに違いない。ホームズはワトスンと共同生活をするにあたり、ワトスンがアフガニスタンの戦線から戻ったばかりで、「騒々しいことはすべて御免こうむりたい」と言うと、「ヴァイオリンを弾くのはその騒々しいことに入りますかね」と心配をしている。ホームズのヴァイオリンを弾く腕前は相当なもので、興に乗って即興演奏をするだけでなく、リクエストに答えてワトスンの好きな曲を続けざまに演奏することもできる。事件が落着すると、その足で演奏会に駆けつけるほどの音楽好きでもある。サラサーテや歌劇「ユグノー」、ヴァーグナーなどを聞きに駆けつけている。ホームズ自身、芸術的な天分のあることを自覚しており、「観察の才能と推理力」に恵まれているのは、祖母がフランス人で、ヴェルネという画家の妹だったからだ、と言っている。

「君の場合でいえばだね」と私はいう。「君の話したことから察するに、その観察の才能や推理力というものは、少年時代の訓練によるものだね」

「ある程度そうともいえる」ホームズはじっと考えこんで、「僕の先祖というのは代々いなかの大地主だったのだが、みなその階級にふさわしい大同小異の生活をしていたらしい。だが、この性向はやはり血統からきている。たぶん祖母からうけ継いだものらしい。この祖母はヴェルネというフランス人の画家の妹にあたるんだが、えてして芸術家の血統はいろんな変わった人物を作り出すものだ」(「ギリシア語通訳」)

名探偵と言えば、頭脳の秀でた、人情のかけらもない合理主義者というイメージがあるが、ホームズは芸術家の側面も持っているのである。

その他、友人を作らず、自分より頭の悪い人間に我慢のならないというやっかいな気難しさがあり、時としてワトスンには傲慢な態度をとることもある。その一方で、金銭面にはいたって鷹揚、芝居がかったことが好きで、おだてやすいという一面もあり、慣れてしまえば、友人として付き合いにくいタイプではないだろう。

人気の秘密

シャーロック・ホームズは数ある探偵のうちでも、人気、知名度、共にナンバー・ワンである。有名であるだけでなく、シャーロッキアン（Sherlockian）というマニアが世界中に存在しており、シャーロック・ホームズ・クラブなどという団体を組織している。シャーロッキアンには、各分野の専門家、一般市民、ベネディクト・カンバーバッチ主演のテレビ・ドラマでファンになったという小学生に至るまで、実にさまざまな人がいる。その人たちは大真面目に聖典を研究し、発表をし、和気あいあいと情報交換を楽しんでいる。有名なシャーロッキアンには、ドロシー・L・セイヤーズやレックス・スタウトのような推理小説家、フランクリン・ルーズヴェルト（一八八二〜一九四五）アメリカ大統領、吉田茂元首相[20]（一八七八〜一九六七）、元大蔵次官で和漢詩文の研究もしていた長沼弘毅（一九〇六〜七七）のような人もいる。そうしたシャーロッキアンにとって、ホームズは永遠のヒーローだ。その魅力の秘密は何だろうか。

『ストランド・マガジン』に掲載された最初の作品「ボヘミアの醜聞」で、ホームズがどのように描かれているかを見てみよう。

「ボヘミアの醜聞」は外国の国王や女優の登場する華やかな物語である。まず題名のボヘミアについて。世紀末のボヘミアンと言えば、芸術家や学生が慣習に囚われず、自由奔放に生きる生活をさす。したがって、「ボヘミア」というだけでも放縦なイメージが伝わるところに、「スキャンダル」と来るのだから、堅苦しい道徳観に縛られて生きていたヴィクトリア朝時代の人々は好奇心をそそられただろう。おまけに、ホームズとワトスンのベイカー街の下宿に、仮面をつけ、身分を隠したボヘミア国王が直々に依頼に来るというのだ。当時の人気作家ロバート・L・スティーヴンソンの『新アラビアン・ナイト』（一八八二）のフロリゼル王子の冒険を思わせる題名である。

下宿に現れたボヘミア国王は正体を明かさず、変名を使い、高飛車に話を進めようとする。しかし、ホームズは先に送られてきた手紙から、すでにその正体を推理しており、派手なマントに身を包んだ客のもったいぶった言動もどこ吹く風である。そもそも、目立つマントに毛皮のついたブーツ姿など、イギリス人からすれば笑止千万な服装だ。財力を誇るかのように、仮面をつけたまま、一方的に話をする依頼人に、ホームズは動じる気配もない。反対に、「それは気づいておりました」「そのこともわかっておりました」と、肘掛椅子に身を沈め、目をつぶってしまう。

客は、ヨーロッパ随一の明敏なる推理家として、また精力的な私立探偵として推薦されて訪ねてきたのにちがいないホームズの、いかにもだらしなく、元気のないこの有様に、あからさまな驚きを見せた。するとホームズは、静かに眼をあけて、さももどかしげに巨人依頼者を見やっていった。
「陛下がおんみずから、詳しい事情をお話しくださいますならば、私といたしましても、よりよきご助力をいたしうるかと存じます」(「ボヘミアの醜聞」)

仮装の客が国王であることにはとっくに気づいている。国王であろうと、金持ちであろうと、臆することもおもねることもない。英国紳士として胸のすくような態度である。紳士は、英国の支配階級の一員という自負があるから、国王に対しても対等な口をきく。ましてボヘミア国王のような外国の国王であれば、大英帝国という後ろ盾があるから、決して卑屈な態度はとらない。女性問題の解決のために、金貨三百ポンド、紙幣で七百ポンドを投げ出す国王に、ホームズは動じることなく、むしろ投げやりに扱う。その姿に読者はさぞ喝采を送っただろう。野暮な外国の王様を袖にするアイリーン・アドラーも、美しい顔に、毅然とした態度の、見事な女性である。

「ボヘミアの醜聞」では、ボヘミア国王がお忍びの変装で訪れ、ホームズが馬丁や聖職者に変装するだけでなく、アイリーン・アドラーも男装する。その鮮やかな変装ぶりに、ホームズがまんまと一杯食わされるのが面白い。ボヘミア国王を手玉に取るアイリーン・アドラーはアメリカ人のオペラ歌手、アイリーンが国王を捨てて、結婚するインナー・テンプルの弁護士ゴッドフリー・ノートンはイギリス人である。これまた、読者の愛国心をくすぐる巧みな設定で、この作品が熱狂的に迎えられたのも無理はない。

元陸軍軍医、医学博士ジョン・H・ワトスン

コナン・ドイルの最大の功績は、ホームズとワトスンという名コンビを送り出したことにあるだろう。二人ともに典型的な英国紳士である。しかも、気難しい才人と寛容な凡人、奇矯な芸術家と常識的な市民、探偵と元軍医。ワトスンを語り手においたことにより、奇矯な探偵の行動が鮮やかに浮かび上がり、異常な事件であってもワトスンが語れば、信頼が置ける。探偵の助手としてのワトスンの能力をホームズはまったく信頼していなかったが、だまされやすいワトスンが傍にいるからこそ、芝居がかったことの好きなホームズの茶目っ気が生きるのである。

この大事な相棒の名前をコナン・ドイルは間違って呼ぶことがあった。『緋色の研究』の第一部冒頭には、「元陸軍軍医　医学博士ジョン・H・ワトスンの回想録再刻」と明記されている。それなのに、『ストランド・マガジン』一八九一年十二月号に掲載された「唇の捩れた男」で、ワトスン夫人は夫のことをジェイムズと呼んでいる(ワトスンは『四つの署名』で依頼人のメアリ・モースタン嬢と結婚した)。ワトスンの名前はジョンではなかったのか。

通常なら、これは作者がウッカリ間違えたのだろうで済まされる。あるいは、作者には

何か意図があって、『ストランド・マガジン』掲載を機会に、相棒ワトスンの名前を変更したのだろうと考えるかもしれない。コナン・ドイルは、この種の小さな思い違い、うっかりミスの多い人である。そして、そうした明らかな間違いを決して訂正しない人だった。ところが、世のシャーロッキアンは、ホームズを実在の人と考え、ワトスンの書いたホームズの記録を「聖典」と考える人たちなので、この問題を大真面目に考えた。元軍医、医学博士ジョン・H・ワトスンを、なぜ妻はジェイムズと呼んだのか？

高名なホームズィアン（イギリスではシャーロッキアンと呼ばずに、ホームズィアン"Holmesian"と呼ぶ）で、推理小説家のドロシー・L・セイヤーズ（Dorothy L. Sayers 一八九三〜一九五七）はワトスンのミドル・ネイムに目をつけた。ジョン・H・ワトスン。セイヤーズは、このHをヘイミッシュではないかと推理した。ヘイミッシュはスコットランド人の名前で、イングランド名のジェイムズにあたる。ワトスン夫人は夫をミドル・ネイムで呼んだのだ……。

以上が有名なドロシー・L・セイヤーズの、「ワトスンの洗礼名論」（一九四三年発表）である。[21] もっとも、この問題に関しては他にも説があり、「ワトスン二人説」を唱えた人もいる。[22]

ワトスンに関してはこの他にも謎が多い。『緋色の研究』では、「ジェゼール銃弾に肩をやられて」本国に送り返されたことになっているが、『四つの署名』では「脚にジェゼール銃弾の貫通創を受けた」ことになっている。シャーロッキアンでなくても、「肩をやられたのではなかったか」と言いたくなるだろう。ベイカー街の下宿で共同生活を始めた時に飼っていたはずのブルドッグの子犬はどうしたのか、という疑問も解決されていない。[23]

実は、こうした間違いは、コナン・ドイルの作品には幾つもあり、その矛盾を作者に代わって説明するのが、シャーロッキアンの楽しみであり、役割でもある。しかしミスはあっても、それによって物語の魅力が損なわれることはなく、最後まで興味と緊張感を持って読むことができるのは、さすがである。しかも、再三再四繰り返して読むことができるのだ。推理小説でここまで愛読されることは、めったにあるものではない。ストーリー・テラーとしてのコナン・ドイルの本領発揮というところだろう。

依頼人が語る事件

ホームズものには型がある。偉大なるワン・パターンである。まず、依頼人がベイカー街の下宿を訪ねて来る。中には早朝に叩き起こしたり、下宿の前でしばらく逡巡してから決然として上がって来る依頼人がいる。そうかと思うと、警察に追われて駆け込んだり、部屋に入るなり失神したりと、劇的な現れ方をする者もある。通常、この依頼人とホームズとの間で、自己紹介の短いやりとりがあったのちに、依頼人がホームズとワトスンに向かって事件を語る。事件の一部始終を依頼人が語るのが、ホームズ物語の基本パターンである。椅子におさまったホームズが目をつぶってそれを聞く。その横でワトスンは……おそらく、メモを取りながら聞いているのだろう。

事件は依頼人によって語られるのだから、「一人語り」である。この一人語りは事件を一方的に叙述するのだが、同時に、語り手の個性をも反映する。それを感じながら、ホームズは聞いている。依頼人が嘘を言ったり、誤魔化しても、ホームズの鷲のような眼が見逃さない。

「それはたいへん賢明でした。ですが、お話はそれですんだのですか？」

「はい、すっかり申し上げました」

「いいえ、まだあります。あなたはおとうさんをかばっていらっしゃるのでしょう、ロイロットさんを？」

「あら、何をでございますの？」

返答する代わりにホームズは、ストーナー嬢の袖口の黒いレース飾りをめくって、膝の上に置いた手をむきだしにした。その白い手首には五つの点が──明らかに五本の指のあとと見られる紫色の斑点がまざまざと見られたのである。（「まだらの紐」）

依頼人が話し終わると、ホームズが幾つか質問をする。要を得た、適切な質問だ。依頼人はホームズに助言を求め、ホームズが調査を約束し、慰めや助言を与えると、依頼人はひとまず安心して、その場を立ち去る。依頼人が出て行くと、ホームズとワトスンとの間で意見が交換される。まだ、この時点ではホームズの推理は伏せられたままだ……。

依頼人の一人語りもいいが、前後に挟まれる、ホームズとワトスンとの会話も印象的である。

「材料がない。証拠材料がすっかり集まらないうちから、推理を始めるのはたいへんな間違いだよ。判断がかたよるからね」(『緋色の研究』)

「バーミンガムまででも出かける気があるかい?」

「行くともさ、君が行ってくれというのなら」

「診療のほうはどうする?」

「となりの先生が出かける折は、いつも代ってあげているから、向こうは喜んで、いつでも借りをかえすと言うよ」(「株式仲買店員」)

「おみごと!」

「なに、初歩さ(Elementary)。推理家が、はたのものには非凡に見える一種の効果をあたえ得るのは、はたのものが推理の根底になる小さな事象を見落としてくれるからだということの一例だよ、これは」(「背の曲った男」)

こうした会話もまたお決まりのパターンなのだが、時には、印象的な変化球も飛んでくる。

私がホームズから簡単な電報をうけとったのは、一九〇三年九月初旬のある日曜日の夕刻のことだった。

都合ヨケレバスグコイ」ワルクテモコイ」S・H・(「這う男」)

こんな一方的な電報で、人を呼び寄せるのは、よほど横暴な人間か、さもなければ、よほど自信のある恋人くらいのものだろう。ワトスンが実は女だったと考える人がいるのも、無理はない(本書二七〇頁参照)。しかも、この時のホームズときたら、駆けつけたワトスンには一言も口をきかないまま、肘掛椅子で三十分も考えごとに耽っているのだ。いずれにしても、このような短いやりとりで、個性を際立たせるコナン・ドイルの手際は見事なものである。しかも、よく似たやり取りを度々繰り返す。読者にすれば、毎月雑誌を買って、ホームズのページを開けると、お馴染みのベイカー街の下宿の食卓で、ホームズとワトスンがどこかで聞いたようなやり取りをしているのは、嬉しいことには違いないので、ワン・パターンは許されるどころか、むしろ歓迎なのである。

警部との短いやりとりに重大な意味が隠されていることもある。

「そのほか何か、私の注意すべきことはないでしょうか?」

「あの晩の、犬の不思議な行動に、ご注意なさるといいでしょう」

「犬は全然なにもしなかったはずですよ」

「そこが不思議な行動だと申すのです」(「白銀号事件」)

この夜中の犬の奇妙なできごとは、本の題名にもなった(マーク・ハッドン『夜中に犬に起きた奇妙な事件』[24])。

シャーロック・ホームズの仕事ぶり

ホームズの仕事ぶりを見てみよう。

最初の長編『緋色の研究』は警察のグレグスン刑事からの依頼で、ホームズがワトスンを誘って事件の現場に赴くが、続く『四つの署名』では、家庭教師メアリ・モースタン嬢からの依頼である。顧問探偵とはいうものの、警察の刑事が相談を持ち込む事件はそう多くはない。『シャーロック・ホームズの冒険』では、「ボスコム谷の惨劇」をのぞいて、十二編中十一編までが、警察以外のさまざまな依頼人による個人的な依頼によるものである。依頼人もさまざまなら依頼の内容もいろいろで、まさに大英帝国の社会の縮図が描かれている。依頼の内容も犯罪とは限らず、むしろ、よろず人生相談承りますという趣さえある。『シャーロック・ホームズの冒険』に収められた初期の十二の短編がどのような事件であったのか、依頼人にも注目しつつ、もう一度、表1を眺めて見よう。

「ボヘミアの醜聞」は国王からの依頼だったが、外国の国王がお忍びで依頼にくるというお伽噺めいた冒険のあとは、はやらない質屋の主人と、ロンドンの下町のタイピストが相談にやってくる。どちらも殺人事件ではなく、困った挙句の人生相談のようなものである。「赤髪組合」はシティ近くの質屋が一杯食わされる話。これは店員として住み込んだ男が、フランス金貨を狙って裏手の銀行の地下金庫までトンネルを掘るという、奇想天外な強盗事件に発展する。店員はどこにも外出しない質屋の主人を引っ張り出すために、「赤髪組合」なる団体を考え出したのだ。時代遅れの質屋のウィルスン氏だが、ホームズはその腕の刺青を見て、若い時分には中国に行ったことのあるのを見破っている。

「花婿失踪事件」は下町の人情の感じられる結婚詐欺事件。原題の“A Case of Identity”の'Identity'（アイデンティティ）は、「正体、身元」という意味である。「（花婿の）正体にまつわる事件」という意味だろう。依頼人は下町の純情な独身女性。父の遺産もあり、タイプストとして金を稼いでいるので、暮らし向きは豊かである。タイピストは当時まだ新しい職業で、『オックスフォード英語大辞典』によると、「タイピスト」の語の初出は一八八五年である。メアリ・サザーランド嬢は経済的に自立した、当時としてはきわめて新しい女性だったのだ。

自立といえば、「椈屋敷」のヴァイオレット・ハンターも家庭教師として働く女性である。ロンドンには当時、家庭教師の仕事を斡旋する紹介所があったというくだりも、興味深い。メアリ・サザーランド嬢にも、ヴァイオレット・ハンター嬢にも、ホームズは親身に相談に乗っている。女性には親切なのだ。

「唇の捩れた男」も下町《シティ》が舞台である。依頼人はセント・クレア夫人。シティの名物乞食の正体は、郊外に住む裕福な家庭人だったという意外な展開。セント・クレア夫人が荷物を受け取りに行く汽船会社は、インド人水夫や東洋人のいる阿片窟のある一角にある。世界最大の港町であったロンドンのにぎわいが、帝国の裏の側面（阿片窟）とともに伝わってくる。

「青いガーネット」も下町の人情噺である。大柄で知性的なヘンリー・ベイカー氏は、今は落ちぶれ、大英博物館近くのパブの常連となっている。そのベイカー氏が、一年がかりで小遣いを積み立てて手に入れた、クリスマスの鵞鳥の仕入れ先を探して、ホームズとワトスンがコヴェント・ガーデンの市場を訪ね歩く。映画『マイ・フェア・レディ』の花売り娘イライザが花を売っていた、あの市場である。十二編中七編までがロンドンの事件で、そのうち下町《シティ》の住民を主な登場人物としているのが、「赤髪組合」「花婿失踪事件」「唇の捩れた男」「青いガーネット」と、四編あるのが注目される。

一方、「花嫁失踪事件（独身の貴族）」と「緑柱石の宝冠」は、貴族や銀行頭取というロンドンの上層市民の家庭にふりかかる災難である。「独身の貴族」はカリフォルニアの金鉱成金のひとり娘と結婚式を挙げている最中に、花嫁に失踪された公爵の次男の話であり、「緑柱石の宝冠」はシティの銀行頭取の、いかにも英国人らしい家庭でおきた宝冠紛失事件を扱っている。どちらも上流家庭のスキャンダルであり、「ボヘミアの醜聞」と合わせて、庶民の野次馬根性をくすぐる作品となっている。

以上はロンドンを主な舞台にする作品だが、ホームズがワトスンと共に列車に乗り、地方のカントリー・ハウスへ調査に赴く事件も幾つかある。「ボスコム谷の惨劇」「オレンジの種五つ」「まだらの紐」「技師の親指」「椈屋敷」がそれである。そのうち「ボスコム谷の惨劇」では、ロンドン警視庁のレストレード警部の依頼で、パディントンから五時間弱の遠い西部の田舎の地主の屋敷に出かけて行く。地主はオーストラリアの金鉱で得た財産で土地を買い、地主となったのである。農場を友人に貸していたが、その友人が殺されたという事件である。

「オレンジの種五つ」も殺人事件で、事件の舞台はサセックス州ホーシャムのカントリー・ハウスである。若い依頼人は嵐の中を訪れ、ウォータールー駅から帰る途中で殺される。依頼人の殺された伯父にはアメリカ南部で暮らしていた過去があり、秘密結社ク・クラックス・クラン（K・K・K）に追われていた。

「技師の親指」はチャリング・クロス駅という大きな駅が事件の発端となっている、列車の車掌が負傷した依頼人を駅からワトスンの診療所に案内してきたのだ。「まだらの紐」と「椈屋敷」にはホームズが乗車する鉄道駅として、ウォータールー駅が登場する。鉄道はホームズの物語から切り離すことができない。時刻表を調べて、辻馬車を走らせ、最も早い列車に飛び乗る。そして車室におちついたホームズが、おもむろに事件の概略をワトスンに説明するという、鉄道の機動性を十分に生かした行動も、ロンドン住まいだから可能だった。こうした近代的な都会生活もホームズ物語の魅力である。

ここで、事件の背景に目を移すと、十二編の中には、オペラ歌手とのボヘミアンな生活を送るボヘミアの皇太子（現国王）、フランス支社に出張する義父、オーストラリア金鉱の無法者たち、アメリカ南部の秘密結社ク・クラックス・クラン、インド帰りの医者、カリフォルニアの金鉱など、ホームズの世界は海の向こうにもつながっている。シティの質屋や平凡なタイピストのメアリ・サザーランド嬢の背後にも、植民地、新世界、ヨーロッパ大陸の国々があり、大英帝国の市民の生活を支えていることがわかる。たとえば、メアリ嬢の遺産はニュー・ジーランド公債になっている。ロンドンの一隅にありながら、ベイカー街の下宿は植民地を通じて世界の各地につながっているのだ。名探偵をとり巻く現実的な社会背景として見事である。

また、フェミニズム的視点から言えば、「ボヘミアの醜聞」のアイリーン・アドラー（オペラ歌手）、「花婿失踪事件」のメアリ・サザーランド嬢（タイピスト）、「ボスコム谷の惨劇」のアリス嬢と「花嫁失踪事件」のハティ・ドーラン嬢、それに「椈屋敷」のヴァイオレット・ハンター嬢（家庭教師）のような独立心の強い女性が描かれている一方で、ボヘミア国王のように、だめな男性も目立つ。娘の財産を手放すのが嫌で小細工をする父親（義父）が三人もいる（「花婿失踪事件」「まだらの紐」「椈屋敷」）のは、どうしたわけだろう。

また、自立した女性たちのはつらつとした様子が描かれる一方で、「まだらの紐」「緑柱石の宝冠」「椈屋敷」には、荒唐無稽なロマンス小説のヒロインそのままの、か弱い女性（ジューリア・ストーナー、ホールダー氏の姪メアリ、ルーカッスル氏の先妻の娘アリス）も登場する。その不可解な混在が、ホームズものの人気の秘密かもしれない。花婿と花嫁の失踪事件が二件、宝石事件が二件あるのも妙だが、テーマの繰り返しはコナン・ドイルの得意技である。

異色なのは「技師の親指」の依頼人が語る身の上話で、医師を開業したものの患者が来なくて困ったコナン・ドイル自身の経歴を彷彿とさせる。同じテーマは「入院患者」（一九九三年八月）のトレヴェリアン医師でも繰り返される。こちらはコナン・ドイルと同じ医師であり、ワトスンと同じロンドン大学出身である。

1 一八九一年十一月の母宛ての手紙によれば、二週間に四作書いている。Lellenberg, Jon, Daniel Stashower & Charles Foley ed. *Arthur Conan Doyle: A Life in Letters*. The Penguin Press, 2007. pp. 299-300. 河村幹夫『コナン・ドイル』（講談社現代新書、一九九一）七九頁。

2 *Arthur Conan Doyle: A Life in Letters*, p. 293.

3 コナン・ドイル『わが思い出と冒険』（新潮文庫、一九六五）延原謙訳、第八章九三頁。

4 『コーンヒル・マガジン』は文豪サッカレーが初代の主筆を務めた小説専門の高級雑誌。アンソニー・トロロープ、エリザベス・ギャスケル、ジョージ・エリオット、トマス・ハーディ、ロバート・ルイス・スティーヴンソン、詩人のブラウニング、テニスンら一流の作家が執筆した。一八八九年にコナン・ドイルが書いた歴史小説『マイカ・クラーク』と『白衣団』（一八九一）は『コーンヒル・マガジン』に取り上げられ、連載されている。

5 『わが思い出と冒険』一一一～一二頁。

6 ホームズも、政府の役人をしている兄のマイクロフト・ホームズも、ロンドン住まいで独身である。地方地主の家屋敷、財産は長男が受け継ぐことになっているので、シャーロックとマイクロフトには、結婚して地方の屋敷に住んでいる兄がいるものと推察される。

7 顧問（諮問）探偵（コンサルティング・ディテクティヴ）はグレグスンやレストレードのような警察の

刑事（ポリス・ディテクティヴ）から相談を受け、助言をする探偵である。警察の刑事と区別するために、諮問探偵という言葉を使ったと思われる。実際には一般人の相談も受けているので、エルキュール・ポアロのような私立探偵（プライベート・ディテクティヴ）と変わらないだろう。

8 Government detective（政府に雇われた国家の刑事）と同じ。

9 フランソワ・ウージェーヌ・ヴィドックはパリ警視庁創立当時の密偵。本書一〇五頁および『ヴィドック回想録』参照。

10 ワトスンと共同でベイカー街の下宿を借りたのは、ホームズ一人の収入では部屋代をまかなえなかったから。そこから考えると、ワトスンと同等の収入（一日十一シリング六ペンス、年収にして約二百十ポンド）がホームズにあったのではないか、そしてそれは探偵報酬とは別であったと考えるのが妥当と思われる。

11 『わが思い出と冒険』九二頁。*Arthur Conan Doyle: A Life in Letters*, pp. 244-246.

12 『わが思い出と冒険』三三〜三四。なお、二か所、仮名を漢字に改めた。

13 『わが思い出と冒険』三一〜三三頁。

14 *Arthur Conan Doyle: A Life in Letters*, pp. 243-244.

15 『わが思い出と冒険』一二五頁。

16 一九三〇年代から四〇年代にアメリカ映画で活躍したイギリスの俳優。

17 グラナダ・テレビ制作の『シャーロック・ホームズの冒険』で主演した俳優。

18 作品中でホームズが実際にウィスキーを飲んでいるのは二回しかない（「赤髪組合」「花嫁失踪事件」）。

食事時のワインは好きなようだ。

19 山田勝『孤高のダンディズム――シャーロック・ホームズの世紀末』(早川書房、一九九一)三〇頁。

20 吉田茂は岳父牧野伸顕(大久保利通の次男)、長男吉田健一(英文学者)とともに、親子三代にわたるシャーロッキアンであった。

21 エドガー・W・スミス『シャーロック・ホームズ読本』(研究社、一九七三)第三章、植村昌夫『シャーロック・ホームズの愉しみ方』(平凡社新書、二〇一一)第一章参照。

22 ロナルド・A・ノックスによれば、バックネッケという人が「ワトスン二人説」を唱えた。それによると、『緋色の研究』「グロリア・スコット号」『シャーロック・ホームズの帰還』は第二ワトスンが書いたものだと考えられるという。詳しくは植村昌夫『シャーロック・ホームズの愉しみ方』第一章「シャーロック・ホームズの文献研究」の項参照。

23 ワトスンは一緒に住むにあたって問題になりそうなことがあるかとホームズに聞かれた際に、「私はブルドッグの子犬を一匹飼っています」と答えたが、その後、この子犬は一度も登場していない。

24 Mark Haddon, *The Curious Incident of the Dog in the Night-time* (Jonathan Cape, 2003). マーク・ハッドン『夜中に犬に起こった奇妙な事件』小尾芙佐訳(早川書房、二〇〇三)。

第二章　ホームズの引退

シャーロック・ホームズとコナン・ドイル

『ストランド・マガジン』で好評を博したシャーロック・ホームズの十二編の短編は『シャーロック・ホームズの冒険』(一八九二)という単行本にまとめられた。

半年後、『ストランド・マガジン』は読者の人気に応えて、再び、ホームズものの連載を開始した。シャーロック・ホームズ・シリーズ第二期目である。この時は一八九二年十二月号の「白銀号事件」を皮切りに、「ボール箱」「黄色い顔」「株式仲買人」「グロリア・スコット号」「マズグレーヴ家の儀式」「ライゲートの大地主」「背の曲った男」「入院患者」「ギリシア語通訳」「海軍条約文書事件」「最後の事件」の十二編が連載された。

「白銀号事件」は競馬馬の失踪事件だが、調教師が馬に傷をつけるのは不自然など、競馬通からすれば首を傾げるようなミスもある。コナン・ドイル自身、競馬について無知であることをさらしてしまったと、自伝の中で認めているくらいだ(『わが思い出と冒険』一二七〜一二八頁)。それでも「白銀号事件」は人気作品で、また、「夜中の犬の不思議な行動」で有名な作品でもある(前述57頁)。

「グロリア・スコット号」は若き日のホームズが初めて手掛けた事件。ここでホームズが探偵を志したいきさつが明らかになる。「マズグレーヴ家の儀式」もホームズが探偵を開業して間もない頃の事件である。モンタギュー街に間借りしたものの、ときたま転がり込んでくる事件は、学生時代の友人の紹介によるものだった。事件は古い儀式文の解読に始まり、宝探しで終わる。見つかった宝はチャールズ一世の錆びた王冠だった。のちにアメリカ生まれで英国に帰化した詩人、T・S・エリオットがマズグレーヴ家の儀式文の一部をそのまま、自作の『大聖堂の殺人（*Murder in the Cathedral*）』（一九三五）で使って世間を驚かせた。カンタベリー大司教トーマス・ア・ベケットの前に現れる誘惑者のひとりのせりふの中に、マズグレーヴ家の儀式文の八行がそのまま使われている。[1] T・S・エリオットはこの儀式文をそらんじていたに違いない。いかめしい顔にもかかわらず、シャーロック・ホームズを愛読していたのだ。もっとも『大聖堂の殺人』は題名こそ殺人事件のようだが、推理小説ではなく、ヘンリー二世と対立した、カンタベリー大司教トーマス・ア・ベケットの殉教を描いた宗教詩劇である。

「ギリシア語通訳」ではホームズの「七つ上の兄」マイクロフト・ホームズが登場する。「グロリア・スコット号」「マズグレーヴ家の儀式」に続いてホームズの若き日やその出自が明らかになる短編である。マイクロフトは政府の役人で、ペル・メル街の自宅とホワイトホールの役所とを往復する生活を送っている。例外は、内気な社交嫌いの集う「ディオゲネス・クラブ」に行くくらいだが、そのクラブは自宅の向かいにあるという。ちなみに、ディオゲネスは古代ギリシアの哲学者で、あらゆる社会慣習、社会通念を軽蔑し、極貧の生活に甘んじ、樽の中で暮らしていたという人である。

「海軍条約文書事件」ではホームズが窓からバラの花を摘み、花の美しさを讃えたあと、希望を持ちなさいと依頼人を励ます場面がある。ホームズが芸術家らしい繊細さを示す珍しい例である。最後には朝食の蓋をした料理で芝居がかった茶目っ気を見せるなど、見どころの多い作品である。「海軍条約文書事件」は、『ストランド・マガジン』に二か月にわたって連載された。

以上の作品は、連載終了後、「ボール箱」をのぞく十一編が『シャーロック・ホームズの思い出（*The Momoirs of Sherlock Holmes*）』（一八九四）という単行本にまとめられた。「ボール箱」が除かれたのは、男女の不倫が扱われているのが、当時の倫理観と相容れないと作者が自ら判断して、遠慮したためである。

ところで、その単行本の書名『シャーロック・ホームズの思い出』だが、なぜ、「思い出」なのだろうか。人気絶頂で、連載が始まってまだ二年目。それでもう「思い出」とはどういうことなのか。

また、この連載の最後を飾った十二編目の「最後の事件」とは、いったいどんな事件なのだろうか。

最後の事件

「白銀号事件」に始まったシャーロック・ホームズ・シリーズの『ストランド・マガジン』掲載第二期目も快調に進み、十二編目の「最後の事件」（一八九三年十二月発表）まで来た時、おそらく読者は驚き、突然奈落の底に突き落とされたような気がしたのではないだろうか。と言うのも、「最後の事件」は文字通り、「ホームズ最後の事件」だったからである。

コナン・ドイルは、以前から、探偵小説は文学の名に値しないのではないかという疑念を持っていた。「私はホームズを六番目の話で永遠に始末をつけてやろうかと考えているのです」と母親に手紙で打ち明けたのは、『ストランド・マガジン』に連載を始めてまだ四か月もたっていない頃である（一八九一年十一月十一日付）[2]。コナン・ドイルには、歴史小説で名声をあげたいという野心があった。すでに歴史小説にも筆を染めており、この頃にはそちらの仕事も順調に進み始めていた。歴史小説『マイカ・クラーク』（一八八九）に続いて、同じく歴史小説『白衣団』が一八九一年一月から十二月まで、かねて憧れの『コーンヒル・マガジン』に連載され、好評を得ていた。したがって、『ストランド・マガジン』からホームズ第二弾の依頼があった時、コナン・ドイルとしては、自分が書きたいものを書くのに邪魔になると考え、わざと断られるために十二編で一千ポンドの原稿料を要求した[3]。まさか受け入れられまいと思っての申し出だったが、『ストランド・マガジン』側は破格の原稿料でもあっさり承知した。これにはさすがのコナン・ドイルも引き受けざるをえなかった。そのようないきさつがあったうえでの第二期目の連載であった。

シャーロック・ホームズの物語を読みたいという世間の期待は、それほど大きかったのだろう。だが、コナン・ドイルからすれば、シャーロック・ホームズにばかり注目が集まるのは愉快ではなかった。いつの間にか自分を超えて、ひとり歩きし始めたホームズが、作者として疎ましかったのかもしれない。また、推理小説はプロットを考えるのが大変だが、次第に新しい構想を編み出すのが「煩わしく」なってきたという作家としての事情もあった（『わが思い出と冒険』[4]）。そのようなことがあって、とうとう、コナン・ドイルはホームズを抹殺することに決めたのである。

その時の心中をコナン・ドイルは、母親に宛てた手紙の中で次のように述べている。

私は今、最後のホームズ物語の真っ最中です。このあとこの紳士は姿を消し、二度と現れないのです。私はホームズの名前にうんざりしているのです。（一八九三年四月六日付）

「最後の事件」はホームズが大きな悪の組織と戦い、その中心人物であるモリアーティ教授と闘って、帰らぬ人となる事件である。宿敵モリアーティの存在はこれまでまったく知らされておらず、唐突の感は否めない。強引に幕を引いたと言われてもしょうがない結末だった。ある晩、ホームズがワトスンの診察室に現れる。モリアーティの一味に追われているのだという。やつれた様子で、神経を高ぶらせていた。ホームズはワトスンを誘って大陸へ行き、スイスまで逃げ延びる。しかし、ワトスンがホームズのそばを離れたわずかの隙に、ホームズは追ってきたモリアーティと一騎打ちとなり、二人ともどもライヘンバッハの滝壺に落ちて死んでしまうのである。

こうして、シャーロック・ホームズは、『ストランド・マガジン』に華々しいデビューを飾ってわずか二年五か月後、『緋色の研究』から始まって二十六作目の「最後の事件」において、スイスのマイリンゲンで姿を消した。

モリアーティ教授

ホームズとライヘンバッハの滝で決闘に及んだモリアーティ教授（Prof. Moriarty）は、ホームズの宿敵として、映画ではひっぱりだこである。ホームズ映画は、モリアーティ教授とアイリーン・アドラーがいなくては始まらないのだ。特にアクション系の映画の場合、「悪の帝王」モリアーティとホームズとの対決が山場となる。しかし、原作ではモリアーティ教授はほんのわずかしか登場しない。「最後の事件」の他には『恐怖の谷』「空き家の冒険」でモリアーティ教授が話題にのぼるが、それ以外には「ノーウッドの建築士」「スリー・クウォーターの失踪」「高名な依頼人」「最後の挨拶」で言及されるくらいである。

この間、ワトスンは一度もモリアーティ教授を目撃していないので、その存在を疑う人さえいる。それでも人気絶大なのは、モリアーティ教授がただの悪人ではなく、ホームズを亡きものにしようと真剣に狙ったこと、そして、ホームズ自身が自分に匹敵する知力のある人物だと認めた唯一の人物だからである。

しかも、その登場もまた最期も、あまりにも劇的である。なにしろ、モリアーティはホームズと格闘しながら、スイス、マイリンゲンの山中の崖から、下の滝壺に落ちて死ぬのである。

ある晩（一八九一年四月二十四日とワトスンは記録している）、結婚して別に住んでいたワトスンのもとに、ホームズが逃げ込んでくる。これだけでも異常なシチュエイションだが、聞けば、モリアーティ教授の一味に命を狙われているという。ホームズは何でもない風に気丈にふるまっていたが、顔色が悪く、手に負傷している。驚くワトスンに、「君はモリアーティ教授の名を聞いたことはあるまいね？」とホームズは言う。そして、一週間ばかり一緒に大陸に行かないかと、ワトスンを誘うのである。

ホームズをつけ狙う「悪の組織」とはいったいどのようなものなのか。ホームズは次のように語っている。

「彼は犯罪者中のナポレオンだ。大ロンドンの未解決事件のほとんど全部と、悪業の半分の支配者だ。そのうえ天才で学者で理論的思索家なのだ。第一級のすぐれた頭脳をもち、巣の中央にいるクモのようにじっとしているが、その網には放射状の線が無数にあって、その一本一本の振動が手にとるようにわかる。自分ではほとんど何もしない。計画立案をするだけだ。だが、配下が無数にあって、整然と組織化されている……しかし、配下を動かしている中心の勢力は、決して捕まらない……」(「最後の事件」)

人気絶頂の名探偵が身を挺して戦う相手に、コナン・ドイルが用意したのは、天才的な頭脳に支配された悪の組織だった。

では、「犯罪のナポレオン」こと、モリアーティ教授とはどのような人物なのか。以下は再び、ホームズ自身の説明である。

「彼の外見は僕のよく知っているところだった。背がきわめて高く、痩せていて、白い額はひろく、両の目はふかくおちくぼんでいる。ひげはなく顔色は青くて苦行者風なところがあり、それにどこか教授らしい面影ものこっている。机にかじりついた名残りで背がすこし曲がり、顔をまえへ突きだすようにしており、爬虫類かなにかのように、妙にいつもからだを左右にゆり動かしている癖がある……」(「最後の事件」)

爬虫類のように身体を揺り動かすという奇妙な癖を除けば、背が高く痩せていて、苦行者風であるところなど、モリアーティ教授はホームズによく似ている。教授は優れた科学者である。

……生まれはよく、立派な教育があるうえに、驚くべき数学の才能を天から与えられている。二十一歳で、二項定理に関する論文を書いたが、これは全ヨーロッパの評判になった。（「最後の事件」）

しかし、教授には不良の遺伝的性向があって、その血管には犯罪者の血が流れているのだという。

モリアーティ教授の正体については、さまざまに取り沙汰されているが、次に、T・S・エリオットの『キャッツ』に示された説と、「ホームズの潜在恐怖」説を紹介することにしよう。

犯罪のナポレオン

二十世紀最大の現代詩人、劇作家でもあり、文芸批評家でもあったT・S・エリオットは、前にも触れたように、隠れたシャーロッキアンでもあった。アメリカのセントルイス生まれだが、長じてからは英国に帰化し、英国人として暮らした。エリオットは、一九三九年に『ポッサムおじさんの現実味のある猫の本（*Old Possum's Book of Practical Cats*）』という絵入りの詩集を出版して、勤めていた書店の社員の子供たちに配った。『ポッサムおじさんの現実味のある猫の本』は全編が猫を謳った詩十五編でできている。秘密の名前を考えている猫、おばさん猫、泥棒猫、長命な猫、チンピラ二人組の猫、劇場猫、鉄道猫、グルメ猫……いかにもロンドンらしいさまざまな猫の生態が描かれている。

モリアーティ教授が登場するのは、「不思議猫《ミステリーキャット》　マキャヴィティ（"Macavity: The Mystery Cat"）」という詩である。猫のマキャヴィティは「不思議猫《ミステリーキャット》」と呼ばれている。この猫は悪事を働く犯罪の達人で、手下を大勢あやつり、決して尻尾をつかませない。警察や特別捜査隊が現場に駆け付ける時には、いつも「マキャヴィティの姿、すでになし！」である。

外務省では、条約文書、行方知れず、
海軍省では、計画書、図面、紛失。
捜査しても無駄なこと。
「マキャヴィティの姿、すでになし！」（ちくま文庫『キャッツ』池田雅之訳、一部改変。以下同じ）

どうです。外務省、海軍省、条約文書、図面……お馴染みの用語が目につくでしょう。この猫の容貌がまた、モリアーティ教授にそっくりである。

マキャヴィティは、赤毛猫、背が高くて、やせっぽち。ひどく落ち窪んだ目をしていて、一度見たら、忘れられない。思考のしわが幾重にも刻まれた、高くひいでた額。なりふりかまわず、ひげはもじゃもじゃ。頭を左右に揺らす動きは、蛇のよう。

背が高くてやせっぽちのこの猫は、「一見、紳士風」で、猫ながらに「二項定理」なら
ぬ「長い複雑な割り算」をやるのである。

でも、彼のとんずら先は、すでに一キロ半の彼方。今頃は、ゆっくりとくつろいで、親指をなめ、複雑な長い割り算に取り組んでいることだろう。

以上で、『キャッツ』のマキャヴィティが、猫に姿を変えたモリアーティ教授である証拠は充分と思われるが、この詩の最後にはとどめの一撃がある。

　極悪非道で名の売れた悪者でも、
（たとえばマンゴージェリーや、グリッドルボーン）
この猫の手下にすぎないという噂。
いつも手下どもの動きを操っているのだから。
犯罪のナポレオンだ！

「犯罪のナポレオン（the Napoleon of crime）」と言えばモリアーティに決まっている。

T・S・エリオットは諧謔家だから、子供の本でも手加減をしなかった。そしらぬ顔でロンドンのキャッツの中に、モリアーティ教授を紛れ込ませている。ロンドンと言えばシャーロック・ホームズだが、余りにも有名な探偵本人ではなく、その宿敵を謎解きの形で、さりげなく登場させたのが、ミステリー好きの本領である。

『ポッサムおじさんの現実味のある猫の本』は一九八一年に、アンドリュー・ロイド・ウェバーによって、ミュージカル化され、『キャッツ』として世界二十か国以上の二五〇都市で上演された。ロンドンでは二十一年間というロングランを記録している。わが国でも劇団四季が上演し、今も再演されている。海外旅行の折にロンドンやブロードウェイでご覧になった方もあるだろう。いかがです？『キャッツ』にホームズの宿敵モリアーティ教授が出演していたことに、お気づきになりましたか？

モリアーティ教授とホームズの「潜在恐怖説」

モリアーティ教授の正体についての、もう一つの説は「ホームズの潜在恐怖説」である。これはモリアーティ教授など現実にはいなかった。ホームズの心の片隅にあった不安、「悪への願望」が顕在化したのだという説である。というのも、「最後の事件」以後の短編で、ホームズは時々、退屈すると、ロンドンの街に犯罪のないことを残念がっているからである。

「犯罪学専門家の見地からすると、あの哀れなモリアーティ教授が死んで以来、ロンドンというところは妙に索漠とした都会になったね」（「ノーウッドの建築士」）

と言ってみたり、

「ロンドンの犯罪者なんて、まったく、だらしのない連中ばかりだ」

「この偉大な、ほのぐらい舞台は、もっと値打のある犯罪のために設けられたのだ。ぼくが犯罪者でないのは、社会にとって、どんなに幸福だかわからないぜ」(「ブルース・パティントン設計書」)

と、まるでモリアーティ教授を懐かしがっているような口ぶりである。これから推理を一歩進めて、ホームズの心の奥には、実は「悪への願望」があり、それを彼は必至で押さえつけていたのだというのがこの説である(山田勝『孤高のダンディズム――シャーロック・ホームズの世紀末』)。モリアーティ教授については、ワトスンは教授の姿を一度も確認していないのだ。ホームズとモリアーティの二人が、同時に人前に現れたことがないのも、不思議である。

ホームズがモリアーティを語る時期と、彼がコカインを用いている時期とが重なるという説もある(ニコラス・メイヤー『シャーロック・ホームズ氏の素敵な冒険』[6])。神経を消耗させたホームズが「悪の組織」だの、つけ狙われているだのと言いだすのは、すべて彼の神経が作りだしたものだというのがこの説。その原因をコカインとしているところが、ミソである。

なお、「モリアーティ=潜在恐怖説」は今ではほぼ定説になっている。二〇一六年公開のBBC制作の映画『シャーロック 忌まわしき花嫁』では、ホームズが肉体的、精神的に追い詰められると、モリアーティ教授の幻がトラウマのように、「私はお前の弱点だ（I am your weakness.）」と言いながら迫ってくる、というわかりやすい解釈になっていた。

モリアーティ教授諸説

ここで、蛇足ながら、モリアーティ教授についての諸説について触れておく。

モリアーティ教授には兄と弟があり、弟はイングランド西部の駅長（『恐怖の谷』）、兄はジェイムズ・モリアーティ大佐という軍人で、弟の死について新聞に公開状を寄せている（「最後の事件」）。教授も大佐もジェイムズという名前であるので、ジェイムズ＝モリアーティという複合姓だとこじつけるシャーロッキアンもいる（平賀三郎編著『ホームズまるわかり事典』[7]）。

また、モリアーティ教授とホームズが滝壺に転落死したことについても、こんな説がある。

その一、ホームズもモリアーティも、滝壺では死ななかった。

その理由は、

A、もともとモリアーティはホームズがでっちあげた架空の人物だった。

B、モリアーティとホームズとは同一人物だった（モリアーティが実在していた証拠はホームズの言葉しかない。ホームズは変装の名人である）

C、モリアーティは替え玉を使った。

その二、ホームズもモリアーティも滝壺で死んでしまった！

前期のホームズと後期のホームズとは別人（前期のホームズはしょっちゅうヴァイオリンを弾いているが、後期には一度も弾いていない）。兄マイクロフトがワトスンと共謀してシャーロックを殺し、従兄弟にホームズ役を演じさせた（アンソニー・バウチャー説）。

その三、モリアーティだけ生き残った。

三年間練習したうえで、帰還してホームズになりきって活躍し、引退して、サセックスでミツバチを飼った。

以上は、丸谷才一『快楽としてのミステリー』の「ホームズ学の諸問題」にあるので、そちらを参照していただきたい。ホームズとモリアーティがそっくり似ているから、こんな諸説が成り立つのである。

『シャーロック・ホームズの帰還』まで

理由はともあれ、シャーロック・ホームズはモリアーティ教授と戦いながら、ライヘンバッハの滝に落ちて最期を遂げた。名探偵の突然の死は、読者を驚かせたのだろう。コナン・ドイルの元には非難の手紙が殺到し、『ストランド・マガジン』の予約を取り消す購読者も大勢現れた。その死を嘆いて喪章をつける人も少なくなかった。パイプを片手に、鋭い観察と推理の力で、ヴィクトリア朝社会の闇に挑む、探偵シャーロック・ホームズは、いつの間にかイギリス人にとって、実在の人のような、親しい存在になっていたのである。すぐれた創造は作者の思惑を超え、実在の人以上に存在感を持つものなのだ。

シャーロック・ホームズの使命はまだ終わってはいなかった。『ストランド・マガジン』側の強い要望もあり、また、コナン・ドイルにも事情があって、ホームズの再登場はほどなく実現した。それというのも、他ならぬコナン・ドイルが友人から、デヴォンシャーのダートムーアに伝わる魔犬の話を聞き、創作意欲をかきたてられてしまったのである。伝説の魔犬との対決には、理性と合理主義の頭脳がふさわしい。そこで再び、ホームズの出番となったのだった。

というわけで、「最後の事件」から八年後（！）に、長編『バスカヴィル家の犬（*The Hound of the Baskervilles*）』が書かれ、シャーロック・ホームズは再び『ストランド・マガジン』に帰ってきた。とはいっても、「最後の事件」でホームズはすでに死んでいるのであるから、『バスカヴィル家の犬』事件は、ホームズがライヘンバッハの滝壺に落ちて死ぬ前におきたという設定になっている。長編なので、一九〇一年八月から一九〇二年四月まで、九か月に渡る長期連載となった。

正式の復活ではなかったが、読者にとっては久々のシャーロック・ホームズである。冒頭の場面は懐かしいベイカー街の下宿の朝の食卓。ホームズがワトスンと会話を交わしている。依頼人の忘れていったステッキからあれこれ推理をしているのだ。このお決まりのやり取りから、シャーロック・ホームズ健在なりという、作者の強いメッセージが伝わってくる。挿絵はお馴染み、シドニー・パジェットである。この挿絵で再びシャーロック・ホームズの雄姿を目にした読者の、弾むおもいが伝わってくるようだ。

『バスカヴィル家の犬』は一九〇二年四月で終了したが、翌年十月にはホームズが『ストランド・マガジン』に戻ってきた。

今度はほんとうに復活したのである。

なんと、「最後の事件」で死んだと思われていたシャーロック・ホームズが、実は生きていた！　ホームズはライヘンバッハの滝壺に落ちなかったのだ！　という、いささか強引な設定のカムバックだった。

まず、新シリーズ一作目「空き家の冒険」が、『ストランド・マガジン』一九〇三年十月号に掲載された。

「空き家の冒険」は、ホームズの死から三年後の一八九四年という設定で、親友を失った悲しみのいまだ癒えないワトスンが、ロビン・アデヤ卿の殺人現場を見に行くところから始まる。ホームズが生きていればこの事件も解決できるのだが、とワトスンがもの思いにふけっていると、人ごみの中で老人にぶつかり、持っていた本を叩き落としてしまった。老人はののしりながら立ち去っていった。ワトスンが自宅に戻ると、先ほどの老人が訪ねてくる。これが変装したホームズであった。何も知らないワトスンが、老人の言うままに本棚に目をやり、もう一度振り向くと、目の前に死んだはずのホームズがいる。呆気にとられるワトスンに、ホームズは、幽霊ではない、生きているのだと明かす。ホームズは死んでいなかったと知ったワトスンは、嬉しさのあまり気を失ったが、『ストランド・マガジン』の読者も、おそらく同じ思いであっただろう。

ホームズがワトスンに語ったところによると、ライヘンバッハの滝の上で、モリアーティ教授と揉みあったのは事実だが、バリツ（日本の武術）の心得があったために、うまくかわして落ちなかったのだという（「バリツ〈baritsu〉」に関しては、「柔術」など諸説あり）。そのまま暫く身を隠すことにして、チベットや中東をめぐっていたが、三年経った今、再びロンドンに帰ってきたのは、モリアーティの右腕と言われるセバスティアン・モーラン大佐をつかまえるためだという。

作中ではホームズの失踪から三年後ということになっているが、実際には連載が中断してから十年の歳月が経っている。現在、私たちは「最後の事件」と「空き家の冒険」との間に、十年という歳月の経過のあることを意識しないで読んでいるが、実際には十年にわたる休載の間に、時代も社会も大きく変わっていたのである。もはや世紀末は過ぎ、ヴィクトリア女王の時代はエドワード七世の時代となり、モダニズムの時代に入っていた。しかし、「帰ってきたシャーロック・ホームズ」の新シリーズ第一作目「空き家の冒険」の中では、ホームズが帰ってきたのは、一八九四年四月四日のロンドン、世紀末の英国に戻ったのだった。

引退宣言

こうして「最後の事件」から、十年を経て再び始まった「空き家の冒険」に続いて、「ノーウッドの建築士」以下十三編が一年一か月にわたって連載され、それらは『シャーロック・ホームズの帰還(*The Return of Sherlock Holmes*)』(一九〇五)という単行本にまとめられた。

『シャーロック・ホームズの帰還』には、「ノーウッドの建築士」「美しき自転車乗り」「プライオリ学校」など、手堅い作品が多い。「踊る人形」「六つのナポレオン」「第二の汚点」は、今も読者の人気の高い作品である。ところが、今回もまた、連載の最後に、読者は背負い投げを食らうのである。

『ストランド・マガジン』三度目の連載、十三編の最後は、ヨーロッパ大臣の文箱から手紙が紛失する「第二の汚点」事件(一九〇四年十月発表)だった。その冒頭で、ワトスンが、「実は、ホームズの巧妙譚は『アベ農園の冒険』をもって打ち切りにするつもりであった」と言いだす。ただ、この事件だけは約束があったから、ここに発表し、これまで発表し続けてきた数多くの冒険談の結びにしたい……。

なぜホームズの冒険談が今回で終了するかというと、ホームズが「その経験を次々と公表することを」いやがりだしたからだという。そしてこう続く。

現役時代にこそ、成功談の発表は何といっても実用価値があったけれど、こうしてロンドンを引きはらい、サセックス州の高原に定住して研究と養蜂に打ち込むようになってからは、名の出るのが厭わしくなり、この問題に関するかぎり自分の意志を尊重してもらいたいと、断乎として要求するのである。(「第二の汚点」)

なんと、ホームズはもう引退して、現役をやめてしまったというのだ。名探偵の引退となれば、華々しく最後を飾るにせよ、あるいはひっそりと消えていくにしろ、相当の年齢まで活躍した後のことと思われる。ホームズはいったい何歳で現役を引退したのだろうか。

ホームズの登場は一八八七年の『緋色の研究』だったが、事件の日付はそれより少し前の一八八一年三月になっている。ベアリング・グールド(Bearing Gould)および日本シャーロック・ホームズ・クラブ関西支部会長平賀三郎氏の年表(『シャーロック・ホームズ学への招待』)によると、ホームズは一八五四年一月六日に誕生している。[8]

一応その説に従って計算すると、『緋色の研究』でワトソンと出会った時のホームズは、

作中の日付	作品名	できごと	ホームズの年齢
1854年1月6日(推定)		ホームズ誕生	
1881年3月4日	『緋色の研究』	ワトスンと出会う	27歳
1888年7月7日	『四つの署名』	ワトスン結婚	34歳
1891年5月4日	「最後の事件」	ホームズライヘンバッハの滝壺に転落	37歳
1894年4月5日	「空き家の冒険」	ホームズ生還する	40歳
1903年末?	「第二の汚点」	ホームズ引退	49歳
1914年8月2日	「最後の挨拶」	ホームズ秘密諜報員アルタモントとしてワトスンと再会	60歳

表2　ホームズの年齢と引退

二十七歳である。その後、ベイカー街でワトスンと共同生活を始め、『四つの署名』でワトスンは結婚するが、その後もホームズはベイカー街の下宿でひとり探偵業を続けていた。ワトスンもしばしば下宿を訪ね、隣の医者に診察や往診を頼んで、調査に同行している。「最後の事件」は一八九一年の事件で（一八九三年十二月発表）、ホームズが宿敵モリアーティ教授ともみ合ったまま滝壺に落ちたのは、五月四日のことだった。ここで終われば、ホームズは三十七歳で、悪と戦いながら「壮絶な死」をとげたことになる。

けれども、十年後の一九〇三年、ホームズは読者の熱狂的な要望に応え、「空き家の冒険」で復活した。ワトスンによれば、この事件が起こったのは一八九四年四月五日、ホームズはこの時四十歳である。

なお、死んだことになっていた三年間を、ホームズがどのように過ごしていたかについては、ホームズがワトスンに説明しているが、ホームズの言い分だけで、この間の行動については裏付けを取れないのが残念である。ホームズによると、チベットで二年間を過ごした後、ペルシア、メッカ、エジプトのハルツームを経由して、南フランス、モンペリエの研究所でコールタール誘導体の研究をしたことになっている。シャーロッキアンはこの三年間を「大空白時代」と呼んでいる。謎の多い三年間である。

ワトスンはこの間に、愛妻メアリを失くしている（「空き家の冒険」）。

さて、「空き家の冒険」から、再び『ストランド・マガジン』誌上で、ホームズとワトソンの冒険談を読めるようになったのはいいが、一九〇四年十月発表の「第二の汚点」事件で、今度はまさかの引退発表。ライヘンバッハの滝壺から生還してわずか十二カ月後である。読者の失望はいかばかりであっただろう。

ところで、ホームズの現役引退はいつであったのか、ワトスンの明確な記述はない。ちなみに「アベ農園」が一八九七年、「六つのナポレオン」は一九〇〇年、「プライオリ学校」が一九〇一年の事件とされている。このように事件がおこった日付をたどっていくと、一九〇三年九月六日に設定された「這う人」以降にはホームズが扱った事件はない。一方、一九〇九年七月二十七日の「獅子のたてがみ」ではホームズがすでに引退していることから推察すると、名探偵の引退は一九〇三年の末であったと考えられる。

この時、ホームズ四十九歳。ホームズが学生時代から探偵活動をしていたことを計算に入れても、一八五四年生まれのホームズの探偵としてのキャリアは三十年弱であろう。これを長いと見るか、短いと見るか、意見の分かれるところである。しかも、引退した年齢は四十九歳。これは大方の人が早いと考えるのではないだろうか。ホームズの引退といえば、ホームズが引退する直前の事件と考えられる「這う人」に、近々引退したいという暗示がある。

「おう、ワトスン君、何という僕はばかなのだろう? ……これじゃいよいよ僕も夢に描いている小さな農場へ引退すべき時がきたらしいね……」

しかし、厳密に言えば、「這う人」は引退後の一九二三年三月に発表された作品なので、「第二の汚点」掲載の際には、まだ引退の予告も暗示も、何もなかった。読者はまさに寝耳に水であったに違いない。

第一次大戦

ホームズは引退したが、しかし、熱心なファンは相変わらず、ホームズの冒険談を読みたがった。そして、その期待に応えるかのように、『ストランド・マガジン』にはその後も、ホームズものが散発的に掲載された。引退宣言五年後の一九〇八年九・十月には「ウィステリア荘」と十二月に「ブルース・パティントン設計書」が、一九一〇年十二月には「悪魔の足」が、一九一一年三・四月には「赤い輪」と十二月に「フランシス・カーファックス姫の失踪」が、一九一三年十二月には「瀕死の探偵」、一九一四年九月から一五年五月にかけて長編小説『恐怖の谷』が、という具合に散発的に発表され、一九一七年には「最後の挨拶」が掲載された。このうち『恐怖の谷』を除く以上七編に「ボール箱」を加えた八編が『シャーロック・ホームズ最後の挨拶（*His Last Bow*）』（一九一七）として単行本にまとめられた。これらはいずれも、ホームズが隠退する前に手がけた事件になっており、ホームズが引退したというワトスンの言葉に間違いはなかったわけである。

引退後のホームズの様子は、単行本『シャーロック・ホームズ最後の挨拶』の序文に次のように書かれている（この前書きは日暮雅通訳の光文社版にはあるが、新潮文庫、創元推理文庫にはついていない）。

シャーロック・ホームズの友人たちは、時おり持病のリウマチで足を引きずることはあるが、ホームズ氏がまだ元気で生きていると聞けば、喜んでくれるだろう。彼はもう何年も前から、イーストボーンから五マイルのサセックス丘陵地にある小さな農場に住み、晴耕雨読の生活を送っている。そうした静かな生活に入ってからも、さまざまな事件を引き受けるようにとの、ひどく気前のいい依頼があったが、隠退の意志は固いとして氏は断ってきた。（筆者訳）

「最後の挨拶」では、引退したホームズがひさびさに読者の前に姿を現す。ドイツとの戦争が間近に迫った一九一四年夏、ホームズは祖国の急を救うべく、アルタモントと名前を変え、諜報員として働いていた……。時にホームズ、六十歳。引退からすでに十一年がたっている。時おりリウマチが出てもおかしくない年齢であろう。

「最後の挨拶」は一九一七年九月の発表だが、作品の設定は一九一四年八月二日である。この年の八月四日にイギリスは、ドイツが中立国ベルギーに侵入したことを口実に、第一次大戦に参戦した。その二日前の話である。となれば、「最後の挨拶」の主題は、第一次世界大戦突入の予感と回避への努力であろう。

ところで、この「最後の挨拶」に先立つこと二年前、一九一五年に発表されるやいなや人気を博したジョン・バカン（John Buchan 一八七五～一九四〇）の『三十九階段（*The Thirty-nine Steps*）』というスパイ小説がある。「最後の挨拶」はこのバカンの『三十九階段』に触発されたのではないかというふしがある。

バカンはスコットランドの出身で弁護士、実業家など多彩な顔を持っていたが、情報局員でもあった。『三十九階段』はギリシアの首相を暗殺し、戦争誘発を目論む国際スパイ団の陰謀に巻き込まれた主人公が、スパイ団に追われながらも首相の暗殺を阻止しようとする冒険物語である。大戦前の英、独、仏の緊迫した状況を背景に、六月十五日というXデイをめぐって小説は進行する。『三十九階段』は第一次大戦中の一九一五年に、『ブラックウッズ・マガジン（*Blackwood's Magazine*）』の八月号および九月号に掲載された。このバカンのスパイ小説は、兵士たちからも好評であった。一九三五年にはアルフレッド・ヒッチコック監督によって映画『三十九夜』（英国映画）[9]にもなり、話題作となった。その後、同じヒッチコックがアメリカで撮り直して、『北北西に進路をとれ』（一九五九）[10]となったが、これもバカンの小説『三十九階段』を元にしている。いずれもスパイの根城である断崖の家での行き詰まるやりとりがクライマックスとなる。

そういう意味では、コナン・ドイルの「最後の挨拶」は二番煎じの感がないでもないが、ここは「あのシャーロック・ホームズ」が諜報活動をしていたというのが味噌だろう。その「最後の挨拶」の最後の場面は、白亜の断崖に建つどっしりとした屋敷である。太陽はとっくに沈み、空には星が出ており、崖のすそには弓なりに湾が広がっている。書斎でドイツのスパイ、フォン・ボルクがアメリカ系アイルランド人のスパイ、アルタモントから手渡された暗号の包みを開けて、唖然とする。なんとそれは青い表紙の小型本で、そこには『実用養蜂便覧（*Practical Handbook of Bee Culture*）』と書かれていた。次の瞬間、アルタモントの手が伸びて、フォン・ボルクの顔にクロロホルムをしみこませたスポンジがおしつけられる……。

首尾よくドイツの間諜フォン・ボルクを逮捕したあと、月光に照らされた海を眺めながら、ホームズとワトスンは久しぶりに旧交を温める。ホームズが語ったところによると、彼は引退後、昼は農場で忙しく働き、夜は夜で深く考えたりした結果、働き蜂の群を観察して『実用養蜂便覧』という著作をものしたのだという。

「まだ明るいところでしみじみ君を見ていなかったが、その後どうして暮していたね？　見受けるところ少しも変わらず楽しそうじゃないか？」

「二十年も若返った気がするよ。君から電報で、自動車をもってハーリッジへこいといってきた時くらいうれしかったことはないね」

晴耕雨読、サウス・ダウンズの小さな農場で養蜂と読書の隠退生活を送っていたホームズが、祖国のためにひと肌脱いだというわけだ。ワトソンの運転する自動車で立ち去るホームズ最後の言葉が印象的だ。

「東の風になるね、ワトスン君」
「そんなことはなかろう。ひどく暖かいもの」
「相変わらずだねえ、ワトスン君は。時代は移ってゆくけれど、君はいつまでも同じだ。とはいうものの、東の風はくるのだ。いままでイギリスに吹いたことのない風がね。冷たく激しい風だと思うから、そのため生命を落とす人も多いことだろう。だがそれは神のおぼしめしで吹くのだ。嵐が治まったあとは、輝かしい太陽のもと、より清く、よりよく、より強い国ができることだろう……」

東の風はイギリスでは冷たく不快な風である。この作品が発表された時（一九一七年）、イギリスは第一次大戦の最中だった。[11] ホームズの言葉は、戦時下の国民への励ましでもあっただろう。

カーテン・コール

このように戦争中に諜報活動をして国家に貢献したことを別にすれば、ホームズは四十九歳という若さで引退し、二度と探偵業にもどることはなかった。『シャーロック・ホームズ最後の挨拶』序文によれば、「ひどく気前のいい依頼があった」にもかかわらず、隠退したホームズが農耕と思索の日々を捨てることはなかったからだ。しかし、読者の熱烈な要望もあり、また、『ストランド・マガジン』側が法外な原稿料を出したこともあって、コナン・ドイルはその後も、一九二七年まで散発的に、ホームズものを発表した。それらはいずれもホームズが引退前にかかわった事件を、ワトソンが公表するという形をとっている。例外はホームズ自身が語る「獅子のたてがみ」事件だが、これもサウス・ダウンズの農場に隠棲しているホームズが、近所の事件に巻き込まれた時の体験で、探偵としてカムバックしたわけではない。ホームズの隠退に関してコナン・ドイルは一応、筋を通したわけである。

それでも『シャーロック・ホームズ最後の挨拶』以後に発表されたホームズ物語は、「マザリンの宝石」(一九二一)、「這う人」(一九二三)、「ソア橋」(一九二二)、「サセックスの吸血鬼」(一九二四)、「三人ガリデブ」「高名の依頼人」(一九二五)、「三破風館」「白面の兵士」「獅子のたてがみ」(一九二六)、「隠居絵具師」(一九二七)、「覆面の下宿人」「ショスコム荘」(一九二七)と十二編にも上り、『シャーロック・ホームズの事件簿』(一九二七)という単行本ができたほどである。残念ながら、引退後のホームズ物語は精彩を欠いているというのが、大方のシャーロッキアンの見方である。その中では、拳銃のトリックで古典的名作となった「ソア橋」と「高名の依頼人」「這う人」がよく話題にのぼる。「ソア橋」は江戸川乱歩が「他殺と見せかけた自殺のトリックは小説として初めてで、後にヴァン・ダインが『グリーン家殺人事件』で再使用したほどの魅力がある」と言っている

（『宝石』一九四九年）。[12]「高名の依頼人」は後味のよい作品ではないが、中国磁器のコレクターに化けたワトスンが「聖武天皇と奈良の正倉院の関係は？」と問われ、答に窮する場面がある。ホームズ物語中、唯一日本の地名と人名の出て来る箇所である。

晩年のコナン・ドイルは、一九一八年に長男キングズレーを失くしたこともあって、スピリチュアリズム（心霊主義）に凝り、非難されることもあった。しかし、作中のホームズは最後まで科学者らしい合理主義を貫いている。たとえば、「サセックスの吸血鬼」という、題名からして怪奇ロマン趣味風の短編だが、そこでホームズに次のように言わせている。

「しかし、そんな事を真面目にとりあげるべきだろうか？　この事務所《エイジエンシー》は大地にしっかり足をおろしているのだ。今後もそうでなければならない。世の中は広いのだ。幽霊まで相手にしてはいられない」

最後の挨拶

『ストランド・マガジン』での最後の掲載作品は「ショスコム荘」で、一九二七年四月号上であった。コナン・ドイルが亡くなる三年前のことである。

ホームズは五十歳前に引退したが、ドイルは実に四十年もホームズ・シリーズを書き続けたことになる。

しかし、ドイルもさすがに老雄の度重なる再登場を恥ずかしく思ったとみえ、『シャーロック・ホームズの事件簿』に次のような序文をつけている。

わがシャーロック・ホームズ氏が、よくあるテノールの人気歌手のようになることを私は恐れる。すでに過去の人になってしまったのに、なおも聴衆の人気に甘えて、何度もさよなら公演をくりかえすのをやめられない、あの手合いだ。こういうみっともない真似は避けるべきだし、人は誰でも、生身の人間であれ、はたまた想像上の所産であれ、生きとし生けるものみなのたどる道を歩まねばならない。(深町真理子訳　創元推理文庫版)

「何度もさよなら公演をくりかえすテノールの人気歌手云々」という表現は、後にアガサ・クリスティがエルキュール・ポアロの隠退を語るところで使っている(『ABC殺人事件』第一章、一九三六)。「テノール歌手」を「プリマドンナ」に変え、ポアロがヘイスティングズに語るところに出てくるので、興味のある方は探していただきたい。ちなみに、クリスティの生み出した探偵エルキュール・ポアロは、ホームズとは対照的に、老齢を押して死ぬまで現役を貫いた。

ところで、「最後の挨拶」は、英語では"His《ヒズ》 Last《ラースト》 Bow《バウ》"である。「バウ（bow）」は高貴な人に対し帽子を取ってお辞儀をする男性の正式な挨拶で、女性の場合は「カートシー（curtsey）」といって左足を引き膝を曲げて優雅にお辞儀をする。"bow"はまた、舞台で役者が最後に引っ込む前に、観客に向かってするお辞儀でもある。ホームズはデビュー作の『緋色の研究』で、スタンフォード青年によって初めてワトスンに紹介された時、血色素を検知する試薬の発見に得意となって、「片手を胸にあてて、想像で呼び集めた聴衆の喝采にこたえるかのように、気取ってうやうやしく一礼」している。この「気取ったうやうやしい一礼」が"bow"である。芝居がかったことの好きなホームズなのだ。ただ、ホームズの最後の挨拶は、最近よく見る、舞台役者の「深々としたお辞儀（deep bow）」ではなく、英国紳士風に背筋を伸ばし、帽子をとって頭だけを軽く下げる、気取ったお辞儀だと思うが、どうだろうか。

受け継がれるホームズ像――挿絵、演劇、映画

コナン・ドイルはホームズものの他に、長編歴史小説《ヒストリカル・ロマンス》、SF、海洋もの、ボクシングものなど多数の作品を書いたが、シャーロック・ホームズものは長編四、短編五十六、合わせて六十編である。そのうち五十八編が『ストランド・マガジン』に掲載された。まさに

『ストランド・マガジン』と共に活躍したホームズだったと言ってよい。「その半分以上はストランド誌の編集長にしりをたたかれていやいや書いたもののようである」と、日本で初めてホームズの全作品を翻訳した延原謙は評している（『わが思い出と冒険』解説）。実際、その通りであったのだろう。これほど作者に疎まれ、またこれほど読者に愛された探偵もないのである。ホームズ物語は作者に収入をもたらし、世間に探偵小説ブーム、推理小説ブームを引き起こした。コナン・ドイル自身、シャーロック・ホームズという人物を造形したことには自信と誇りを感じていたに違いない。

シャーロック・ホームズという探偵が作者の手を離れ独り歩きを始めて、ほぼ百年がたつ。コナン・ドイルが創造した探偵シャーロック・ホームズが具体的なイメージを伴ったキャラクターになったのは、前にも述べたように、まず『ストランド・マガジン』でホームズの挿絵を描いたシドニー・パジェットの功績が大きかった。

『ストランド・マガジン』は「イラスト入り月刊誌（An Illustrated Monthly）」を謳うだけあって、各頁に挿絵が入っていた。写真やカラー挿絵も使い、一つの読み物に三点から四点の挿絵が入った。一頁大、あるいは見開き二頁分の大きな挿絵が入ることもあった。ホームズ物語は必ず挿絵入りで掲載された。

挿絵画家パジェットはホームズを、痩せて背が高く、鷲のようなまなざし、肉の薄い鷲鼻、固く結んだ薄い唇に描いて、具体的なホームズ像を打ち出した。髪は黒く、額の広い、面長の顔に太い黒い眉である。今ではホームズのトレード・マークとなっているインバーネスに鹿追い帽姿、柄のまっすぐなパイプを持たせたのも、シドニー・パジェットだった。コナン・ドイルの原作にはそのような服装の具体的な記述はない。原作には「頭にぴったりの布製の帽子《キャップ》(close-fitting cloth cap)」[13](「ボスコム谷の惨劇」)としか書かれていないところに、パジェットは鹿追い帽を描いた。その他、長いガウン姿や、蝶ネクタイに黒いイヴニング・スーツ、シルク・ハットに黒いフロック・コート姿でロンドンの街を歩いている所などを描いている。いずれもホームズが背が高く痩身で、ヴィクトリア朝時代の英国紳士であることを印象づける絵である。シドニー・パジェットは四十七歳で亡くなるまで、全部で三五七枚のホームズの挿絵を描いた。パジェットが描いたのは一九〇四年十月号の「第二の汚点」の挿絵までである。その後を引き継いだ画家たちもパジェットの挿絵を踏襲した。パジェットの描いたホームズ像が、それほど読者の心に深く刻まれていたということだろう。

人々の心に具体的なホームズ像を定着させたのは、パジェットの挿絵だけではない。芝居や映画で繰り返し上演されたのも、ホームズ像の定着に役立った。コナン・ドイル自身も、「ホームズが血あり肉ある実在の人物だという印象は、それがしばしば舞台に現れたことによって強められたものだろう」と言っている(『わが思い出と冒険』[14])。

ホームズものを最初に劇化したのは、アメリカの俳優ウィリアム・ジレットで、「ボヘミアの醜聞」を自ら脚色し、脚本も自分で書いた。初演は一八九九年、ニューヨークでロングランの後、国内を巡業し、一九〇一年にはロンドンのライシーアム座でも公演した。ジレットの劇『シャーロック・ホームズ』は大当たりで、コナン・ドイルも原作者としてかなりの分け前をもらった。ジレットが「ホームズを結婚させてもよいか」と電報でコナン・ドイルに尋ね、コナン・ドイルが「結婚しても殺しても、その他何をしてもよろしい」と答えたことは有名だ（『わが思い出と冒険』[15]）。ジレットは舞台で鹿追い帽をかぶり、吸い口の曲がったパイプを使った。鹿追い帽はシドニー・パジェットが挿絵に描いたのが最初だが、ジレットが舞台でかぶったことにより、ホームズの帽子として広く定着した。長身のジレットが演じるホームズは、作者が初め思い描いていたよりもずっとハンサムだったが、その方がよかったと、コナン・ドイルも認めている。ジレットはホームズの舞台劇を三十年にわたって千三百回以上上演し、無声映画『シャーロック・ホームズ』（一九一六）にも主演した。

コナン・ドイル自身も、ホームズものの劇化には積極的で、自ら脚本を書き、『まだらの紐』の題でロンドンのアデルフィ座で上演している（一九一〇年六月四日初演）。主演はH・A・セインツベリ（H. A. Saintsbury 一八六九〜一九三九）で、コナン・ドイルはセインツベリのホームズを誉めている（『わが思い出と冒険』[16]）。

映画も作られ、コナン・ドイルも見ている。特にストール映画会社が制作したエイル・

ノーウッド（Eille Norwood 一八六一〜一九四八）主演の無声映画には、コナン・ドイルが「あれだけのものが制作されれば費用をかけただけのものはある」と言っている（『わが思い出と冒険』[17]）。ノーウッドは四十本のホームズ映画に出演し、舞台でもホームズを演じた。アメリカの美男俳優ジョン・バリモアも一九二二年の映画で、ホームズを演じている。

その後も、アメリカ映画でホームズを演じたベイジル・ラスボーン、BBCのラジオ・ドラマでホームズを演じたカールトン・ホッブス（Carleton Hobbs 一八九八〜一九七八）など、ホームズ役者として名前を残した人は数多くいる。

最近ではイギリスのグラナダ・テレビが制作したジェレミー・ブレット主演の「ホームズ」シリーズが原作に忠実で、ホームズらしいホームズだとして評判をとった。劇や映画になったホームズ劇の多くは原作に忠実ではなく、翻案したり、時代も現代に置き換えたりしている。その中で、グラナダ・テレビのこのシリーズは時代もストーリーも原作に忠実で、まさにヴィクトリア朝時代の『ストランド・マガジン』を彷彿とさせるものだった。

二〇一〇年に始まったBBC制作のテレビ・ドラマ『シャーロック』は、時代を現代に置き換えた翻案ドラマで、ベネディクト・カンバーバッチのホームズは、容姿もシドニー・パジェットのホームズとは程遠い。それでもニコチン・パッチを貼って、ITを駆使し、高機能社会不適合（high-functioning sociopath）を自認しているホームズと、トラウマを抱えてアフガニスタン戦争から帰還したワトスンの二人組は、二十一世紀の社会を映し出す好番組と評判が高い。このように、名探偵シャーロック・ホームズ像をつくったのは原作者コナン・ドイルひとりの手柄ではない。挿絵画家、俳優、監督、それに時代と国境を越えた大勢の読者の力によるところが大きいのである。シャーロック・ホームズがこの世に登場して今年で百三十年。ホームズは永遠の人物として今も生きている。

1 中尾真理「*Old Possum's Book of Practical Cats* 覚え書き——"Macavity: the Mystery Cat" の謎」『奈良大学紀要』第三四号、奈良大学、二〇〇六年。
2 *Arthur Conan Doyle: A Life in Letters*, p. 300.
3 一八九二年二月四日、母メアリ・ドイル宛の手紙。*Arthur Conan Doyle: A Life in Letters*, p. 310.
4 『わが思い出と冒険』一一四頁。
5 マンゴージェリーはチンピラ猫、グリッドルボーンは姉御猫。いずれも猫の名前。
6 ニコラス・メイヤー『シャーロック・ホームズ氏の素敵な冒険』田中融二訳（扶桑社、一九八八）。論考ではなく小説仕立てで、パスティーシュである。
7 平賀三郎編著『ホームズまるわかり事典』（青弓社、二〇〇九年）九三頁。

8　ホームズの誕生日が一月六日とされる根拠は、「旅路の終わりは恋人のめぐりあい」というシェイクスピアの『十二夜』からのせりふが作品中で二度（「空き家の冒険」「赤い輪」）引用されていることによる。

9　イギリス映画、ロバート・ドーナット主演。J・D・サリンジャーの小説『ライ麦畑でつかまえて』で主人公の十歳の妹フェーブの好きな映画でもある。

10　アメリカ映画、ケーリー・グラント主演。

11　この年（一九一七）アメリカではエスピオナージ・アクト（防諜法）が成立している。国防に関する情報を漏らしたり、徴兵に反対することを禁ずる法律である。

12　江戸川乱歩「英米の短編探偵小説吟味」『続・幻影城』三〇頁

13　延原謙訳では、「ぴたりとあったハンチング」。

14　『わが思い出と冒険』一一八頁。

15　『わが思い出と冒険』一二〇頁。

16　『わが思い出と冒険』一一九頁。

17　『わが思い出と冒険』一二六頁。*Arthur Conan Doyle: A Life in Letters*, p. 683.

第三章　観察と推理――シャーロック・ホームズの先輩たち

フランソワ・ウージェーヌ・ヴィドックとエミール・ガボリオ

コナン・ドイルがエディンバラ大学の恩師ジョウゼフ・ベル教授をモデルに、シャーロック・ホームズという人物を作り上げたことは前に述べた。しかし、ホームズのモデルは他にもあり、それらが集合して今日、普通名詞にもなっている名探偵シャーロック・ホームズ像ができあがったと思われる。ここで、ベル教授以外に、モデルになったと思われる先輩探偵たちについて簡単に触れておきたい。

ホームズ以前に探偵として活躍した人物は、実在と架空と、両方存在する。実在の人物としてはフランソワ・ウージェーヌ・ヴィドック、架空の人物ではエドガー・アラン・ポーのC・オーギュスト・デュパン、エミール・ガボリオのルコック探偵があげられる。フランスの影響が大きい（ヴィドックもガボリオもルコック探偵もフランス人、エドガー・アラン・ポーはアメリカ人だが、オーギュスト・デュパンはフランス人という設定）。

まずは実在のフランソワ・ウージェーヌ・ヴィドック（François-Eugene Vidocq 一七七五〜一八五七）から。

ヴィドックはパリ警視庁創立当時の密偵で、伝説的人物。特捜班を創設してこれを指揮した。[1] しかし、警察に入る前はむしろ犯罪者の側にいた。脱走兵として脱獄と逮捕を繰り返し、犯罪の世界にも精通するようになった。やがてその豪胆な腕を買われて、ヴィドックはパリ警視庁に密偵として雇われる。通説では、警視庁保安隊の隊長として活躍したとされているが、どうやらこれは誇張らしい。ヴィドックが書いたとされる『ヴィドック回想録（*Les Mémoires*, 1828-29）』（一八二八～九）によると、警察の治安関係の一部局の長、要するに特捜班の班長であったというのが真実のようだ（『ヴィドック回想録』および解説[2]）。しかしながら、ヴィドックが脱獄王で、変装の名人で、色事師であったという評判は、半ば伝説化しており、「犯罪の達人（Master of Crime）」との異名もある。密告とスパイを常套手段とし、犯罪すれすれの摘発を行い、その一方では、犯罪者と犯罪の手口を分類して膨大なカードをつくり、各地の警察に配備して、科学的捜査方法を確立したとも言われている。しかし、これまた、どうやら過大な誤聞らしい（『ヴィドック回想録』解説[3]）。『ヴィドック回想録』でヴィドックは、せいぜい犯罪者の人相を識別しておいてそれを役に立てたこと、犯罪現場の足跡と容疑者の靴とを比較したことくらいしか述べていない。「密偵ヴィドック」は実像以上に膨らんだ虚像となり、一種のスーパー・ヒーローと化したようだ。

ホームズはグレグスン刑事やホプキンズ警部に向かってたびたび、過去の犯罪記録を読むようにと奨励しているが、それは伝説化されたヴィドックのやり方に学んだのかもしれない。本物のヴィドックはそこまで科学的な人間ではなかった。教育をどの程度受けたのかもわかっていない。大部の『ヴィドック回想録』がどうやって書かれたのかもわかっていない。すべて謎である。

ヴィドックは強盗事件に加担したかどでパリ警察を解任された後、一八三二年に私立探偵事務所を設立し、世界で最初の私立探偵となった。しかし、これも友人の弁護士と共に一種の興信所を開いたというのが実情であって、私立探偵社とまでは言い難い。法律相談所と生活相談所を兼ねたようなものだったようだ。

ヴィドックの回想録は広く読まれた。ヴィドックの存在が今日大きいのは、彼がバルザックや大デュマ、ヴィクトル・ユゴーと会ったことがあり、これらの作家に大きな影響を与えたことによる。『ゴリオ爺さん』のヴォートラン、『レ・ミゼラブル』のジャンバルジャンとジャベールは、いずれもヴィドックをモデルにしたと言われる。ヴィドックは六回脱獄をしているが、ユゴーはこれを下敷きにして、ジャンバルジャンの脱獄を書いた。デュマの『ガブリエール・ランベール』にもヴィドックに似た人物が出てくるし、バルザックの『従妹ベット』のサン・テステーヴ卿のモデルもヴィドックだという[4]。パリの書店では、ヴィドックの回想録をフィクションの棚ではなく、文学の棚に並べているそうだが、それほど文学者への影響が大きかったということだろう。

ヴィドックの影響を受けたのは同時代の人に限らない。アイルランドの作家ジェイムズ・ジョイス（James Joyce 一八八二〜一九四一）も少年の頃、『ヴィドック回想録』を読みふけった一人だ。ジョイスの『ダブリン市民（*Dubliners*）』（一九一四）の中の短編「アラビー（"Araby"）」の冒頭に、回想録を読みふけったことが書かれている。主人公の少年は引っ越しをしたばかりの家の片隅に、打ち捨てられていた三冊の本の中から、ヴィドックの回想録を見つけて、それを読んだ。少年は三冊の中でその本が一番好きだったと告白している。その家の前の住人というのが、司祭さんであったというのも、おもしろい。ヴィドックのどこが人を惹きつけるのだろうか。犯罪が人を惹きつけるのだろうか。『ヴィドック回想録』には悪童時代、徒刑場のこと、脱獄の思い出、売春婦のこと、密偵の実態などが書かれている。無法な人々の無頼な生活が、冒険と受け取られるのだろうか。モーリス・ルブランのアルセーヌ・ルパンは、ヴィドックの影響が大きいと言われている。その真偽はともかく、ガボリオの創造した探偵ルコックになると、これはヴィドックの存在なしには考えられない。

探偵ルコックが登場する『ルルージュ事件（*L'Affaire Lerouge*）』（一八六六）は、エミール・ガボリオ（Émile Gaboriau 一八三二～七三）の代表作で、世界最初の長編ミステリーと言われている。日刊紙『ソレイユ』に連載されて、評判を呼んだ。ルルージュ未亡人の遺体発見に始まり、犯人の死で終わるこのミステリーは、ホームズの登場より二十年ほど前の一八六六年に発表されている。捜査にあたるのは予審判事ダビュロンと素人探偵のタバレ、そしてタバレの助手のルコック刑事である。ルコック刑事は「かつては前科者で、その後、法を守る立場に身を転じた男」という設定で、明らかにフランソワ・ウージェーヌ・ヴィドックを彷彿とさせる。『ルルージュ事件』ではルコック刑事の出番は少ないが、次作『オルシヴァルの犯罪』（一八六七）以後、主人公として活躍する。『ルルージュ事件』は構想が巧みで、入り組んだ人間ドラマが読者を惹きつける。

作者のガボリオは軍隊に入った後、医学や法律を学び、さまざまな職業を転々としていたが、小説『ルルージュ事件』が日刊紙『ソレイユ』に連載されると、注目され、有名になった。英国の古典的長編ミステリー『月長石（*The Moonstone*）』（一八六八）の作者ウィルキー・コリンズ（Wilkie Collins 一八二四〜八九）もガボリオの愛読者だった。コナン・ドイルも『緋色の研究』を書く時に、「構想の巧みに入り組んでいるという点で、ガボリオは多少私をひきつけた」と言っている（『わが思い出と冒険』[5]）。

ホームズとルコック

ルコック探偵（Lecoq）については、『緋色の研究』の初めに言及があるので、まずそれを確かめておきたい。ホームズが探偵であることを初めてワトスンに告げる場面である。ルコック探偵と共に、エドガー・アラン・ポーのオーギュスト・デュパンがホームズの先輩としてあげられている。

ホームズとワトソンがまだ知り合って間もないころのことだ。朝の食卓で、ワトスンはホームズが書いたとは知らずに、ある新聞記事を酷評した。それは観察と分析による推理を称賛したものであった。すると、ホームズは静かに、その記事を書いたのは「僕だ」と言い、「僕は観察と推理の才能によって日々のパンを得ている、世界でも唯一の顧問探偵だ」と初めてワトスンに明かすのである。推理分析学などたわごとだと言って、信用しないワトスンに、ホームズは「初めて会ったとき、君はアフガニスタン帰りでしょうと言ったら、おおいに驚いていたようじゃないか」と、次のようにその推理の過程を説明する。

「ここに医者タイプで、しかも軍人風の紳士がいる。すると軍医に違いない。顔は真っ黒だが、黒さが生地でないのは、手首の白いのでわかる。してみると熱帯がえりなのだ……わが陸軍の軍医が艱難《かんなん》をなめ、腕に負傷までした熱帯地はどこだろう？むろんアフガニスタンだ。――と、これだけの過程をおわるには一秒も要しなかった。それで僕がそれを言ったら、君は驚いたというわけさ」（『緋色の研究』第二章一部表記改変）

こう説明されると、ワトスンはたちまち納得した。おおいに感じ入ったワトスンが、探偵と聞いて、まず引き合いに出したのが、エドガー・アラン・ポーのデュパンだった。

「君はエドガー・アラン・ポーのデュパンを思い出させる。ああいった人物が、小説の主人公以外に実在しようとは、夢にもおもわなかったなあ」

しかし、デュパンの名前に、ホームズの反応はそっけなかった。

「もちろん君は褒めたつもりで、僕をデュパンに比べてくれたのだろうが、僕に言わせればデュパンはずっと人物が落ちる。十五分間もだまりこくっていてから、突然適切な言を吐いて、友人たちの思索をぶちこわして驚かすというあの男のやり口は、きわめて浅薄な見栄だよ。それは分析的な才能をいくらか持っていたには違いなかろうが、ポーの考えていたほどの驚異的な人物じゃ決してないよ」

デュパンにいくらか分析の才能のあることは認めるが、「ずっと人物が落ちる（a very inferior fellow）」というのだ。それではと、ワトスンはエミール・ガボリオの『ルルージュ事件』に登場するルコック探偵の名前をあげる。

「君はガボリオの作品を読んだことがあるかい？　ルコックは探偵として君の理想にかなうだろうか？」

ワトスンはガボリオの愛読者であるようだが、しかし、ホームズのルコック探偵に対する反応は、これまた冷たいのである。

「ルコックなんて、あわれな不器用ものさ……取り柄といったらたった一つ、精力だけだ。あの本には胸クソが悪くなった……」

と、さんざんである。どうもルコックといい、デュパンといい、ホームズは先輩探偵たちの人物像がお気に召さないようだ。

ホームズがルコックに冷たいのは、ひとつには彼が紳士階級でないためだろうし、フランス人への偏見もあるだろう。しかし、ポーの探偵オーギュスト・デュパンに対しては、同じ階級でないという偏見はないはずだし、実際、ホームズはデュパンから多くを学んで、継承しているのである。次に、ポーとデュパンの探偵方法を具体的にみることにしよう。精力だけではなく、科学的な精神から犯罪と謎解きに関心を寄せた人として、エドガー・アラン・ポーは、コナン・ドイルの先輩である。

エドガー・アラン・ポー

エドガー・アラン・ポー（Edgar Allan Poe 一八〇九〜四九）はマサチューセッツ州ボストンに生まれたアメリカの作家である。『南部文学便り（*The Southern Literary Messenger*）』等の雑誌の編集の傍ら、自ら筆をとり、C・オーギュスト・デュパン（C. Auguste Dupin）

を探偵とする三編の推理小説を書いた。いずれも短編である。ポーは探偵小説だけでなく、書評や批評を書き、詩や幻想的な短編小説を多数書いた。詩の分野ではフランス象徴派に大きな影響を及ぼし、短編小説では、怪奇幻想的な作品を多数書いた。推理小説だけでなく、SF小説（サイエンス・フィクション）の開拓者としても知られている。イギリス浪漫派の詩人、たとえばサミュエル・テイラー・コールリッジ（Samuel Taylor Coleridge 一七七二〜一八三四）の世界を、ポーは散文でなしとげたと言われる。[6] また、十八世紀末にゴシック小説と言われる怪奇恐怖小説が流行したが、これに心理的緻密さと科学性を付与したのが、他ならぬポーだとされている。怪奇恐怖小説にもいろいろあるが、ウィリアム・ベックフォード（William Beckford 一七五九〜一八四四）の『ヴァテック（*Vathek*）』（一七八六）やマシュー・グレゴリー・ルイス（Matthew Gregory Lewis 一七七五〜一八一八）の『修道士（*The Monk*）』（一七九六）が、ポーの系統に近い。

ポーが生まれたのは一八〇九年、亡くなったのが一八四九年だから、コナン・ドイル（一八五九〜一九三〇）が生まれる半世紀前の人である。早くから孤児となり、養家で育った。

ヴァージニア大学に入学し、ウエストポイントの陸軍士官学校に入ったが、いずれも長続きせず、雑誌編集にたずさわるようになった。飲酒癖があって、貧窮生活から脱出できないまま、四十歳で早世している。

ポーには長編といえるものは一作もなく、詩や評論、短編小説を多数書いたが、その中で探偵が登場するのは三作のみである（デュパンは探偵を名乗っているわけではないが、警察の事件解決に協力している）。

しかし、厳密には推理小説とは言えないまでも、犯罪や謎の解明に関わる作品は多数ある。「告げ口心臓」や「黒猫」は殺人犯が語る物語であるし、「犯人はお前だ」では、殺人事件で最後に殺された当人が犯人を名指しするという意外な結末で終わっている。直接犯罪や殺人に関わらなくても、ポーの作品の多くは異常心理、潜在的恐怖、死を扱っている。しかも、ポーはそれを鋭敏な美意識で狂気すれすれのところまで推し進める。その一方で、ポーにはそれらの異常な現象、恐怖、心理というものを知的に、そして科学的に分析したいという強い欲求がある。したがって、「穴と振り子」「黄金虫」「メールストームの大渦」のように推理小説ではないが、観察と謎解きが主体となる作品が多い。手法的には推理小説に近いのである。しかし、ここでは話を複雑にしないために、「探偵とその推理法」に限ることとし、探偵オーギュスト・デュパンが登場する三つの短編小説に焦点を絞ることとする。

デュパンの登場する短編は、次の三つである。[7]

「モルグ街の殺人」（"The Murders in the Rue Morgue"）（一八四一）

「マリー・ロジェの謎：モルグ街の殺人の続き」（"The Mystery of Marie Rogêt: A Sequel to The Murders in the Rue Morgue"）（一八四二〜四三）

「盗まれた手紙」（"The Purloined Letter"）（一八四五）

以上の三作品とも、雑誌に掲載後、単行本『短編集（*Tales*）』（一八四五）に収録された。

オーギュスト・デュパンの観察と推理

デュパンが初めて登場するのは「モルグ街の殺人」である。ポーが副編集長を務めていた『グレイアムズ・マガジン（*Graham's Magazine*）』の一八四一年四月号に発表された。冒頭に、人の精神活動のうち、「分析（analysis）」能力についてのやや長い礼賛文がある。「分析的な知性」は高度に深遠なもので、たとえばゲームで言えば、チェスはただ集中力を必要とするだけだが、ホイストになると分析的能力が必要となる。重要なのは観察であって、「分析」は数多くの観察、数多くの推理によってなされるものなのだ……と、まずテーゼが示される。次に、その具体例として示されるのが、「モルグ街の殺人」事件なのである。

デュパン登場の部分は次のようになっている。

一八××年の春、それから夏の一時期、ぼくはパリに滞在していて、C・オーギュストア・デュパンなる人物と親しくなった。この若い紳士はかなりの家柄——むしろ名門の出であったが、さまざまの不幸な事件がつづいたため、貧苦に悩み、生来の気力も衰えた結果、世間に出て活躍しようとか、資産を取戻そうとかいう志を捨ててしまっていた。（「モルグ街の殺人」丸谷才一訳、以下同じ）

デュパンはフランス人で、名門の生まれだが、今は落魄の身という設定である。しかし、「債権者たちの好意によって、親ゆずりの財産が僅かばかり残っていたので、ここから生じる収入」があり、贅沢はできないものの、なんとか暮らしていくことはできる。要するに、金持ちではないが、生活のために働く必要はないのだ。趣味は読書、それも稀覯《きこう》書で、世間一般の人とは価値観を異にする。この探偵像は、ほぼ、そのままシャーロック・ホームズに受け継がれたと言っていいだろう。[8]

語り手の「ぼく」はパリに遊学中のアメリカ人である。この「ぼく」がワトスン役である。「ぼく」が初めてデュパンと出会ったのは、モンマルトル街の図書館で、偶然同じ稀覯書を求めてのことだった。

デュパンと「ぼく」は親しくなり、「ぼく」のパリ滞在中は、共に暮らすことになる。家賃はアメリカ人の「ぼく」が受け持ち、パリ近郊のフォーブール・サン・ジェルマン (Faubourg St Germain) の奥まった古い家を借りた。フォーブール・サン・ジェルマンは貴族的な土地柄の町で、[9]そこの廃家同然の家で、二人はボヘミアン的生活を送る。昼は室内に閉じこもって、香料入りの蠟燭で夜の闇を現出し、夜は腕を組みあって（arm in arm）パリの街を歩くというやや倒錯的な生活である。

やがて、「ぼく」はデュパンの「特異な分析能力（a peculiar analytic ability in Dupin）」に気がつく。二人でパレ・ロワイヤル付近を散歩中のことだった。十五分ばかり、互いに無言で歩いていた時のことである。

と、とつぜん、デュパンがこう言いだした——

「たしかに、あいつはひどく背が低い、寄席のほうが向くだろう」

「もちろんそうさ」

と、返事をした後で、「ぼく」は、こちらが何も言わないのに、彼が、まるでこちらの考えていることを知っているかのように、相づちを打ったのに気づき、改めて不思議だと思う。というのも、ちょうど「ぼく」はその時、クレビヨンの悲劇を演じて不評だった役者シャンティリーのことを考えていたからだ。デュパンはどうしてこちらの心中を読み取ったのだろうか？

驚きの色を隠せない「ぼく」に、デュパンは次のように謎解きをした。十五分前にぶつかった果物屋のせいだというのである。

「説明しよう」と彼は言った。「万事はっきりと納得がゆくはずだ。まず君の瞑想の道筋を、ぼくが話しかけたときから問題の果物屋とぶつかったときまで、遡ってみようじゃないか。思考の鎖は、ごく大まかに言えばこんな具合になる。——シャンティリー、オリオン星座、ニコラス博士、エピクロス、截石法《ステレオトミー》、通りの敷石、果物屋」

これだけでは何のことだかわからない。デュパンは説明を続ける。

「ぼくの記憶がただしければ、ぼくたちはC＊＊街を立ち去りかけたとき馬の話をしていた。これが最後の話題だった。道を横切ってこの通りに入ったとき、頭の上に大きな籠をのせた果物屋がぼくたちの横をあわてて通りすぎ、修理中の歩道の、敷石が積んである所に君をつきとばした。君はそのがたがた揺れる石を踏みつけ、足をすべらせ、ちょっぴり足を挫いた。いらいらしたような不機嫌な顔つきで、二言三言、何かつぶやき、積んである石を見て、それから無言で歩き出した。ぼくは君のしたことに、そう特に気を配っていたわけじゃなかった。でも、近ごろのぼくにとって、観察は一種の習慣になっているんだよ。

君は地面を見つめつづけていた。ラマルティーヌ小路に来るまで、不機嫌な顔つきで、舗道の穴ぼこや車輪の跡を見ていた。（それで、相変らず石のことを考えているな、ということが判ったんだ。）あの小路は、実験的に、石板を重ね合わせて鋲でとめるやり方で舗装してある。ここへ来ると、やっと君の顔色は晴れやかになった。ぼくは君の唇が動くのを見て、ははあ、この舗装のし方につけたひどく気取った用語——『截《ステ》石法《レオトミー》』をつぶやいたんだな、と確信した。『截石法《ステレオトミー》』と独言を言えば、きっと原子のこと、それからエピクロスの学説のことを考えるだろう、とぼくには判っていた。それに、こないだ君とエピクロスのことを論じたとき、あの高貴なギリシア人の漠然とした臆測が最近の宇宙星雲起源説によって確認されたのは、誰も注目しないけれどじつに不思議なことだ、という話をぼくがした。だから、君はきっと眼を上にあげてオリオン星座の星雲に向けるだろうという気がした。そう期待していると、君はやはり上を見た。それでぼくの考えの辿り方は正しいと保証されたわけさ。………それまでは、君はいつものように前こごみの歩き方をしていた。ところが今度は、胸を張ってそり身になった。それで、きっとシャンティリーが背が低いことを考えているんだな、と思ったんだ。このときだよ。ぼくが君の瞑想の邪魔をして、あいつ——シャンティリーは、小男だから寄席の方が向く、と言ったのは」

デュパンは「ぼく」の動作や表情を細かく観察して、「ぼく」の胸の奥に去来する意識を「推測」したのだ。これによく似た話がシャーロック・ホームズの「ボール箱」(一八九三)にある。デュパンが友人の動作から推理をしたのに対し、ホームズはワトスンの顔の表情だけで推理をしたと言っている。

……と、ふいにホームズの声がせっかくの瞑想をやぶった。

「そのとおりだよ、ワトスン君、こいつは議論に決着をつける方法としちゃ、ちと不合理だね」

「不合理もはなはだしいさ」と私は断じたがふと、黙って考えていたことがどうしてホームズにわかったろうと気がついて、居ずまいをなおすとともに、驚いてまじまじと彼の顔を見つめた。

「どうしたというんだい、ホームズ君? おどろいたなア。想像もつかない」

ホームズは私のあっけにとられた顔をみて、腹の底から笑った。

「いつぞやポーの文章の一節を読んで聞かせたのを覚えているだろう? あのなかに、細心なる推理家はよく友人が胸のなかで考えていることも言いあてるものだとあったのにたいして君は、著者の単なる芸当に過ぎないといったね? そして僕が、それくらいのことならいつでもやってみせるといったら、君はほんとうにしなかった」

ワトスンは、「君の朗読したポーの例では、推理家は相手の動作から結論をえていた。たしか石ころにつまずいて、星を見あげてどうとかしたとあった。だが、僕は静かにじっと椅子にかけていただけだ。手掛かりになるような動作は、一つもやっていない」と反論する。それに対しホームズは、ワトスンが新聞を捨てて何かを考え出したのを見て、その顔色と眼から、ワトスンが考えていることを見破ったのだと答える。

「じゃ僕からいってみよう。新聞を投げ捨ててから――こいつで僕は君に注意を向けだしたのだが――三十秒ばかり君はぽかんとしていた。それからこんど君が新しく額にいれたゴルドン将軍の肖像に眼をやった。そしてこのころから君の顔がかわってきたので、ははあ黙想がはじまったなと思った。

しかしそれはあまり続かなかった。つぎに君の眼はまだ額に入れないで本の上においてあるヘンリー・ワード・ビーチャーの肖像のほうへ移り、ちらりと壁を見上げたが、その意味はむろん明らかだ。これを額にいれたら、壁のあいているところへ掛けるにちょうどよいし、それにゴルドン将軍との対照もよいなと思ったのだ」

「うーむ、すっかり見ぬかれたね」

「そこまでは何の苦もなくすらすらとわかった。だが、君の思索はまたビーチャーにもどった。そしてその顔かたちから性格でも研究するように、じっと眼に力を入れて見つめていたが、やがてその力だけはぬいたけれど、依然としてそこから眼は放さず、何か考え込む様子だった。ビーチャーの生涯を考えていたのだ……そのあとで君の眼がビーチャーを離れたとき、僕は君が南北戦争のことを考えているなと思った。そして君がきっと口をむすび、眼をかがやかせ、両手を握りしめているのを見て、あの両軍必死の戦争で、多くの戦士の示した武勇ぶりをしのんでいるのだなと思った。だが、それからまた君の顔は悲しげな表情にかわった。そして頭さえふるわせている。むろんこれは戦争の悲惨さ、恐ろしさ、人命の浪費を思ってのことだ。君は無意識にふるい傷あとへと手をやって、にッと唇をほころばせた。これは君が国際問題を戦争によって解決することの不合理さを思っているのだと、僕は教えられた。この点で僕は君に同意を表して、不合理だといったのだが、幸いにして僕の推断は誤っていなかったようだね」

ホームズはポーの方法をわざと真似て、こんなことはそれほど難しいことではない、「なあに、きわめて浅薄な（superficial）ことだよ」と言い切っている。

とはいうものの、ホームズがデュパンの「観察に基づいた分析」を忠実に実践していることは間違いない。『緋色の研究』も『四つの署名』も、その第一章の表題が「推理の科学（Science of Deduction）となっているのは偶然ではないだろう。『四つの署名』では、理想的な探偵の条件として「観察力と推理力、そして知識」をあげている。いくら観察力と推理力があっても、知識が足りなければだめだと言って、「各種煙草の灰の鑑別について」という論文を書いたことを自慢し、ワトスンに皮肉を言われた後で、次のように言っている。

「たとえば観察は僕に、君がけさウィグモア街郵便局へ行ったことを知らせてくれるが、そこで君が電報を一本うったことを教えてくれるのは推理のほうだ」

「あたった！」私は思わず叫んだ。「両方ともあたった！　しかし、どうしてそれがわかるんだい？　けさは急に思いたって、誰にもいわずに出かけたのにね」

「簡単そのものさ」ホームズは私が驚いたのを見てにやりとして、「説明を要しないほど簡単なんだが、観察と推理との限界の説明には役にたつだろう。観察によれば、君の靴の甲には赤土がすこしついている。ウィグモア街はこのごろ敷石をおこして土を掘りかえしていて、局へ行くには必ずそのうえを踏んで通らなければならなくなっている。この妙な色の赤土は僕の知るかぎりでは、ほかで見られない色だ。ここまでが観察で、これから先が推理になる」

「それで、電報をうったとわかったのは？」

「けさはずっと君と向かいあっていたけれど、手紙を書いた様子はなかったし、それにあけはなしになっていた君の引出しには、切手もはがきもたくさん見えていたからさ。それでも局へ行くというのは、電報よりほかないじゃないか。すべてのありえないことを取り捨ててゆけば、あとに残ったのが必ず真相でなければならない」

探偵は、推理と観察にもとづく厳正な科学であるということを、コナン・ドイルはエディンバラ大学の恩師から学んだのであるが、実は、それと同じことを、ポーのデュパン探偵からも学んでいたのである。

「モルグ街の殺人」

デュパンの探偵法を、もう少し具体的に見ることにしよう。

「モルグ街の殺人」では、前述のように、デュパンの特異な分析的能力の実例が提示された後で、いよいよ殺人事件が起こる。

ある日、デュパンは新聞で、レスパネー夫人とその娘が惨殺されたモルグ街の殺人事件の記事を読み、一つ調べてみようと言いだす。調べるのは楽しいだろうから、というのである。事件が起こったのは、午前三時、四階にあるレスパネー夫人の家だった。現場は窓もドアも鍵がかかっており、いわゆる密室殺人事件である。悲鳴を聞いて駆けつけた複数の人たちは、犯人の言い争う声を聞いており、多数の証言があった。一つの声の主はフランス語だったが、もう一つの声は何語だか、証人たちの意見が一致しない。フランス語、スペイン語、英語、ドイツ語、ロシア語、イタリア語、オランダ語のいずれでもないという。証人の中にはフランス人の他にオランダ人、イギリス人、スペイン人、イタリア人がいたにもかかわらず、何語だか一致しないのが不思議である。

　事件に興味を持ったデュパンは、懇意にしている警視総監G―の許可を得て、現場を調査する。警察官でないにもかかわらず、警察の許可で現場を調査できる点が、ホームズと同じである。デュパンは現場に着くと、建物の周りをその裏側まで確認した後で、中に入る。その後、デュパンがどんな調査をしたのか、語り手は何も伝えない。したがって、この時点ではわからないが、ただ、帰路、デュパンは新聞社に寄ったことが知らされる。

　翌日、これまでの沈黙を破って、デュパンが語り始める。実は、昨日新聞社に寄ったのは、広告を出すためで、これから事件の鍵を握る人物が、その広告を見て現れるはずだという。その人物（つまり「犯人」の飼い主）を待つ間に、デュパンは昨日、現場でどんな「観察」をしたか、そして彼がそれに基づいてどんな「推理」をしたかを語り始める。

　デュパンはこの事件の特異な点をまずあげる。殺され方が凄惨であること、現場に駆けつけた多くの人が犯人たちの言い争う声を聞いているにもかかわらず、それが何語であったのか、わからないことだ。また、四階の密室から犯人がどのようにして逃走したのかも謎である。

さて、言語については、多くの証人がいたにもかかわらず、誰にも一言も聞き取れなかったことに、デュパンは注意をうながす。

次に、逃走経路だが、これは論理的に考えれば、窓から逃走したとしか考えられない。しかし、二つの窓には鍵がかけられ、しっかりと釘づけされていた。普通ならここで行きづまるはずだが、デュパンがよく調べてみると、窓はバネ式で、ひとりでに閉まって鍵がかかることがわかった。釘もしっかり打ちつけてあるように見えたが、動かしてみると、釘の一本が折れている。しかし、窓を閉めてしまうと、「折れた釘」が「完全な釘」であるように見えるために、警察は見逃してしまったのだ。したがって、犯人は窓から侵入し、窓から逃走したのである（読者はこのようにして、デュパンが昨日、現場でどのような捜査をしたのかを、本人の口から知ることとなる）。

さて、その犯人であるが、ここでデュパンが最初に指摘した「凄惨な殺され方」が問題になる。一つの死体は暖炉に逆さまに押し込まれ、もう一つの死体は首と胴が離れていた。皮膚ごとむしりとられた毛髪も見つかっている。デュパンは、被害者の喉に残った爪痕が異常に大きいことにも注意を向ける。また、四階の窓から侵入するのはよほど身が軽くなくてはできない芸当である。それらを考え合わせると、犯人が普通の人間であるとは考えられない。ここでデュパンは、被害者レスパネー夫人の手に握られていた、一房の「毛」

を取り出して見せる。「人間の毛じゃないよ」と「ぼく」は驚く。すると、デュパンは動物学者キュヴィエの本を取り出し、オラン・ウータンの記述を指し示す。

以上のデュパンの調査と推理は、『緋色の研究』『四つの署名』などで、シャーロック・ホームズが行った探偵方法によく似ている。密室のトリックで、動物が犯人であるという点では、「まだらの紐」（蛇）、『四つの署名』（アンダマン諸島の小人）、「背の曲った男」（マングース）への影響は明らかだ。オラン・ウータンの特性を示すために、動物学者キュヴィエの著作を取り出して見せるところも、ホームズが『四つの署名』で地名辞典を取り出し、アンダマン諸島の原住民についての記述を示すのと同じである。

また、デュパンは、現場での捜査の後、新聞社に寄って、「ボルネオ産オラン・ウータンを捕獲、持ち主はサン・ジェルマン街まで来訪を乞う」という広告を出した。この広告を見て、翌日、ひとりの船員がサン・ジェルマンの家に尋ねてくる。何食わぬ顔でオラン・ウータンを引き取ろうとしたのだ。こうした新聞広告の使い方も、ホームズ物語でおなじみになっている。「モルグ街の殺人」では、デュパンが愛想よく船員を迎え入れ、何気なく会話を交わした後で、入り口に鍵をかけ、ピストルを出し、テーブルの上にこれ見よがしに置いてから、「謝礼の代わりに、モルグ街の殺人についてのすべてをはなしてもらおうか」と静かな口調で言うのである。船員は観念して、一部始終を語り始める……。

C・オーギュスト・デュパンの物語の特徴をまとめてみると次のようになる。

（1）デュパンとアメリカ人の語り手の「ぼく」とが共同生活を始めるところから、話が始まる。
（2）新聞で事件を知り、懇意にしている警視総監G―の許可を得て、現場を調査するところも『緋色の研究』に似ている。
（3）現場では建物の外回りから始めて綿密に調査するが、その間は終始無言で、語り手の「ぼく」への説明はない。帰路に新聞に広告をして、犯人の来訪を下宿で待つ。すでに犯人の目星はついている。
（4）犯人を待つ間に、初めて観察と推理の過程を話す。犯人（ここでは船員）が来訪し、彼の口から事件の詳細が語られる。
これらはいずれも、ホームズ物語の基本的パターンでもある。「モルグ街の殺人」では最後に船員が、オラン・ウータンの行動と事件の真相について、長い一人語りをする。犯人による一人語りが、ホームズ物語の大きな特徴となっていたことは、今さら言うまでもない。

ポーとディケンズ

ところで、「モルグ街の殺人」を書いていたころのポーが、「謎を解く（solution of puzzles）」ということに異常な関心を抱いていたことを示すエピソードがある（小池滋『ディケンズとともに』他）。[11] ポーが「モルグ街の殺人」（一八四一年四月）を発表する二か月前に、海の向こうのイギリスではチャールズ・ディケンズの『バーナビー・ラッジ（*Barnaby Rudge*）』の連載が始まった（一八四一年二月）。ディケンズは当時英米きっての大作家だったから、アメリカでの読者も多かった。『バーナビー・ラッジ』はゴードン卿の乱を扱った歴史小説だが、冒頭で、二十二年前の未解決殺人事件が語られる。屋敷の主人が殺され、執事と庭師が行方不明になるという事件である。その後、執事の死体が発見されたが、顔は腐敗していてわからず、着衣から執事と判断された。

ここでディケンズは、殺された被害者と思われていた人物が、実は犯人であったというトリックを使っている。今ではいささか陳腐にさえ思われるこのトリック、小池滋氏によると、最初に考えついて使ったのがディケンズで、その作品が『バーナビー・ラッジ』（初回の掲載は一八四一年二月十三日）であるという。初回の掲載は一章だけで、読者に与えられた情報はそこまでだった。二回目からは二章ずつ掲載された。

さて、その初回号だけを読んで、ディケンズの意図を見破ったのが、エドガー・アラン・ポーだったのである。大西洋の向こうに住んでいたにもかかわらず、ポーはただちに筆をとり、フィラデルフィアの『サタデー・イヴニング・ポスト（*The Saturday Evening Post*）』誌に寄稿した。ポーは当時、フィラデルフィアに住んでいたのだ。連載中の『バーナビー・ラッジ』の冒頭の殺人事件の謎を推理する内容だった。ポーが推理したところによると、犯人は執事で、「顔のない死体」「被害者＝犯人」のトリックが使われていたというのだ。ポーの推理はほぼ的中していた。ディケンズは殺人事件の謎を曖昧にしたまま、謎解きはずっと後の六二章まで伸ばしていたのだが、ポーはディケンズの張った伏線から早々と謎を解いてしまったのである。

ポーは推理小説風の作品を多数書き、その中で推理小説の基本トリックのほとんどすべてを見せているが、江戸川乱歩によると、この「被害者が犯人であった」というトリックだけは使っていない。[12]ポーはこのトリックを知っていたが、「海の向こうの先輩に先に書かれてしまったので、同じトリックを又むしかえす気がしなくなったのだ」というのが乱歩の解釈である。小池滋氏も、ポーはこのアイディアを「いつか小説にしたいと思っていたのに、ディケンズに先を越され口惜しがったのではないだろうか」と述べている。[13]

ディケンズの『バーナビー・ラッジ』は一八四一年の終わりに完結し、その年のうちに単行本となった。ポーは『バーナビー・ラッジ』が完結すると、彼が副編集長をしていた『グレイアムズ・マガジン』の一八四二年二月号に「バーナビー・ラッジ評」を書いて発表した。そして、一八四二年一月から六月にかけてディケンズが、アメリカに講演旅行に来た際に、ポーは「バーナビー・ラッジ評」の載った雑誌を持って、ディケンズに面会を申し込んだ。文豪がフィラデルフィアに滞在中の三月のことである。この時、ディケンズ三十歳、ポーは三十三歳だったが、作家としての名声は比べものにならなかった。ポーは自作の短編集『グロテスク・アラベスク物語（*Tales of the Grotesque and Arabesque*）』（一八三九〜四〇）を持参したが、ディケンズは興味を示さなかったようである。面会は二回行われたが、ディケンズにとって、ポーとの会見は特にどうというものではなかったらしい。イギリスで作品を出版したいというポーの希望も叶わずじまいだった。以上は、江戸川乱歩の「ディケンズの先鞭」および「探偵作家としてのエドガー・ポー」に詳しいので、一読されたい。

余談だが、『バーナビー・ラッジ』の主人公、知的障害のある青年バーナビーが常に連れている大鴉（raven）に触発されて、ポーは後に「大鴉（The Raven）」（一八四五）という詩を書いた。この詩は有名になり、ポーは文名をあげた。『バーナビー・ラッジ』はディケンズの作品の常で、挿絵入りで掲載されたが、挿絵にはハブロット・ブラウンによる黒いカラスが印象的に描かれている。哀れなバーナビーの肩にとまったグリップ（Grip）という名のそのカラスが「もっと（More!）」「もっと（More!）」と叫ぶのが、ポーの印象に残っただろう。「大鴉」を書いた同じ年に、ポーは「黄金虫」「盗まれた手紙」など十二編を集めた『エドガー・A・ポー短編集（*Tales by Edgar A. Poe*）』（一八四五）を出している。

「マリー・ロジェの謎」

「マリー・ロジェの謎（"The Mystery of Marie Rogêt"）」は『婦人の友（*Ladies'*

Companion)』という雑誌に三回に分けて掲載された(一八四二年十一、十二月および一八四三年二月)。ニュー・ヨークの煙草屋の売り子メアリ・セシリア・ロジャーズ殺しの実話に基づいた話である。

今回、事件の第一報をもたらすのは、警視総監G—である。「モルグ街の殺人」でのデュパンの働きはパリの警察に感銘を与え、デュパンは警察から協力を求められるようになった。マリー・ロジェの事件がその典型であったという発端である。冒頭でシュバリエ(勲爵士)・オーギュスト・デュパンという言葉が繰り返される。デュパンはなぜか緑色のレンズの眼鏡をかけている。

香水店の女売り子マリー・ロジェの死体が発見された。マリーは以前にも謎の失踪をしたことがあり、その時は一週間後に店に戻った。それから五か月後、マリーは再び謎の失踪をする。その三日後に、マリーが死体となってセーヌ川に浮かんでいるのが発見された。若い女性の謎の失踪と死は世間の評判を呼び、新聞雑誌はいっせいに事件をとりあげた。

この作品の特徴は、ポーがデュパンの物語に託して、ニュー・ヨークで現実におこった殺人事件「メアリ・セシリア・ロジャーズ事件」の謎に挑んだことである。『バーナビー・ラッジ』のトリックを見破ったことで自信を持ったのだろうか。今回は現実に進行中の事件である。果たしてポーは事件の謎を解くことができたのだろうか。

ポーはまず、実際の新聞記事を多用し、記事の誤りや誇張をひとつひとつ否定する形で、真犯人（香水店の主人）を絞り込んでいった。当時のニュー・ヨークの新聞や雑誌は、若い女性の集団暴行殺人として、この事件をセンセーショナルに取り上げたが、ポーはそれとは異なる推論を示した。デュパン（＝ポー）はマリーの最初の失踪事件が、今回の殺人事件に関係があると考えたのである。

今回、デュパンは現場には行かず、もっぱら安楽椅子探偵である。彼は緑色の眼鏡の影で、警視総監の長い話の間中、居眠りをしているのだが、話の内容はしっかり頭に入れていた。デュパンに代わって、今回は「ぼく」が警視庁から証拠物件と報告書を借りだし、各新聞社から事件の記事を集めてまわる。

ポーは「マリー・ロジェの謎」を書くことで、現実の殺人事件に、まるでテレビで実況中継をするレポーターのような真剣さで、自ら加わったのである。ジャーナリストとしての面目躍如というところか。そして、現実の「メアリ・セシリア・ロジャーズ事件」は、ポーの推察通り、新聞各社が当初書きたてたような集団暴行事件ではなかった。メアリの死因は堕胎手術の失敗によるものだったのである。真相が明るみに出たのは、宿屋の経営者（作中のデュリュック夫人）が告白したからである。ポー（＝デュパン）の推理は基本的に間違っていなかった。ポーが真相を知ったのは、まだ三回目の原稿が掲載される前だったが、さぞかし鼻が高かっただろう。

ポーは、「モルグ街の殺人」でも「マリー・ロジェの謎」でも、死体の凄惨な様子を生々しく描写している。コナン・ドイルは猟奇的な殺人を生々しく描写することを避けた。それは掲載雑誌『ストランド・マガジン』が家庭向けの総合雑誌であったことにもよるだろう。しかしながら、もともとコナン・ドイルには病的なもの、不道徳なもの、社会正義に反することを嫌う傾向がある。それはヴィクトリアンの体質かもしれないし、母親の教育によるものかもしれない。同じように合理性を追求するといっても、ポーには、神秘的な美への憧憬があり、研ぎ澄まされた感性があった。

物語としての「マリー・ロジェの謎」は、ほとんどがデュパンの一人語りで、語り手の「ぼく」が機能していないため、一般読者には読みにくい。しかし、ドロシー・L・セイヤーズはポーの三つの探偵小説の中では、この作品が最も良いと言っている（*Oxford* 版解説[14]）。

「盗まれた手紙」

隠し場所のトリックで有名な作品である。

フォーブール・サン・ジェルマンの家の四階にある小さな書庫兼書斎で、デュパンと「ぼく」が瞑想と海泡石（meerschaum）のパイプを楽しんでいるところへ、例によって警視総監G—が訪れる。この事件には陰惨な殺人はない。盗まれたのは手紙一通、犯人もわかっている。それなのに行き詰まって手紙を取り戻せない。困った警視総監がふらりと現れ、デュパンに事件の詳細を語る、というスタイルである。グレグスンやレストレードが、下宿にふらりと現れるというのは、シャーロック・ホームズにもよくあることである。

デュパンと「ぼく」は心から彼を歓迎した。というのも、この警視総監は「ひどく下らない人物なくせに、なかなか面白味のある男」であったからだ。G―が事件の相談に来たことを知ると、デュパンは「考え事をするなら闇の中の方がいい」とランプに点灯するのをやめ、パイプと安楽椅子を一つ、彼のために押しやった。暗がり、パイプと安楽椅子が依頼人の話を聞くための、デュパン心づくしの装置である。

警視総監G―の話は次のようなものだった。

さる貴婦人が大臣のD―に手紙を盗まれた。G―はその貴婦人から手紙を取り返すよう頼まれる。ところが、それから三か月たってもG―は手紙を取り返すどころか、そのありかさえ探し出せないでいる、というのである（手紙が盗まれたのは、王宮の婦人居間《ブドワール》と書かれているから、この貴婦人は一八三〇年の七月革命で即位したルイ・フィリップ〈在位一八三〇～四八〉の王妃と考えられる）。

目の前で手紙が盗まれたいきさつはこうだった。貴婦人がひとりで手紙を読んでいると、大臣のD―が入ってきたので、貴婦人はその手紙を机の上に置いた。すると、D―は黙ってその手紙を持っていってしまった。その手紙というのが、夫には見せられない内容のものであったため、貴婦人はそれを阻止できなかったというのである（このあたりが「第二の血痕」に似た状況だという説がある。〈太田隆「盗まれなかった手紙」〉[15]）。

したがって、犯人はわかっており、盗まれた手紙の奪還が警視総監G―に課せられた使命である（「ボヘミアの醜聞」で、ホームズがボヘミア国王から写真の奪還を依頼されているのと、よく似た状況である）。

手紙がまだD―大臣の手元にあることは、G―にわかっている。「一つはその書類の性質から。それからもう一つは、その書類が犯人の手を離れたら直ちに生ずるはずのある結果がまだ生じていないことから」、手紙が第三者の手に渡っていないことは明らかだった。貴婦人は莫大な報酬を約束し、G―は、極秘で捜査を開始した。

さて、G―の捜査ぶりである。

まず、パリの警察が総力をあげて、D―大臣の官邸を三か月にわたって捜索したが、問題の手紙は見つからない。手紙は、大臣が身につけているかもしれないというので、追剥に見せかけ、二度まで待ち伏せをかけて調べてみたが、やはり見つからなかった（これも「ボヘミアの醜聞」に似た記述がある）[16]。

ここまで話し終えると、G―は帰って行った。その前に、デュパンはG―から手紙の特徴を、詳しく聞きだしている。

一か月後、手紙は依然として見つからず、報酬は倍に引き上げられた。困り果てたG―

は、もしデュパンがこの問題を解決してくれたら、個人的に五万フランを進呈すると言いだす。すると、「それなら」とデュパンは抽斗を開け、小切手帳を取り出した。「さっき言った金額の小切手をぼくに書いてくださいよ。署名してくれたら、手紙を渡す」という。言われるままに、警視総監は小切手を書いた。すると、デュパンは、

小切手を入念に調べてから、財布にしまった。そして鍵で書物机を開け、一通の手紙を取り出すと、警視総監に渡した。（「盗まれた手紙」）

探していた手紙を手に入れ、大喜びの警視総監G―は、挨拶もそこそこに帰って行く。警視総監が帰った後、デュパンの謎解きが始まる。

なるほど、警察は官邸を徹底的に捜索した。椅子のクッションは針で突き、机は天板をはがしてその裏を探り、机の四本の脚ははずして、中の空洞まで調べた。しかし、そんな方法で手紙がみつかるわけはない。G―の頭の良さは「大衆の頭の良さにすぎない」からだと、デュパンは言う。

デュパンが個人的に知るところによると、大臣D―は数学者で、しかも詩人である。詩人の発想は常人とは違う、というのがデュパンの考え方だった。

では、デュパンが取った解決法とはどのようなものだったか。

彼はまず緑色のレンズの眼鏡をかけて、大臣の官邸に赴き、大臣と雑談をした（「マリー・ロジェの謎」でも居眠りを隠すために緑色のレンズの眼鏡〈サングラス？〉をかけていた。緑色の眼鏡はデュパンの変装道具である）。デュパンが大臣と個人的に親しいこと、しかも、大臣の頭文字がデュパンと同じであることから、D―大臣はデュパンの親戚ではないかという説がある（*Oxford Classics* 版註[17]）。

さて、大臣と雑談をしながら、デュパンがしたことは、緑色のレンズの眼鏡に隠れて、あたりをそっと見回すことだった。見ると、状差しにある一通の手紙が目についた。それは手ずれがして、一度裏返しをしたらしく端がささくれていた。デュパンはG―から盗まれた手紙の特徴を詳しく聞いている。だから、すぐに、それが問題の手紙だと見当をつけることができた。そこまで見極めると、デュパンはその日は何もせず、わざと自分の金の嗅ぎ煙草入れをテーブルの上に残して立ち去った。

翌朝、デュパンは忘れ物（金の嗅ぎ煙草入れ）を取りに来たふりをして、再び大臣邸に赴く。そのままD―大臣と前日の議論の続きを交わしていると、窓の下で、ピストルのような大きな爆発音がした。恐ろしい悲鳴とともに群衆の叫び声も聞こえる。驚いたD―大臣は走って行って窓を開け、外を見た。その隙に、デュパンは前日目をつけて置いた状差しから、首尾よく問題の手紙を取り返したのである。

まもなく、大臣を窓に走らせた路上の騒動は「狂人のふりをした男」がマスケット銃を撃ったためと判明する。それは、デュパンが雇った男で、銃も空砲であった。お気づきのように、以上の筋書きは「ボヘミアの醜聞」のアイリーン・アドラー邸での騒ぎによく似ている。

それだけではない。

デュパンはD―大臣が走って窓を開けに行った隙に、目的の手紙を状差しから抜き取り、代わりに別の手紙を入れておいた。というのも、デュパンは昔、D―にひどい目にあわされたことがあり、その復讐をしたかったのだ。そこで、わざと状差しに、彼だとわかる文言を記した手紙を入れておいた。ホームズが「ボヘミアの醜聞」の最後で、アイリーン・アドラーの秘密の隠し場所で、求める写真ではなくアイリーンの手紙と写真を発見して、「あの女」にしてやられたと思う落ちは、こんなところから発想したものと思われる。

このように、デュパンの登場するポーの三つの短編推理小説を仔細に見ると、シャーロック・ホームズの物語のもとになったと思われる設定や記述が幾つも発見できる。何よりも、オーギュスト・デュパンの探偵法が、「観察と推論（observations and inferences）」に基づいた合理的なものであることが、ホームズの持論である「観察と推理（observation and deduction）」と同じであることは見逃せない。得意の分析力を発揮している時のデュパンが、冷淡でとりつくしまがなく、うつろな表情をしている（「モルグ街の殺人」）というのも、わがコカイン中毒の探偵と共通すると思われるが、いかがなものだろうか。

なお、デュパンは、実在のヴィドックについても言及しており、「たとえば、ヴィドックは、確かに勘も鋭いし、忍耐強い男だ。でも、無学だから、捜査に熱心になるあまり、いつも失敗ばかりしていた」と言っている（「モルグ街の殺人」）。『ヴィドック回想録』（一八二八～二九）はベスト・セラーになり、いち早く英語訳も出たので、ポーは読んでいたのだろう。ホームズがガボリオのルコック探偵を誉めなかったのとほぼ同じ理由で、デュパンもヴィドックを知性的でないとけなしているのは興味深い。

1　『リーダーズ英和辞典』による。特捜班で活躍したのは、一八〇九～二七年および一八三二年である。
2　ヴィドック『ヴィドック回想録』（作品社、一九九八）三宅一郎訳、四〇〇頁、および解説（三宅一郎）七五八頁。
3　『ヴィドック回想録』解説七五七～七五九頁。
4　『ヴィドック回想録』解説七五九～七六二頁。
5　『わが思い出と冒険』九二頁。
6　河出書房世界文学全集『黒猫・モルグ街の殺人・アッシャー家の崩壊』解説松村達雄。
7　なお、「マリー・ロジェの謎」はポーの短編集に収録されていないことがある。デュパンの登場する三つの短編を読むには、中公文庫『ポー名作集』丸谷才一訳、または、集英社文庫『E・A・ポー』鴻巣友紀子訳がよい。英語（ペイパーバック版）で読むには、*Oxford World's Classics* の Edgar Allan Poe, *Selected Tales* をお薦めする。Penguin Books からはポーのアンソロジーが数種類も出ているが、そのいずれにも、"The Mystery of Marie Rogêt" は入っていない。なぜだろうか。

8 ホームズはワトスンと下宿を始めた当時、ほぼワトスンが軍から支給されていたのと同額の年二百十ポンドほどの個人資産による別収入があったと思われる。

9 フォーブール・サン・ジェルマンとデュパンについては、水戸俊介「推理家デュパンのアイロニー」参照。

10 延原謙の訳を一部改変。

11 小池滋『ディケンズとともに』（晶文社、一九八三）七〇〜七二頁。廣野由美子『ミステリーの人間学』（岩波新書、二〇〇九）三四〜四二頁。江戸川乱歩「ディケンズの先鞭」『続・幻影城』（光文社文庫、二〇〇四）。江戸川乱歩「探偵作家としてのエドガー・ポー」『幻影城』（光文社文庫、二〇〇三）。

12 『幻影城』一九二〜一九三頁。

13 『幻影城』一九二〜一九三頁。『ディケンズとともに』七二頁。

14 Edgar Allan Poe. *Selected Tales*. *Oxford World's Classics*, Oxford University Press, 1998, 2008. p. 332.

15 太田隆「盗まれなかった手紙――ポオ、ラカン、ホームズ」『ホームズの世界』三十八巻（日本シャーロック・ホームズ・クラブ、二〇一五）一〇二頁。

16 「……路上に要撃して、追剝めいたことも二度までやらせてみたが、いずれも効果はなかった」（「ボヘミアの醜聞」）。

17 Edgar Allan Poe. *Selected Tales. Oxford World's Classics.* Oxford University Press, 1998, 2008. p. 334.

第二部　推理小説の黄金時代（イギリスの場合）

第一章　シャーロック・ホームズのライヴァル（同時代人）たち

推理小説の黄金時代とは

シャーロック・ホームズが『ストランド・マガジン』に掲載され、人気を博すと、それに追随する作品が次々に現れたのは世の習いというものだろう。頭脳優秀、天才肌の探偵が、常識人の助手と共に犯罪事件を推理し、事件の解決にあたるという、ひとつの型ができあがり、次々に探偵ものや推理小説が書かれた。その影響はイギリス国内にとどまらず、アメリカはもちろん、大正時代の日本にも及んでいる。ホームズものが『ストランド・マガジン』に掲載されたのは一八九一年七月から一九二七年四月にかけてだが、その間、中断もあった。しかし、『シャーロック・ホームズの冒険』『シャーロック・ホームズの思い出』『シャーロック・ホームズの帰還』に収められた短編が毎月連載されていた時期に『ストランド・マガジン』を購読していた青少年にとって、その影響は計り知れないものであっただろう。思春期にシャーロック・ホームズに親しんだ経験が、時を経て新たな実を結んだとしても不思議ではない。

『ストランド・マガジン』はイギリスだけでなくアメリカでも発売されていた。アメリカ版は一か月遅れで、表紙に女性の絵が入っていた。アメリカ以外にも、大英帝国の領土内のどこでも読まれていたと考えれば、読者の数はさらに増えるだろう。日本でも寺田寅彦が『ストランド・マガジン』を購読し、子供と共に読んでいた（『寺田寅彦日記』[1]）。日本では二か月遅れであった。それでも、丸善を通して雑誌『ストランド・マガジン』を英語で読んでいた日本人は、寺田寅彦の他にも大勢いたと思われる。

ホームズの人気を受けてすでに世紀末から、刺激を受けた作家たちが作品を発表し始めた（表3、表4参照）。そして、一九一〇年以降は、次世代の作家たちが、一斉に作品を発表し始めた。まず、ホームズと同時代の作家と作品から見てみよう。

イギリスではE・W・ホーナングとバロネス・オルツィが、ホームズ連載中の一八九八年と一九〇一年に、早くも、ホームズものの変種といってよい短編小説を発表している。また、一九一一年には、G・K・チェスタトンがブラウン神父を登場させ、一九一三年にはジャーナリストでユーモア詩人のE・C・ベントリーが、『トレント最後の事件』を出している。一九二〇年には、アガサ・クリスティが『スタイルズ荘の謎』で名探偵エルキュール・ポアロを世に送り出した。続いて一九二三年、ドロシー・L・セイヤーズが、第一次大戦の後遺症に悩む貴族探偵ピーター・ウィムジイ卿を主人公にした推理小説を発表し始めた。

アメリカでは少し遅れて、S・S・ヴァン・ダインが一九二六年に『ベンスン殺人事件』を発表し、教養人で美術に造詣の深い探偵ファイロ・ヴァンスを登場させた。ファイロ・ヴァンスはラジオ・ドラマや映画にもなった。続いて、エラリー・クイーンが『ローマ帽子の謎』（一九二九）を、ジョン・ディクスン・カーも『夜歩く』（一九三〇）を発表し、アメリカでの推理小説の人気を不動のものとした。一九三三年にはアール・スタンリー・ガードナーが弁護士ペリー・メイスンものを開始し、一九三四年にはレックス・スタウトがネロ・ウルフ・シリーズ最初の『毒蛇』を出した。

英米ともに第一級の作品が次々に現れ、推理小説の代表的な探偵が顔を揃えた。その時代、つまり一九一〇年代から一九三〇年代にかけてを「推理小説の黄金時代」と呼んでいる。

第二部では、ホームズに触発されて生まれたこれら多くの作品の中から、今も名前の残る古典作家をとりあげ、ホームズとワトスンの物語がどのように継承され、どのような変化をたどって今日に至ったのかを見ていきたい。探偵の人物像、ワトスン役はいるか、コナン・ドイルが確立した推理小説の型を後の作家がどのように継承し、あるいは変化させていったのかに留意して、作家ごとに見ていくことにしよう。

まずは推理小説の黄金時代に作品を発表し、探偵小説を書き継いでいった作家たちとその作品（最初の作品）を表3、表4で確認し、次に作家ごとにその特徴を具体的に見て行

	作者	第一作目作品題名	発表年	探偵（職業）と相棒
1	E・W・ホーナング E. W. Hornung (1866-1921)	『泥棒紳士』 *The Amateur Cracksman*	1898	ラッフルズ（泥棒・社交界の紳士）とバニー
2	バロネス・オルツィ Baroness Orczy (1865-1947)	『隅の老人』 *The Old Man in the Corner*	1901	隅の老人（正体不明）『ロイヤル・マガジン』
3	G・K・チェスタトン G. K. Chesterton (1874-1936)	『ブラウン神父の無垢』*The Innocence of Father Brown*	1911	ブラウン神父（司祭）とフランボウ（元宝石泥棒）
4	E・C・ベントリー E. C. Bentley (1875-1956)	『トレント最後の事件』 *Trent's Last Case*	1913	フィリップ・トレント（画家）
5	クロフツ Freeman Wills Crofts (1879-1957)	『樽』 *The Cask*	1920	ラ・トゥーシュ（私立探偵）
6	アガサ・クリスティ Agatha Christie (1890-1976)	『スタイルズ荘の怪事件』 *The Mysterious Affair at Styles* 「火曜クラブ」 "The Tuesday Night Club"	1920 1927	エルキュール・ポアロ（私立探偵）とヘイスティングズ大尉 ミス・マープル（老婦人）『スケッチ』誌
7	A・A・ミルン A. A. Milne (1882-1956)	『赤い館の秘密』 *The Red House Murder*	1921	アンソニー・ギリンガム（気楽な独身男）
8	ドロシー・L・セイヤーズ Dorothy L. Sayers (1893-1957)	『誰の死体？』 *Whose Body?* 『毒を食らわば』 *Strong Poison*	1923 1930	ピーター・ウィムジイ卿（貴族） ハリエット・ヴェイン（推理小説家）
9	ロナルド・A・ノックス Ronald A. Knox (1888-1957)	『陸橋殺人事件』 *The Viaduct Murder*	1925	引退した公務員などゴルフ・クラブ会員4名
10	クリストファー・ブッシュ Christopher Bush (1885-1973)	『完全殺人事件』 *The Perfect Murder Case*	1929	ルドヴィック・トラヴァース（経済学者・デュランゴ商会経済相談部主任）
11	ジェイムズ・ヒルトン James Hilton (1900-1954)	『学校の殺人』 *Murder at School*	1930	コリン・レヴェル（詩人）

表3　推理小説の黄金時代（イギリス）

	作者	第一作目作品題名	発表年	探偵（職業）と相棒
1	Ｓ・Ｓ・ヴァン・ダイン S. S. Van Dine （1888-1939）	『ベンスン殺人事件』 *The Benson Murder Case*	1926	ファイロ・ヴァンスとヴァン・ダイン（弁護士）
2	エラリー・クイーン Ellery Queen （フレデリック・ダネイ、1905-82とマンフレッド・ベニントン・リー、1905-71）	『ローマ帽子の謎』 *The Roman Hat Mystery*	1929	クイーン警視（ニュー・ヨーク市警）と息子エラリー（推理小説作家）
3	ジョン・ディクスン・カー （カーター・ディクスン） John Dickson Carr （1906-77）	『夜歩く』 *It Walks by Night*	1930	フェル博士
4	Ｅ・Ｓ・ガードナー Erle Stanley Gardner （1889-1970）	『ビロードの爪』 *The Case of the Velvet Claws*	1933	ペリー・メイスン（弁護士）とデラ・ストリート（秘書）
5	レックス・スタウト Rex Stout （1886-1975）	『毒蛇』 *Fer-de-Lance*	1934	ネロ・ウルフ（私立探偵・蘭栽培家・美食家）とアーチー・グッドウィン（助手）

表４　推理小説の黄金時代（アメリカ）

くことにする。

泥棒紳士ラッフルズ

泥棒紳士ラッフルズ（Raffles the gentleman burglar）はアーネスト・ウィリアム・ホーナング（Earnest William Hornung 一八六六〜一九二一）の書いた『泥棒紳士（*The Amateur Cracksman*）』シリーズの主人公である。この主人公、探偵ではなく、泥棒、それも宝石泥棒である。ラッフルズが初めて登場したのは『キャッセルズ・マガジン（*Cassell's Magazine*）』という雑誌で、ホームズが『ストランド・マガジン』に登場してわずか七年後、一八九八年のことだった。「三月十五日（The Idea of March）」以下八編の短編がのちに『泥棒紳士』という単行本にまとめられた。

ラッフルズはロンドン社交界の紳士で、クリケットの選手でもある。クリケットはイギリスのお家芸といってもよいスポーツで、フェア・プレイを旨とする。「イッツ・ノット・クリケット（It's not cricket.）」という言い回しがあるが、「それはフェアではない」という意味で使われる。クリケットはそれほど、モラルとか正義の意識に関係の深いスポーツなのだ。その選手が泥棒とは、どういうことなのだろうか。

ラッフルズが盗むのはもっぱら金持ちの宝石、そして相棒兼語り手はパブリック・スクールの同級生バニー・マンダーズ（Bunny Manders）である。ラッフルズとバニーは共にアッピンガム・スクールで学んだ友人同士なのだ。このアッピンガム・スクールは、作者ホーナングも卒業した実在の名門パブリック・スクールである。

ラッフルズはユーモアのセンスと、泥棒の才能に恵まれている。ラッフルズにとっては、泥棒も、クリケットと同じくスポーツの一種なのだ。ところが、語り手のバニーはワトスンに似た常識的な人間なので、犯罪に手を貸すことには迷いを感じてしまう。天才とお人よしの常識人という組み合わせは、シャーロック・ホームズとワトスンとの関係を踏襲している。ラッフルズの犯罪をなんとかして暴こうとする、スコットランド・ヤードのマッケンジー警視《インスペクター》も常連のひとりだ。

ラッフルズとバニーの物語は人気シリーズとなり、四冊のラッフルズものの短編集が一八九九年、一九〇一年、〇五年、〇九年に出版された。ラッフルズは演劇や映画にもなった。評論家ジョージ・オーウェル（George Orwell）は、「ラッフルズとミス・ブランディッシュ（Raffles and Miss Blandish）」（一九四四）というエッセイで、登場後五十年たっても「ラッフルズはよく知られたキャラクターで、クリケット選手として英国を代表してプレーをし、オールバニーの超高級独身者用フラットに住み、客として招かれたメイフェアのお屋敷街で泥棒を働くということを、知らぬ者はいない」と述べている。モーリス・ルブラン（Maurice Leblanc 一八六四〜一九四一）の『怪盗紳士アルセーヌ・ルパン（Arsène Lupin, *gentleman-cambrioleur*）』（一九〇七）はこの泥棒紳士ラッフルズにヒントを得たと言われている。

ホーナングはコナン・ドイルの後輩の作家で、コナン・ドイルの妹コニーと結婚した。つまり義弟である。『泥棒紳士』の冒頭には「A・C・Dへ。これも世辞のひとつ」という献呈の辞がついている。A・C・Dはアーサー・コナン・ドイルのことである（この献呈の辞は残念ながら邦訳にはない）。

ラッフルズとバニーの物語が、シャーロック・ホームズとワトスンの人気にあやかった作品であることは間違いない。ところが、コナン・ドイルはラッフルズには批判的だった。

「有名なラッフルズというキャラクターは、シャーロック・ホームズをさかさまにしたものだと言ってよいだろう……しかし、告白するが、私はこの思いつきは少々危険だと思っている。彼が書きだす前にそう言ってやったが、結果は、残念ながら、私が正しかったようだ。犯罪者をヒーローにしてはいけないのだ」（*Arthur Conan Doyle: Life in Letters*）[2]

と、モラル上の懸念を指摘している。確かに推理小説にとって、正義が正義でなくなるのは重大な問題である。

ラッフルズはクリケットの選手だが、友人のバニーも同じパブリック・スクールの同級生なので、紳士としての善悪観念、リーダーとしての使命感を教育されている。そのバニーから見て、ラッフルズの泥棒は、反社会的な行為としか思えないので、バニーはしばしば悩むわけである。コナン・ドイルはこの設定を危険だと考えた。実際、『泥棒紳士』は知的なユーモアと、軽妙洒脱な文章の微妙なバランスの上に成立している。しかし、洗練されたバランスがいつも成立するとは限らない。一九四〇年代になると、前述のエッセイ「ラッフルズとミス・ブランディッシュ」[3]で、ジョージ・オーウェルは英国文化の低俗化を嘆いている。一九三九年に出たジェイムズ・ハドリー・チェイスの『ミス・ブランディッシュの蘭』を例にあげ、その残虐さを指摘したのである。ヴィクトリア朝時代に生まれた「ラッフルズもの」では、読者の側に紳士のモラルが暗黙裡に働いていたから、よかったのだ。しかし、時代が移り、犯罪小説がモラルなき大衆の手に渡ると、暴力と不道徳性が前面に出てしまうという警告で、すでにアメリカの安価な大衆娯楽雑誌を真似た作品がイギリスでも人気を得ていた。コナン・ドイルがラッフルズの設定が危険だと思ったのも、こうした事態をすでに予想していたからと言えるだろう。

バロネス・オルツィ――『隅の老人』

ホームズの人気を見て、『ストランド・マガジン』のライヴァル雑誌が手をこまねいているわけはない。『ストランド・マガジン』のライヴァル誌から生まれたヒーローたちの活躍を集めた『シャーロック・ホームズのライヴァルたち（*The Rivals of Sherlock Holmes*）』[4]というアンソロジーが一九七〇年に出ている。ここに収められたライヴァルの多くは、今では忘れ去られてしまったが、現在まで読み継がれている探偵もいる。バロネス・オルツィの「隅の老人」はその一人である。

バロネス・オルツィ（Baroness Orczy 一八六五〜一九四七）はハンガリー生まれの英国の作家である。男爵夫人《バロネス》を名乗っているのは、ハンガリーの貴族の家柄であることを示すため。一般には推理小説家としてよりも、フランス革命の恐怖政治から貴族を救う義賊の活躍を描いたロマンティックな歴史小説『紅はこべ（*The Scarlet Pimpernel*）』（一九〇五）の作者として知られている。オルツィはロンドンで乗合馬車に乗っている時に、シャーロック・ホームズの最新作の宣伝ポスターを目にし、推理小説を書こうと決心したそうである。[5]推理小説の執筆にあたっては、「シャーロック・ホームズをまったく連想させない、独自の個性を持つ」探偵を目指した。そこで生まれたのが、ロンドンのビジネス街にあるベイカリー・ショップで「隅の老人」が「安楽椅子探偵」として謎を解く、「隅の老人（*The Old Man in the Corner*）」シリーズである。十二の短編が、一九〇一年から〇二年にかけて『ロイヤル・マガジン（*Royal Magazine*）』に連載された。

探偵はロンドンのストランド界隈のベイカリー・ショップの常連客で、正体不明の老人である。語り手は『イーヴニング・オブザーヴァー』紙の記者メアリ（ポリー）・バートンという女性。都会で若い女性の社会進出が始まっていたのは事実だが、二十世紀になったばかりのこの時点で、第一線で活躍する女性を登場させたのは、新しい試みであったと言える。

ポリーはファッション・ニュースやセレブへのインタビューを担当する記者で、新聞記者らしく余計なことは語らない。読者に自分の打ち明け話など一切しないのが、推理小説として気持ちよい。ポリーは昼になると、職場近くの無酵母パン製造会社「ABCショップ」で、新聞を読みながらパンとコーヒー、それにハムなどの簡単な食事をとる習慣である。働く若い女性がベイカリー・ショップでひとり昼食をとるシーンから始まるこのシリーズは、コナン・ドイルのタイピスト、メアリ・サザランド嬢（「花婿失踪事件」）やローラ・ライオンズ（『バスカヴィルの家犬』）、あるいは家庭教師のヴァイオレット・スミス嬢（「美しき自転車乗り」）と比べても、格段に新しい（メアリ・サザランド嬢もローラ・ライオンズも在宅のタイピスト、ヴァイオレット・スミス嬢は住込みの家庭教師で、家を出て働いているわけではなかった）。

ところで、このポリーという女性、語り手ではあるが、探偵の相棒として活躍するわけではない。ポリーがベイカリー・ショップに行くと、いつも隅の席に老人がいて、ポリーに向かって、事件の謎解きをする。老人はポリーに口をきく暇も、反論する隙もろくに与えず、ほとんど一方的に語るのである。

老人の名前も素性も最後までわからないところが、このシリーズの特徴である。老人はポリーを相手に、気の向くまま、今世間で話題の事件や、老人が検死審問に出かけて行った事件を取り上げて、語り始める。イギリスでは死因に不審な点がある場合、死因を調査する法廷が公開で開かれる。これを検死審問という。

「あんたもたぶん想像がつくだろうが」と、隅の老人はひと息入れてから話をつづけた。「……その日の朝刊には、ただ、ボアラム・ウッドで老婦人が奇怪な状況のもとに殺された、という簡単な記事がのっただけだった。夕刊になって、もうすこし詳しい内容が伝えられたが、それによると、警察は捜査の見通しについて沈黙を守っているが、どうやら、重大な手掛かりを握っている模様、とあった。検死審問は翌日にきまっていたから、わたしは朝、まだ早いうちに出かけていった。なんとなく、これは面白い事件になりそうだという予感がしたからだ。一見してまったく無意味なように見える殺人というのは、わたしの経験によると、えてして、人間性の興味深い一面をえぐりだしてくれる場合が多いのだよ」（「ベブマーシュ殺し」深町真理子訳）

老人は警察関係者ではない。したがって、犯人の逮捕にはまったく関心がなく、もっぱら事件の真相を解明するだけである。事件の真相が明らかになり、真犯人がわかっても、逮捕のしようがない事件もある。老人は社会正義に燃えているわけではないのだ。

この老人には奇妙な癖がある。いつも手に紐を持っており、話をしながら、結び目を作ったりほどいたりするのだ。容姿も冴えない。角ぶち眼鏡をかけ、だぶだぶのツイードのアルスター外套を着て、「おかしな薄い色の髪」の「かかし然」とした老人である。性格は独善的で、魅力に乏しい。押しの強い老人、もしかしてシャーロック・ホームズがワトスンに出遭わず、犯罪者の道に走ってそのまま年をとったら、こうもあろうかという老人である。しかしながら、物語そのものは、筋運びがスピーディで、一つ一つの事件にしっかりとしたトリックがある。推理を主体としている点では、むしろ推理小説としてコナン・ドイルより純粋である。長編ではなく、短編であるのが無駄を省くのに役立っている。かつて、わが国の推理小説ファンの間で強い人気を誇っていたというのもうなずける。

トリックとしてはコナン・ドイルの「花婿の正体」を思わせる、人間の入れ替わり（「コリーニ伯爵の失踪」「リージェント・パークの殺人」）、アリバイの演出（「リッスングローヴの謎」）などが目につく。「バーンズデール荘園の悲劇」の吠えない犬は、コナン・ドイルの夜中の犬の不思議な行動（「銀星号事件」）を下敷きにしているのだろうか。

このシリーズは、雑誌に連載後、一九〇九年になって『隅の老人』という単行本になった。

第二章　G・K・チェスタトンとE・C・ベントリー

G・K・チェスタトン

G・K・チェスタトン（Gilbert Keith Chesterton　一八七四〜一九三六）とE・C・ベントリー（Edmund Clerihew Bentley　一八七五〜一九五六）はどちらもロンドン生まれで、ミルトン（John Milton　詩人　一六〇八〜七四）やピープス（Samuel Pepys　日記作者　一六三三〜一七〇三）の母校として有名なパブリック・スクール、セント・ポールズ・スクールで出会い、生涯の友人となった。

卒業後、チェスタトンは美術学校へ進み画家を目指したが、結局のところ、ジャーナリストとして活躍した。警句と逆説でもって、反帝国主義、反ボーア戦争の立場から、辛辣かつ鋭い文明批評を行った。テクノロジー、物質主義、独裁主義に警鐘を鳴らし、資本主義にも、社会主義にもどちらにも与《くみ》しなかったのは、評論家として見事だったと言える。結婚後、カトリックに改宗している。

一方、ベントリーは卒業後、オックスフォードのマートン・コレッジに進み、弁護士を目指したが、彼もまたジャーナリストになった。『デイリー・ニューズ』[6]や『デイリー・テレグラフ』[7]の編集をしながら執筆に従事し、風刺のきいた滑稽詩クレリヒュー

(Clerihew)でも有名である(クレリヒューはベントリーのミドル・ネーム)。

この二人がそろって推理小説を書いた。それも、コナン・ドイルがまだ『ストランド・マガジン』にホームズ物を発表していた時期に、である。片や推理小説の古典と言われる『ブラウン神父の無垢』(一九一一)、また一方は、近代的な探偵小説の草分け的な作品と言われる『トレント最後の事件』(一九一三)である。

まず、チェスタトンについて。

チェスタトンの代表作といえばなんといっても『木曜の男(*The Man Who Was Thursday*)』(一九〇八)で、その主人公は警察の探偵である。しかし、このファンタジックな長編小説を、果たして推理小説と呼べるだろうか。空想的でシュールな作品で、推理小説の枠を超えている。なるほど、犯罪者(アナーキスト)がいて、警察官(探偵)が主人公で、スコットランド・ヤードが登場し、追跡もあるが、肝心の謎の解明がない。チェスタトンは「悪夢(A Nightmare)」という副題のついた『木曜の男』を親友のベントリーに捧げた。「君以外の誰が理解してくれるだろう」という四十四行の詩をつけて。

チェスタトンの書いた推理小説は『木曜の男』ではなく、『ブラウン神父の無垢(*The Innocence of Father Brown*)』である。カトリックの神父を探偵に、フランス人の元大泥棒フランボウ(Flambeau=松明の意味)が助手となって犯罪の謎を解く。この助手はワトスンと違って、語り手ではない。ブラウン神父が初めて登場する短編「青い十字架」では、フランボウは大泥棒であり、パリ警視庁のヴァランタンに追われる身であった。その出だしは次のようである。

朝の銀色の帯と海の緑色にきらめく帯の間で、船はハリッジに接岸し、蝿の大群のような人の群れを吐き出した。その中でわれわれが追跡しなければならない男は決して目立つ人間ではなかった――その男も目立ちたいとは思っていなかっただろう。何ひとつ眼を引くところのない男で、例外は休日らしい派手な服装に、役人臭い鹿爪らしい顔がいささかちぐはぐなのが強いて言えばそうだった。……灰色の上着の下には玉をこめた回転式連発銃が隠されており、白いチョッキの下には警察手帳が、麦わら帽子の下にはヨーロッパ随一の知性が隠れていることを示すものは何もなかった。というのも、この人物こそパリ警視庁の警視総監、世界で一番有名な調査官(investigator)ヴァランタンその人にほかならなかった。世紀の大捕り物をするためにブリュッセルからロンドンにやってきたところだった。

フランボウはロンドンにいた……(「青い十字架」)

パリ警視庁の警視総監ヴァランタンが大泥棒フランボウを追って、イギリスに着いた時の描写である。「青い十字架」は一九一一年六月にアメリカの『サタデー・イーヴニング・ポスト』誌に発表され、その後イギリスの『ストーリー・テラー（*The Story Teller*）』誌一九一一年九月号に掲載された。

冒頭の「朝の銀色の帯と海の緑色にきらめく帯の間で」は詩的で色彩豊かな表現だが、チェスタトンの作品にはこのように、絵画的な描写がたびたびある。美術学校出身がこんなところに生きている。語り手は三人称で、客観的に語っていくのだが、「青い十字架」の冒頭部分では、フランス人警視総監の側から見ているのがおもしろい。フランボウは変装の名人で何にでも化けられるが、「いかなる変装をもってしても背の高さだけは変えることが出来ない」とヴァランタンは考えた。「犯罪の巨人（the colossus of crime）」の異名を持つフランボウは背が高いのだ。そこで、ヴァランタンは、敬虔な様子の背の高い神父と、田舎者らしい背の低い神父の、二人連れの後をつけ始める。

追跡を始めると、ヴァランタンはつぎつぎに奇妙なできごとに遭遇する。フランス人の眼に映るイギリスの町が変なのか、外国人でなくても変なのか。たとえば、カフェの砂糖壺に塩が入っていたり、壁にスープを投げつけた跡がある。八百屋の店先でナッツとオレンジの値札が逆になっているのも奇妙である。ヴァランタンはロンドン警視庁に応援を求め、イギリス人の警官とともに、追跡を続ける。とうとうハムステッド・ヒースのベンチで話し込んでいる二人の神父の後ろに忍び寄った。二人の会話に耳を澄ますと、お目当ての背の高い神父が、ヴァランタンが睨んだ通り、フランボウで、もう一人の背が低く鈍重そうなブラウン神父の「青いサファイアを散りばめた銀の十字架」を狙っていることがわかる……。

「ブラウン神父」ものの語り口は「シャーロック・ホームズ」ものに比べると、大衆的な通俗性が薄い。軽妙で滑稽な語り口ではあるのだが、諧謔、逆説のきいた英国風ユーモアは、子供にはわからないだろう。チェスタトン特有の芸術的な描写もふんだんにある。夕暮れ時を描写するにしても、チェスタトンの手にかかると、「暮れゆく地平線には華やかな緑色と金色がまだしがみついているものの、頭上の天空は徐々に緑孔雀色から青孔雀色に変わり、星は重い宝石のようにひとつまたひとつと離れて行った」といった具合になる。

では探偵としてのブラウン神父はどうだろうか。

ブラウン神父は小男で丸顔、不器用で純朴、いかにも騙しやすそうに見える。ところが、このブラウン神父は、凡庸な外観に似合わぬ鋭い観察力の持ち主で、人の心を見抜く力がある。というのも、このお人よしの神父さんは、聖職者として常々悪人の懺悔を聞いているために、意外にも犯罪の手口に明るく、さまざまな悪の事例に通じている。知力には絶対の自信を持っている大泥棒のフランボウでさえ脱帽するほど、悪に通暁しているのだ。フランボウは初登場の「青い十字架」から四編目の「流星」で、とうとうブラウン神父に諭されて、心を入れ替える。以後彼は、悪事を捨て、ブラウン神父の助手となって事件の解決に力を貸す。

ブラウン神父にきびきびとした探偵ホームズの面影を見出すことは難しいが、犯罪をおかす心理の解明と観察の鋭さ、事に当たる時の手際の良さはまさしくホームズ譲りと言えるだろう。

チェスタトンは、『ブラウン神父の無垢』のあと、

一九一四年『ブラウン神父の知恵(*The Wisdom of Father Brown*)』

一九二六年『ブラウン神父の懐疑(*The Incredulity of Father Brown*)』

一九二七年『ブラウン神父の秘密(*The Secret of Father Brown*)』

一九三五年『ブラウン神父の醜聞(*The Scandal of Father Brown*)』

と、全部で五編の短編集を出している。無害で間抜けな田舎の神父が探偵をするという意外性、全編にあふれる色彩と詩情が特徴の探偵小説である。

E・C・ベントリー——大富豪と推理小説

E・C・ベントリーは友人チェスタトンが、『木曜の男』をベントリーに献呈したのに答える形で、一九一三年に、この『トレント最後の事件(*Trent's Last Case*)』を書いた。探偵トレントの初登場なのに「最後の事件」という題名にしたのは、書いた時には第二作目を出すつもりがなかったから。時々こういう失敗をするものである。

この小説が英国探偵小説中の古典と言われるのは、一つには後世にひとつの型となるよ

うな、明確な型を打ち立てたからであり、もう一つには、その型がすでに古臭いものになっているからと思われる。

では『トレント最後の事件』が打ち立てた原型（プロトタイプ）というのは、どのようなものなのだろうか。一九一三年の初版の裏表紙に書かれた本の紹介文を見ていただきたい。

『トレント最後の事件』副題黒衣の女

アメリカ人大富豪ジグズビー・マンダーソンの死体が彼の屋敷で発見されると、フィリップ・トレントは『レコード』紙の編集長に、謎の事件の調査を依頼された。

一体何がマンダーソンを夜中に立ちあがらせ、衣服もろくに身につけず入れ歯も残したまま、家を出るように仕向けたのか。彼は誰に会ったのか、そしてその理由は？

殺人者は誰か。個人秘書のマーローか？　ビジネス・アシスタントのブルナーか？　それとも彼の美しい妻か？

なかなかふるった宣伝文である。なお、説明のために付け加えておくと、マンダーソンは銃で頭を打ち抜かれており、銃はマンダーソンのものだった。

このように『トレント最後の事件』は複雑なトリックの解明と、副題にある「黒衣の女」とのロマンスが絡みあう長編小説となっている。コナン・ドイルの「ホームズ」ものはほとんどが短編であったし、チェスタトンの「ブラウン神父」ものも短編だった。ベントリーはトリックと人間ドラマ的な要素を分け、長編にしてその両者をじっくりと描いたのである。

なお、『トレント最後の事件』には「黒衣の女」という副題がついているが、ウィルキー・コリンズ（Wilkie Collins 一八二四～八九）の恐怖小説《スリラー》『白衣の女（*The Woman in White*）』（一八六〇）を意識したのだろうか。[8]

ベントリーの探偵フィリップ・トレントは職業探偵ではない。画家で純然たるアマチュアである。生活に心配のない紳士で、しかも金儲けには関心のない芸術家。公共心（public duty）、つまり社会正義に基づいた義務観を持つ主人公が、依頼を受けて殺人事件の謎を解く。探偵を職業としていないだけに、その正義感は純粋である。恋愛が絡んでいるところは、ウィルキー・コリンズ風である。それはこの作品に大時代的な雰囲気を醸し出している。この探偵にワトスンのような相棒はいない。ワトスンが横にいては恋愛は無理だろう。

『トレント最後の事件』の特徴は、殺されたのが大富豪でアメリカ人であることだ。この設定は後世に影響を及ぼした。殺されるのが、大富豪で同情に値しない人間であれば、殺人事件を読む読者の良心は、あまり傷まずに済む。クリスティ、ヴァン・ダインなど、多くの作家がこの例に倣った。この教養のないアメリカ人実業家（マンダーソン）は、名門の家柄の英国人女性（新聞社主サー・ジェイムズの姪）を妻にし、オックスフォード出身の英国人（マーロウ）を秘書として使っている。一方、調査を依頼された探偵のトレントは、純然たるアマチュア、つまり英国紳士である。そのいかにも紳士らしい態度がメイドや被疑者に好印象を与えるという場面が随所にある。コナン・ドイルはアメリカやアフリカ、オーストラリアで財産を築いて本国に戻ってきた地主や大地主を、被害者として、多数登場させたが、アメリカ人の大富豪はめったに登場しない。唯一の例外は、「ソア橋」に登場するアメリカの上院議員で鉱山王の大富豪ニール・ギブスン氏だが、「ソア橋」は『ストランド・マガジン』の一九二二年二月と三月号に発表されているので、『トレント最後の事件』より後である。したがって品性卑しい大富豪のアイディアはベントリーが先で、コナン・ドイルは真似をしたのかもしれない。そういうこともしかねないコナン・ドイルである。『トレント最後の事件』も「ソア橋」も、拳銃のトリックがあり、自殺か他殺かが事件の核心となる。いずれにしろ、ベントリーのトレントはシャーロック・ホームズ以上に階級意識が強く、英国びいきである。これも大時代的であると言われる要因のひとつだろう。

ところで『トレント最後の事件』の最後には、意外な結末が用意されている。探偵も驚く事件の真相、という結末である。それは同時に、名探偵の見事な謎解きへのパロディにもなっている。イギリス伝統の諧謔精神だろうか。

この小説は発表当時、非常に好感をもって迎えられた。[9] ドロシー・L・セイヤーズは複雑なプロットを誉めて、これこそ最初の「モダーン・ミステリー」だと言い、P・D・ジェイムズも『探偵小説について（*Talking About Detective Fiction*）』で、この作品に触れている。[10] お蔭でベントリーは『トレント自身の事件（*Trent's Own Case*）』（一九三六）などの「トレント」ものを書き継ぐことになった。『トレント最後の事件』は映画にもなった。[11]

「探偵倶楽部《ディテクション・クラブ》」

チェスタトンとベントリーは学校時代からの親友でお互いに作品を献呈しあったが、探偵小説家としても、仲のよいところを見せた。二人とも「探偵倶楽部《ディテクション・クラブ》」の会員だったのである。ここで、その「探偵倶楽部（Detection Club）」について一言触れておきたい。

「探偵倶楽部」は英国の推理小説作家が一九三〇年に結成したクラブで、初代会長をチェスタトン（一九三〇〜三六）、二代目会長をベントリー（一九三六〜四九）が務めた。以後、ドロシー・L・セイヤーズ、アガサ・クリスティ、ロナルド・ゴレル・バーンズ（ゴレル卿）、[12] ジュリアン・シモンズ[13]という錚々たる顔ぶれが務めた。会員にはロナルド・A・ノ

1	犯人は物語の当初に登場していなければならない。
2	探偵方法に超自然能力を用いてはならない。
3	犯行現場に秘密の抜け穴・通路が二つ以上あってはならない。
4	未発見の毒薬・難解な科学的説明を要する機械を犯行に用いてはならない。
5	中国人を登場させてはならない（フー・マンチューのような万能の怪人をさすらしい）。
6	探偵は偶然や第六感によって時間を解決してはならない。
7	変装して登場人物を騙す場合を除き、探偵自身が犯人であってはならない。
8	探偵は読者に提示していない手掛かりによって解決してはならない。
9	ワトスン役は自分の判断をすべて読者に知らせねばならない。
10	双子・一人二役はあらかじめ読者に知らされなければならない。

表5 「ノックスの十戒」

ックス[14]、フリーマン・ウィルズ・クロフツ、アーサー・モリスン[15]、バロネス・エマ・オルツィなどがいる。また、このクラブに入会を許された最初のアメリカ人は、当時英国に住んでいたジョン・ディクスン・カーであった。これらの作家が一堂に会しているところを想像するだけでも楽しくなるというものである。

会員はロンドンで定期的に会合を開いた。会合の目的は、

（一）ディナーを共にすること
（二）お互いの作品を批評しあうこと

であった。「探偵倶楽部」の会員は、創作に際し、読者に犯人探しのための手掛かりを正当に与えることをお互いに倫理規定としていた。それは推理小説作家としての「フェア・プレイ規定」であるが、日本の推理小説マニアの間では、「探偵倶楽部」会員ロナルド・

ノックスによる「ノックスの十戒（Knox's Ten Commandments）」がよく知られている。

しかし、「探偵倶楽部」の会員には、入会時に立てなければならない誓いがあった。こちらの方が、「ノックスの十戒」よりも、「探偵倶楽部」の「フェア・プレイ精神」を表しているだろう。この誓いの起草者はチェスタトンともセイヤーズとも言われているが、遊び心一杯で、この「探偵倶楽部」の性格と雰囲気がよく出ている。次のような短いものである。

「あなたは、あなたの探偵に、提示された犯罪を、あなたが彼らに適宜与える知恵を使い、神の啓示や、女の直感、迷信、でたらめ、偶然、あるいは不可抗力をあてにすることなく、正しく誠実に解明させると誓いますか[16]」

"Do you promise that your detective shall well and truly detect the crimes presented to them using those wits which it may please you to bestow on them and not placing reliance on nor making use of Divine Revelation, Feminine Intuition, Mumbo Jumbo, Jiggery-Pokery, Coincidence or Act of God."

「でたらめ、偶然」のところは、「マンボウ・ジャンボウ、ジガリー・ポカリー」とまるで呪文のような英語を充ててある。このように大真面目で、同時にふざけた同好会が成立していたという事実をみても、イギリスの作家の層の厚さ、一九三〇年代の探偵小説の隆盛ぶりがわかるというものだ。

第三章　アガサ・クリスティ

ミステリーの女王

アガサ・クリスティ（Agatha Christie 一八九〇〜一九七六）はコナン・ドイルより一世代下である。子供の時に姉からシャーロック・ホームズを教えられて、愛読したことが自伝に書かれている。[17]『スタイルズ荘の怪事件』でデヴューしたのが三十歳の時で、第一次大戦後の一九二〇年だった。まだコナン・ドイルが時々、ホームズの引退前の事件だといって、散発的に作品を発表していた頃である。無論、全盛期の面影はなかった。

アガサ・クリスティはほぼ毎年長編を一作出し、短編集も出していたから、作品の数は多い。長編六十六編、短編集が十四、戯曲もあって、しかも駄作がない。まさにミステリーの女王だろう。毎年、「クリスマスにクリスティを（A Christie for Christmas）」のキャッチフレーズで、クリスマス時期に新作を出していたのを記憶している人もあるだろう。探偵としてはベルギー人のエルキュール・ポアロと、独身女性のミス・マープルが有名だが、バトル警視（『チムニーズ館の秘密〈*The Secret of Chimneys*〉』『ゼロ時間へ〈*Towards*

Zero〉』など）、パーカー・パイン氏（『パーカー・パイン登場〈Parker Pyne Investigates〉』[18]など）、ハーリー・クィン氏（『謎のクィン氏』〈The Mysterious Mr Quin〉[19]など）を探偵とするシリーズもある。パーカー・パイン氏とハーリー・クィン氏は短編である。その他、探偵ではないが、スパイものに活躍するトミーとタペンスのカップルなど、数多くのキャラクターを生んでいる。もっともよく知られているのは、エルキュール・ポアロとミス・マープルである。

主な作品を年代順に拾ってみよう。

一九二〇年『スタイルズ荘の怪事件（The Mysterious Affair at Styles）』（探偵エルキュール・ポアロとヘイスティングズ）
一九二二年『秘密機関（The Secret Adversary）』（トミーとタペンスの長編スパイ小説）
一九二三年『ゴルフ場の殺人（Murder on the Links）』（エルキュール・ポアロ）
一九二六年『アクロイド殺し（The Murder of Roger Ackroyd）』（エルキュール・ポアロとヘイスティングズ）
一九三〇年『牧師館の殺人（The Murder at the Vicarage）』（長編十作目、ミス・マープル）
一九三三年『オリエント急行の殺人（Murder on the Orient Express）』（エルキュール・ポアロ）

一九三六年『ＡＢＣ殺人事件（*The ABC Murders*）』（ポアロとヘイスティングズ）

一九三六年『メソポタミアの殺人（*Murder in Mesopotamia*）』（中近東の発掘現場が舞台、ポアロ）

一九三九年『そして誰もいなくなった（*And Then There Were None*）』

二〇年代、三〇年代に重要な作品が次々に出ている。

名探偵ポアロの最後の事件は、一九七五年発表の『カーテン（*Curtain: Poirot's Last Case*）』、ミス・マープルの最後の事件は一九七六年発表の『スリーピング・マーダー（*Sleeping Murder*）』だった。

エルキュール・ポアロ――『スタイルズ荘の怪事件』

アガサ・クリスティの探偵エルキュール・ポアロ（Hercule Poirot）は、今では、シャーロック・ホームズに次いで有名であると言ってもよい。イギリスで一九八九年から二〇一三年にかけてテレビ・ドラマ化されたものが、ＮＨＫで放送され日本でも人気を得た。[20] 映画化されることも多く、『オリエント急行の殺人』『ナイル川に死す（*Death on the Nile*）』など豪華なファッションでも魅了する。ポアロのトレード・マークの大袈裟な髭、卵型の顔、白いスーツにスパッツ姿はテレビ・ドラマでも映画でも共通だ。

小男でおしゃべりな「フランス人」ポアロが、ほんとうはベルギー人であることも、灰色の脳細胞も今ではよく知れ渡り、テレビ・ドラマでポアロを演じたデイヴィッド・スーシェの、襟に花を挿した白いスーツにスパッツ姿もお馴染みになった。ダンディなヘイスティングズ大尉（Captain Hastings）とミス・レモンのお洒落な服装も、ジャップ刑事の髭と共に焼き付いているだろう。シドニー・パジェットのような画家による挿絵がなかったにもかかわらず、名探偵ポアロの姿が読者の脳裏に鮮明に浮かび上がるのは、クリスティの筆の確かさと映像のおかげである。

クリスティの推理小説第一作目の『スタイルズ荘の怪事件』は、一九二〇年にボドリー・ヘッド社から単行本で出た。初版二千部が売り切れるまで印税なし、という不利な条件だった。しかも、そのうえ小説五編を書く義務まであったのだが、新米の世慣れないクリスティは大喜びで出版の契約を結んだ。『スタイルズ荘の怪事件』は単行本が出た後で『ウィークリー・タイムズ（*Weekly Times*）』誌に連載された[21]。クリスティが初めての推理小説を、シャーロック・ホームズの型に基づいてこしらえたのは明白である[22]。『スタイルズ荘の怪事件』第一章の初めで、語り手のヘイスティングズ大尉は、こう自己紹介している。

わたしは、その時、傷病兵として、前線から後送されていた。そして、ちょっと気の滅入るような陸軍病院で数か月を過ごしたのち、一か月の療養休暇をあたえられたのだ。近い関係の親戚も友だちもなかったので、どうしたものだろうかと心を決めかねていたとき、ジョン・カヴェンディッシュに、ふと行き合ったのだ。もう何年か、ほとんど会ったこともなかったし、じつのところ、とくによく、彼を知っていたというわけではなかった……わたしたちは、長いこと昔のことを語り合ったが、最後に彼は、スタイルズに来て休暇を過ごすようにと招いてくれた。（能島武文訳）

ヘイスティングズ大尉は、ワトスンと同じく傷病兵で戦争（第一次大戦）から戻って来た。そしてたまたま会った昔の友人の好意で、エクセターの静かな村のスタイルズ荘屋敷に逗留し始める（ワトスンがスタンフォード青年に会ったのと同じだ）。ヘイスティングズは大尉とはいっても職業軍人ではなく、戦争前はロイド保険に勤めていた。もし、職業を選べるとしたら、本当は何になりたかったのかと問われて、ヘイスティングズはこう答えている。

「そうですね、わたしは探偵になりたいという、ひそかな望みを持ちつづけているんです！」

「まあ、ほんとう――スコットランド・ヤードですの？　それともシャーロック・ホームズ?」
「そりゃ、むろん、シャーロック・ホームズですよ。ですが、ほんとうのところ、真剣に、わたしは、それにすごく心を惹かれているんです。いつか、ベルギーで一人の男に会ったことがあるんですが、非常に有名な探偵でしてね、すっかり熱中させられてしまったんです。驚くべき小男でしたがね。彼は口癖のように、立派な探偵の働きというものは、たんなる理論的な方法の問題だといっていました。わたしの組織的な方法は、彼の方式を基礎にして——といっても、もちろん、それよりずっと進んでしまったんです。かれは、奇妙な小男で、たいへんなおしゃれで、だが、すごく頭のよい男でしたよ」

この小男がエルキュール・ポアロである。身長、せいぜい五フィート四インチ(一六二・五センチメートル)だが、「おそろしくもったいぶった様子」をしている。頭の格好が「卵の形そっくりで、その頭をいつも心持一方に傾けて」いる。かつては「ベルギー警察の、もっとも有力なメンバーの一人」であり、ジャップ警部と一緒に働いたこともあったが、今は戦争難民として、イギリスの小さな村に六人の同国人とともに避難している。ポアロはネクタイが少しでも曲がっていたり、置きものの位置が少しでもずれていると、神経質に正しい位置に戻す。推理が行き詰まると、トランプのカードで家を組み建て始める。

七階建ての家を組み立てることができるというのが、ポアロの自慢で、カードを組み立てていると、神経が休まり、指先も頭も正確に働くというのだ。

このエルキュール・ポアロは、要するに、シャーロック・ホームズの女性版である。ストイックな英国紳士のホームズとは、見事なまでに対照的にできている。両者を比べてみよう。

まず、出自である。

ホームズの先祖はイギリスの田舎の地主である。

対するポアロは、ベルギーからの戦争難民で、元ベルギーの警察官。

容姿も対照的である。

ホームズは長身（六フィート＝一八三センチ以上）、長頭、長い指で痩身である。

ポアロは小柄（一六二・五センチ）、ハンプティ・ダンプティのようなずんぐりした体型、卵型の頭をしている。

ホームズは、鷲鼻、鋭い目で、インディアンを思わせるストイックな風貌。ポアロは卵端の顔に大袈裟な黒い口髭、髪を黒く染め、派手で目立つ服装。ポアロのお洒落な服装は、イギリス人なら噴飯ものだろう。

性格も対照的である。

ホームズは、機械のように明晰な知性の持ち主で、自分より頭の悪い者に我慢ができない。非社交的で、夢想好きである。

ポアロは社交的で、おしゃべりで、うぬぼれが強い。イギリス人の考える典型的なフランス人気質に限りなく近い。ポアロも実は明晰な理論家なのだが、この性格と容貌、服装のせいでそうは見えない。

ポアロはグルメでもある。ホームズも事件が解決すれば食事を楽しむが、事件中は粗食に甘んじ、食べることとさえ忘れてしまう。一方、美食家のポアロはお酒がだめ、シロップのような甘いものが好きで、周りの人をあきれさせる。

ホームズは射撃、拳闘、柔術をやるが、ポアロは運動をまるでしない。

ホームズは都会でも田舎でも、チベットでもグリンペンの沼地も岩山も平気だが、ポアロは都会ッ子で、田舎や砂漠は嫌いである。

ストイックで孤高なホームズは、典型的な「ヴィクトリア朝時代の英国紳士」であるが、二十世紀のポアロは女性的、快楽的で、「男の風上にもおけないやつ」の部類に属する。

しかし、そうした欠点はすべて、ポアロが「外国人」であるということで、受け入れられてしまう。島国イギリスの人が持つ困った偏見のひとつに、「外国人はなにをするかわからない」というのがあり、クリスティはその点をうまく利用したのだ。滑稽なベルギー人探偵ポアロは、無害で親しみやすい外国人として大目に見られ、他人には容易に心を開かない英国人の心の奥に入りこむことが可能なのである。外国風の目立つ風貌を逆に生かしたとも言える。

仕事に対する考え方についても、ポアロはホームズとは対照的である。ホームズは探偵業で生活していると口では言っているが、事務所もなく、人も雇わず、実態から言えば限りなくアマチュアに近い。五十歳を目前にさっさと隠退してしまった。一方、ポアロは死ぬまで現役を貫いた。『アクロイド殺し』では一度、引退して田舎でカボチャを作ってみたが、隠退生活はポアロの性に合わず、カボチャを地面に投げつけている。『第三の女(*Third Girl*)』(一九六六)では、ポアロがあまりに年寄りであることに依頼人が驚いて、逃げ帰っている。それでも、ポアロは生涯現役である。英国人でも「英国紳士」でもない、警察官出身のポアロに「引退の美学」はないのだろう。

ヘイスティングズ大尉

ワトスン役はヘイスティングズ大尉で、ワトスンと同じく負傷した元軍人、常識人である。ポアロが心配になるほどのお人よしである。ポアロ・シリーズ第二作目の『ゴルフ場殺人事件』で早々と結婚し、南米に行ってしまうのもワトスンと似ている。ポアロは友人のヘイスティングズを懐かしんで、こう言う。

「それに、私には友人がありました——長年私の傍を離れなかった友人です。時々、あまりの馬鹿さ加減に心配になるほどでしたが、それでも私にとって大事な友人でした。考えてもごらんなさい。彼の愚かさまでが懐かしいのです。あの素直さ、正直そうな顔つき、より恵まれた私の才能で彼を喜ばせ、驚かせてやる楽しみ――こういうことすべてが口では言えないほど私には懐かしいのですよ」(『アクロイド殺し』第三章)

ホームズが素直に心情を告白するとは思えないが、ワトスンがいなくなれば、やはりこのように言うかもしれない。

鈍感な親友が、素直で正直な人柄ゆえに、才能ある探偵にとって、実はかけがえのない存在であるというホームズ＝ワトスンの鉄則を、クリスティも踏襲したのである。ただ、ワトスンと違って、ヘイスティングズ大尉はいつもポアロと一緒にいるわけではない。ヘイスティングズ大尉の登場しない、ポアロ単独の長編、短編も多いのだ。

従って、語り手もヘイスティングとは限らない。たとえば、『アクロイド殺し』の語り手はジェイムズ・シェパードという医師である。また、クリスティのもう一人の探偵ミス・マープルにも相棒はなく、いつも一人だから、必ずしも型どおりに書いていたわけではない。長編も短編もこなし、スパイもの、軽いものも手掛け、幾人もの探偵を創造したクリスティは、コナン・ドイルよりはるかに柔軟に探偵小説を書いていた。

ミス・マープル

ミス・マープル（Miss Jane Marple）もまた英国BBC制作のテレビ・ドラマがNHKで放映されてから、知名度があがった。英国のテレビ・ドラマは庭や建物の場面が美しく、コテージ・ガーデンや美しい茶器、ヴィクトリア朝風家具に囲まれたミス・マープルの暮らしが魅力的に描かれている。

ポアロが典型的な「外国人」なら、ミス・マープルは典型的な英国女性である。セント・メアリー・ミードという小さな田舎の村に住む独身の女性。編み物をしている平凡な老女。ゴシップ好きで、ガーデニングが趣味で、時々、ロンドンへ買い物や芝居見物に出かける。一人住まいだが、折々に泊まりにくる甥があり（姪でなく甥であるのがいい）、メイドを一人使っている。女性からすれば理想の生活だとも言える。

ところで、英国にはジェイン・オースティン（Jane Austen 一七七五〜一八一七）という作家がいた。牧師の娘で独身、田舎の村の二、三の家族を題材に、機知と皮肉に富む小説を書いた。少し気取った文体だと言われることもあるが、英文学の古典である。作品が若い女性の結婚をめぐる話ばかりなので、よく平凡な作家と誤解されるが、実は、侮りがたい英文学の本格正統派である。日本ではそれほど知名度がないが、英国では、シェイクスピア、ディケンズに次いで大事にされている。にもかかわらず、オースティン自身は、世間から離れた田舎で、目立たぬ人生を送った。書いたものは恐ろしく論理的だが、一見、平凡で「女性的」に見えるというところが、ミス・マープルと共通している。名前はどちらもジェインである。

ミス・ジェイン・マープルは、小説家ミス・ジェイン・オースティンを下敷きにできあがった人物ではないだろうか。そして、イギリス人はミス・マープルの向こうにミス・オースティンを重ねているのではないだろうか。

ミス・マープルはごく平凡な老女にしか見えないが、観察と推理にかけてはシャーロック・ホームズに引けを取らない。小さな村に住み、長年、村人たちの行動や性癖をじっくり観察してきたおかげで、人間性を物語るエピソードには事欠かず、その豊富な事例の中から、たちどころに当てはまるケースを思い出すことができる。だから、ミス・マープルの推理法は、オーソドックスな、観察と経験帰納法である。ワトスン役はいなくて、常に単独行動である。

ミス・マープルが牧師の娘であるとはどこにも書いていないが、階級的には同じだろう。使用人を上手に使い、教養があり（大学を出ているわけではない）、高位の人とでも専門職の男性とでも臆せず話ができる。英語には「手ごわい女性（formidable lady＝フォーミダブル・レイディ）」という言葉がある。怖がられる一方で、尊敬されている女性のことだ。マープルさんはそんな女性である。

カントリー・ハウスの遺産相続

クリスティの処女作『スタイルズ荘の怪事件』は、エクセターの田舎の小村のお屋敷を舞台に、カヴェンディッシュ夫人一家の遺産相続をめぐる家族の確執が描かれる。時代は第一次大戦中である。ところで、クリスティの推理小説は概して「お上品」だとはいっても、そこはやはり遺産や金をめぐる殺人の話。本来なら他人《ひと》に優しい気持ちになるクリスマスに、殺人の話をティー・カップ片手に楽しめるのは、この『スタイルズ荘の怪事件』のように、所詮、お金持ちの一家の内輪もめで、殺されるのは、家族の誰からも好かれていない、強欲で権力を持つ老人であるからではないだろうか。もちろん「殺人」は「殺人」なのだが、そのせいで二章目か三章目で暗い気持ちになったり、どうしようもない怒りを、感じないで済むのはありがたい。

『スタイルズ荘の怪事件』以外にも、クリスティには財産家の老人が殺され、遺書と財産分けが問題になる事件が多い。このお屋敷（カントリー・ハウス）の財産分けの問題は、実はイギリスの小説で、しばしば取り上げられてきたテーマなのである。英文学の永遠のテーマのひとつと言ってもいいだろう。

田舎の大地主一家の遺産の問題は、たとえば、前述の作家ジェイン・オースティンが繰り返しとりあげたテーマでもあった。オースティンの作品は『分別と多感』『高慢と偏見』(一八一三)、『エマ』(一八一五)など全部で六つあるが、そのうち『分別と多感(*Sense and Sensibility*)』(一八一一)の出だしのところが、『スタイルズ荘の怪事件』で扱われている状況とよく似ている。

ちょっと比べてみよう。

『スタイルズ荘の怪事件』では、ヘイスティングズ大尉が友人のジョン・カヴェンディッシュの家で休暇を過ごす。カヴェンディッシュ家の当主は、七十歳を超えたカヴェンディッシュ夫人で、二人の息子ジョン、ローレンスと共に住んでいる。問題は、その夫人が、ジョンとローレンスの父親の二度目の妻であることだ。つまり、継母である。スタイルズ荘は、ジョンとローレンスの父親が夫人のために買った家で、夫人が生存中は夫人のものである。家だけではない。夫の財産から入る収入の大部分も、夫人が生存中は夫人のものである。というのも、ジョンとローレンスの父親は、「あらゆる点で夫人の尻に敷かれていた」ため、そのように遺言したのだ。このとりきめは、夫人にとっては好都合だが、二人の息子にとっては、「明らかに不当なことだった」。というのも、事件の起こる少し前に、カヴェンディッシュ夫人は二十歳も年下の男性(アルフレッド・イングルソープ)と再婚してしまったからである。

これを夫人の二人の息子(義理の息子)から見ると、どうなるか。ジョンとローレンスは、カヴェンディッシュ家の正統な長男と次男であるのに、継母が生きている間は、父から受け継ぐはずの財産のうち、現金収入の大部分とスタイルズ荘を受け継ぐことができない。そのため横暴な継母の意のままに小さくなって暮らしてきた。それなのに、その七十歳の継母が、二十歳も年下の男性と再婚してしまったのである！

そのカヴェンディッシュ夫人が毒殺された（誰も悲しまない死である）。財産が目当てであることは明白だ。夫人は死ぬまえに遺言書を書き直したらしい。果たして、殺したのは誰だろうか。新しい夫（アルフレッド・イングルソープ）だろうか。金に困っているジョンだろうか。弟のローレンスだろうか。

家と財産が問題になるのは、ジェイン・オースティンの小説『分別と多感』でも同じである。『分別と多感』はオースティンが最初に出版した小説であるが、その冒頭で問題になるのが、遺産相続である。特に、親の再婚で、相続の問題が一層複雑になるところがよく似ている。

『分別と多感』ではこうなっている。ノーランド・パークに住むダッシュウッド一家は古い名家であったが、老人であった先代に子供はなく、甥が相続人になっていた。老人は甥（ヘンリー）の一家を呼び寄せて一緒に住み始めた。老人が亡くなり、甥（ヘンリー）が土地と家と財産を相続した。ヘンリーには妻と娘が三人いる。ところが、このヘンリーが相続して一年とたたずに死んでしまった。後には妻（ダッシュウッド夫人）と三人の娘（エリナ、メアリアン、マーガレット）が残される。ところが、ヘンリーは二度結婚しており、現ダッシュウッド夫人は最初の妻が亡くなったあと、再婚した二度目の妻だった。ノーランド・パークの財産は先代老人の遺言で、ヘンリーからその息子ジョン（ヘンリーの最初の結婚による長男）が受け継ぐことが決まっている。実際、ヘンリーの死後はジョンが一人で土地と屋敷、財産をすべて相続した。未亡人となった後妻のダッシュウッド夫人やエリナ、メアリアン、マーガレットは遺産を相続できないだけでなく、それまで住んでいた家も異母兄ジョンに明け渡さなくてはならなかった。

『分別と多感』はそこから、ダッシュウッド夫人と娘たちを中心に物語が展開していく。『分別と多感』の場合、母が再婚であったために、父親の財産をもらえず、その後の生き方にまで影響のあった上二人の娘（エリナとメアリアン）の生き方が描かれる。

クリスティの『スタイルズ荘の怪事件』では、横暴な継母が殺され、ポアロが登場して殺人事件の謎を解く。語り手のヘイスティングズ大尉は、長男ジョンの友人である。二十世紀のクリスティと、十九世紀の初め、ナポレオン戦争時代のオースティンと、時代は百年も違うのに、大きなお屋敷に住む家族の財産継承をテーマに、その一人一人の立場や生き方を問う小説の描き方は変わらない。

クリスティの功績

クリスティの功績はなんといっても、平易で日常的な英語で、わかりやすい推理小説を書いたことである。ペダンティックな難解さとは無縁のシンプルで明瞭な文体。暴力や性を絡めず、品位と節度を保ちつつ、誰もが楽しめる作品を長期にわたって送り出した功績は認めなくてはならない。紅茶とケーキをいただきながら読む推理小説――優雅な大人の愉しみである。血しぶきが飛んだり、被害者の頭部がざっくり割れるという心配のないのがありがたい。クリスティのお蔭で、推理小説の読者は女性層にも広がった。読者層が拡大しただけではない。クリスティは推理小説の世界をヨーロッパの枠からも解放した。『メソポタミアの殺人(*Murder in Mesopotamia*)』(一九三六)や『オリエント急行の殺人』(一九三三)でクリスティは事件の舞台を中東の世界へと押し広げた。また、発掘現場を事件の舞台にすることで、時空を超え古代史の世界にまで広げている。ポアロだけではない。ミス・マープルは老女ながら、カリブ海のリゾート地へも出かけて行く(『カリブ海の秘密〈*A Caribbean Mystery*〉』一九六四)。ロンドンを中心とした英国という枠内に閉じ込められていた、推理小説の枠が大きく広がったのである。ホームズとワトスンはロンドンから鉄道で、気軽に地方に出向いたが、二人揃って大陸にまで足を伸ばしたのは二度だけである(「最後の事件」「フランシス・カーファクス姫の失踪」)。そのうちの一度はモリアーティ教授に追われ、命がけの逃避行だったのだから、探偵として活躍していたのはそれほど広い世界ではなかった。それに比べ、ポアロやミス・マープルは船や飛行機や国際列車を使って海を渡り、大英帝国の植民地の域内に気軽に出て行っている。

また、女性的な人物であるポアロや、純然たる女性であるミス・マープル、ミセス・オリヴァー（Mrs Oliver）やタッペンス（Tuppence）を通して、女性の視点、女性ならではの世界観を作品に無理なく取り入れた功績も見逃すわけにはいかない。世の中の仕組みや社会のありよう、日常生活のこまごまとしたことにいたるまでの、「女性の見方」というものを世間に知らしめた功績は大きい。頭のよい女性が世の中をどう見ているかということを、世の男性は知っておく必要がある。『アクロイド殺し』の叙述トリックでは、それがフェアか否かで論争を呼んだが、[23]キャロラインという中年女性の忌憚のない意見が、この作品の大きな魅力であることは誰しも認めるところだろう。

　また、クリスティはトリックの女王とも言われる。トリックと言えば、連続殺人事件の名作『ABC殺人事件』（一九三六）、登場人物が最後に全員死んでしまう『そして誰もいなくなった』（一九三九）は、この種のものの典型となった。

『ABC殺人事件』は「ABC鉄道案内」を使って、アルファベット順に殺人事件が起こる「見立て殺人」であり、『五匹の子豚（*Five Little Pigs*）』（一九四三）『ポケットにライ麦を（*A Pocket Full of Rye*）』（一九五三）『そして誰もいなくなった』のように、童謡を使った「見立て殺人」も得意であった。『そして誰もいなくなった』は、無人島の無人屋敷に招待された客が一人ずつ殺され、最後に誰もいなくなるというものだが、これは多くの模倣作品を生み出した。横溝正史、綾辻行人など、わが国にはこのタイプの推理小説の愛好者が多い。『オリエント急行の殺人』は走る国際列車内の殺人事件であるが、設定は『そして誰もいなくなった』と同じで、外界から交通を遮断された無人島のヴァリエーションである。

コナン・ドイルは探偵小説の型を打ち立て、シャーロック・ホームズという名探偵を生み出したが、緻密なトリックはそれほど得意ではなかった。アガサ・クリスティはトリックの女王であった。

クリスティはまた、小説の出だしが上手である。歯医者の待合室の描写から始まる『愛国殺人（*One, Two, Buckle My Shoe*）』（一九四〇）、オフィスでタイピストたちが当番制で紅茶を入れる場面から始まる『ポケットにライ麦を』、『象は忘れない（*Elephants Can Remember*）』（一九七二）の冒頭でオリヴァー夫人が四つの帽子のうち、どれをかぶろうかと迷うところなど、推理小説の枠を離れて、日常生活を切り取った場面としても秀逸である。推理小説作家として出発したが、作家としての力量があり、シンプルな文体ながら、描写が上手であった。もっとも普通の小説作家としては凡庸な作家であった。推理という理性の枠内でコントロールしながら書くのが、クリスティ自身にとっても良かったのではないだろうか（メアリ・ウェストマコットの筆名で書いた小説『春にして君を離れ』は凡庸な例である）[24]。

第四章　ドロシー・L・セイヤーズ

ピカデリー一一〇番地A

生まれた年から言えば、一八九〇年生まれのアガサ・クリスティより、ドロシー・L・セイヤーズ（Dorothy L. Sayers, 一八九三～一九五七）の方が三歳年下である。そして、最初の推理小説を発表したのは、セイヤーズの方が遅かった。ピーター卿を探偵とする『誰の死体？』が出たのは、『スタイルズ荘の怪事件』が出た三年後の一九二三年である。

しかし、E・C・ベントリーの後を継いで「探偵倶楽部」の三代目会長（一九四九～五七）を務めたのはセイヤーズで、その後、四代目会長をアガサ・クリスティ（一九五七～六三）が引き継いだ。当時はセイヤーズの方が重要な作家であり、知名度も高かったということだろう。

ドロシー・L・セイヤーズには長編が十三編、短編も四十編以上あるが、日本での知名度は高くない。長編は次の十三編である。探偵は貴族探偵のピーター・ウィムジイ卿（Lord Peter Wimsey）が有名だが、推理作家ハリエット・ヴェイン（Harriet Vane）が探偵役を務めるものもあり、作品によって違う（括弧内に探偵を示している）。

一九二三年『誰の死体？』（*Who's Body?*）』（ピーター卿）

一九二六年『雲なす証言（*Clouds of Witness*）』（ピーター卿）

一九二七年『不自然な死（*Unnatural Death*）』（ピーター卿）

一九二八年『ベローナ・クラブの不愉快な事件（*The Unpleasantness at the Bellona Club*）』（ピーター卿）

一九三〇年『箱の中の書類（*The Documents in the Case*）』ロバート・ユースティスとの共作、

一九三〇年『毒を食らわば（*Strong Poison*）』（ピーター卿）容疑者としてハリエット・ヴェイン初登場。

一九三一年『五匹の赤い鰊（*Five Red Herrings*）』（ピーター卿）

一九三二年『死体をどうぞ（*Have His Carcase*）』（ピーター卿とハリエット・ヴェイン）

一九三三年『殺人は広告する（*Murder Must Advertise*）』（ピーター卿）

一九三四年『ナイン・テイラーズ（*The Nine Tailors*）』（ピーター卿）

一九三五年『学寮祭の夜（*Gaudy Night*）』（ピーター卿とハリエット・ヴェイン）

一九三七年『忙しい蜜月旅行（*Busman's Honeymoon*）』（ピーター卿とハリエット・ヴェイン）

ドロシー・セイヤーズの推理小説第一作目『誰の死体』の冒頭の場面はこんな風に始ま

る。

「ああ、しまった！」とピーター・ウィムジイ卿がピカデリー・サーカスで言った。「ねえ、運転手君！」

タクシーの運転手は、十九番バスと三八番Bバスと、一台の自転車の行く手を横切り、いざロウアー・リージェント・ストリートに入ろうという複雑なハンドルさばきの最中で、こう呼びかけられて、いい顔はしなかった。

「カタログを忘れてきた」ピーター卿はすまなさそうに言った。「僕の不注意にもほどがあるね。出発点に戻ってくれるかな？」

「サヴィル・クラブですか、旦那」

「いや、ピカデリー一一〇番地Aへ。すぐそこだよ――悪いね」（浅羽莢子訳）

ピカデリー・サーカスは、ロンドンの観光の名所、ロンドン一の繁華街である。すぐ近くにはトラファルガー広場がある。BBCが二〇一二年に制作したテレビ・ドラマ『シャーロック』の冒頭に映し出されたのもピカデリー・サーカスだった。東京なら渋谷の交差点というところか。ピカデリー・ストリートの北側は高級住宅地メイフェア地区、南にはグリーン・パークという公園が広がる。この公園の奥にはバッキンガム宮殿があり、さらに行くと、ウェストミンスターに出る。公園の角にはリッツ・ホテルがあり、界隈にはダンヒル、フォートナムメイスン、カフェ・ロワイヤルなどの有名店が軒を並べている。王《ロイ》立美術院《ヤル・アカデミー》もここにある。

ピーター卿はピカデリー一一〇番地Aに住んでいる。[25] つまり、大富豪である。「ピカデリー一一〇番地A」が「ベイカー街二二一番地B」を意識した住所であることは言うまでもない。しかもこの探偵、辻馬車ではなく、タクシーに乗っており、ロンドンでも一、二を争う交通繁華なピカデリー・サーカスにさしかかったところで、「ああ、しまった（Oh, damn!）」と叫んでいる。"Damn!"はヴィクトリア朝の人が決して使わなかった呪いの間投詞である（登場第一声に悪態をつく爽快さ！）。そして忘れ物をしたから引き返してもらいたいと、上記の住所を告げるのである。推理小説の出だしとしては上々の滑り出し。シャーロッキアンをうならせる心憎い幕開けである。時は一九二三年、探偵はピーター・ウィムジイ卿である。

ピーター・ウィムジイ卿は、デンヴァー公爵の次男坊である。本名をピーター・ディース・ブレドン・ウィムジイと言い、一八九〇年生まれの独身である。初登場の『誰の死体？』で年齢三十三歳、最後の長編『忙しい蜜月旅行』では四十七歳になる。ホームズは民間顧問探偵（private consulting detective）を職業としていたが、貴族であるピーター卿は職業を持つ必要がない。探偵はまったくの趣味である。ウィムジイという名前自体がある。

「気まま（whimsy）」という意味なのだ。趣味は稀覯《きこう》書初版本の蒐集、それと同じ感覚で、ピーター・ウィムジイ卿は事件に首を突っ込む。好奇心と愛想のよい饒舌が彼の持ち味である。

「誰も僕のことは気にしません……警察署長ご自身、僕がこうやってお宅へ伺い、公の椅子に腰かけてパイプをふかすのを許してくださっているじゃありませんか。気のいい邪魔者程度にしか考えずに――そうでしょう？」（『五匹の赤い鰊』第六章浅羽莢子訳）

寡黙なホームズとは違って、人懐っこい性格なのだ。

ピーター卿が独身生活を送るピカデリー一一〇番地Aは、グリーン・パークの向かいの建物の三階にある。二流のBではなく、トップクラスを表すAのついたピカデリー一一〇番地Aは、豪華な住まいである。部屋には革表紙の本がずらりと並ぶ書棚、グランド・ピアノ、チッペンデールのテーブルがある。ピーター卿はヴァイオリンではなく、ピアノを弾く。安楽椅子に座ると、従僕のバンターがしずしずと銀の盆でポートワインを運んでくる。隅には緋色と黄色のパーロット咲きのチューリップを盛った大鉢がある（この珍しい色と形のチューリップは、その形状と時代から推察して「ファイア・バード」という品種と思われる)。

ピーター卿は中世の古文書に興味を持ち、楽器を奏で、芸術家らしい価値観を持つところは、シャーロック・ホームズと共通だが、住まいは、貴族の次男坊だけに、ホームズの下宿よりもずっと豪奢である。ホームズの時代は、「簡素な生活、高い理想」[26]を生活信条としていたが、ピーター卿の育ったエドワード王朝時代(一九〇一〜一〇)は華美華麗を好み、物質的にも豊かだった。しかし、第一次大戦でイギリス社会は変わって行く。セイヤーズが推理小説を書き始めたのは、第一次大戦後だった。不況の時代の不安が、作者をして貴族の生活をことさら贅沢に描かせたとしても不思議はない。ピーター卿が貴族で、夢のような大富豪であるのは、ある意味、失業した労働者が「飢餓行進(hunger march)」を繰り返していた、第一次大戦後の貧しい時代の反映だとも言える。

ピーター・ウィムジイ卿

ピーター卿のトレード・マークは貴族的な片眼鏡である。仕立てのよいサヴィル・ロウの服を、TPOに合わせて日に何度も着替え、従僕のバンターが注意深く身の回りの世話をする。ホームズは身長が六フィート以上あり、眼光鋭く、「薄い鷲のような鼻」が特徴だったが、ピーター・ウィムジイ卿は「愛想のよい長い顔」をしている。物腰はソフトで、身長はそれほど高くない。ピーター卿の背が高くないことは、しばしば強調される。『殺人は広告する（*Murder Must Advertise*）』（一九三三）では、ピーター卿が「角ぶち眼鏡をかけたバーティ・ウースター」であるとか、「ラルフ・リンとバーティ・ウースターを足して二で割ったよう」だとされている（第一章）。バーティ・ウースターはP・G・ウッドハウスのユーモア・シリーズ、「ジーヴズもの」の主人公。[27]有能な執事ジーヴズと、失敗だらけの貴族の若主人のコンビの、間抜けな貴族の若主人の方である。同じく、ラルフ・リンは英国の喜劇役者で、片眼鏡をトレード・マークにしていた。

片眼鏡のピーター卿には、細身のステッキやシルク・ハットがよく似合う。映画俳優のフレッド・アステアに似ているかもしれない。しかし、フレッド・アステアが映画で活躍し出したのは一九三〇年代なので、最初からアステアを念頭に置いていたわけではないだろう。とはいえ、『殺人は広告する』でピーター卿はハーレクインの衣装をつけ、アクロバティックな体操のようなものを見せているから、しなやかで敏捷な肉体の持ち主であることは間違いない。[28]

どちらかというと剽軽に描かれるピーター卿だが、学生時代はオックスフォードのベイリオル・コレッジを代表するクリケットの選手で、「歴史に残る」名選手だった。『殺人は広告する』には、彼がクリケットの試合をするところが描かれている。日本ではなじみの薄いクリケットを描いた名場面である。

ピーター卿のモデルは「探偵倶楽部」のゴレル卿とも言われている。作家で政治家のゴレル卿ロナルド・バーンズ（Ronald Gorell Barnes, Lord Gorell 一八八四〜一九六三）は、第一代ゴレル男爵の次男で、後に第三代ゴレル男爵となった。ゴレル卿はアガサ・クリスティが「探偵倶楽部」の会長に推薦された時、クリスティのたっての希望で共に会長となった人である。ハーローからオックスフォードのベイリオル・コレッジに進み、学生時代はクリケットの名選手であった。会長としてはドロシー・L・セイヤーズの後を継いだわけで、セイヤーズとも親しかった。

貴族探偵と有能な従僕

ピーター卿には忠実な従僕のバンターがいる。従僕（valet）とは主人の身の回りの世話をする従者の意味で、従僕を使うのは貴族や大富豪の男性である。従僕は、屋敷を切り回す執事（butler）とは異なるのだが、日本ではなじみがないために、「執事」と訳されることが多い。

ピーター卿の従僕バンターが、P・G・ウッドハウスの「バーティ・ウースターとジーヴズ」の、有能な執事ジーヴズを下敷きにしていることは、間違いないだろう（ジーヴズも邦訳では「執事」となっているが、ほんとうは従僕〈valet〉である）。

バンターもジーヴズに負けない「有能な従僕」である。そつのない物腰と威厳のある「執事風」の物腰で、非の打ちどころのない受け答えをする。

「バンター！」

「はい、御前さま」

「母上の話では、相当な地位のあるバターシーの建築家が、浴室で死体を発見したのだそうだ」

「さようでございますか。それは大変、よろしゅうございました」（『誰の死体？』第一章）

忠実なバンターは主人がどこへ行くにもお供をする。ピーター卿が愛車のスポーツカー（十二気筒のデイムラー・ダブルシックス）を飛ばす時、助手席にはいつもバンターが乗っている。バンターは主人に代わって、骨董のオークションにも行く。写真が趣味で、当時としては最新の隠し撮り用カメラや高価なレンズ、指紋採取の道具を使って、探偵捜査の助手も務める。こうした高価な道具を買い与えるのは、鷹揚で大金持ちのピーター卿である。バンターは、時には、容疑者の召使い部屋に入り込み、巧みな話術で裏の話を聞き出す。召使いの事情に詳しいだけでなく、召使いからの情報が貴重な手がかりとなることを知っているからである。聞きこみのためには、メイドに言い寄って婚約寸前までいく。こうして得た情報は、上品かつ冷静な執事らしい物腰で「御前さま」に報告される。

とはいえ、従僕バンターはワトスンではない。物語の語り手でもないのである。

友人パーカー警部

ピーター卿と対等に話せる友人は別にいる。それはロンドン警視庁のパーカー警部(Detective Inspector Parker)である。

イートン校からオックスフォードに進み、ベイリオル・コレッジで歴史を学んだピーター卿とは違い、パーカー氏は庶民である。大学こそ出ているものの、安月給の安アパート住まい。しかし、鷹揚で気ままなピーター卿と、慎重で現実的なパーカーとは犯罪捜査において良いコンビであり、お互いに「ウィムジイ」「パーカー」と呼び合う親友である。ピーター卿にとって、沈着現実的な意見の持ち主である警察官のパーカーと、事件について議論をすることは重要である。それにピーター卿は民間人であるから、事件を解決し、実際的な処理をするには、やはり警察の力が必要である。

パーカー警部は『雲なす証言』で、ピーター卿の姉レイディ・メアリと結婚する。シリーズの二作目で、探偵の親友が依頼人と結婚するのは、ワトスン以来の伝統であるようだ。パーカー警部の場合、一介の警察官と公爵令嬢との身分違いの結婚である。結婚後は身内ということで、ファースト・ネームの「チャールズ」「ピーター」と呼び合うようになる。

空想家と実務派という、ピーター卿とパーカー警部との関係は、ホームズとワトスンとの関係に似ている。ただ、ワトスンは共同下宿人で、親友であるだけでなく、物語の語り手であるのだが、パーカー警部は物語の語り手ではない。だから、語り手でないパーカー警部がピーター卿について意見を述べることはない（ワトスンはあれでホームズの批判者でもある）。パーカー警部にはそのような役割は与えられていないのだ。主人公である探偵の内面に潜む人間的な迷いや感情を伝える役目は、このシリーズのもう一人の探偵役である、ハリエット・ヴェインという女性である。

ハリエット・ヴェイン——フェミニズムの視点

ハリエット・ヴェイン（Harriet Vane）は第五作目の『毒を食らわば』で初めて登場する。恋人を毒殺した嫌疑で裁判にかけられている被告がハリエットである。彼女は大学出で職業を持つ自立した女性であり、強い意志を持つ「新しい女性」として描かれている。職業は推理小説家、恋人と同棲しているが、結婚という形態をとることをあえて拒んでいる。ホームズの時代はヴィクトリア朝後期から世紀末にかけてであったから、女性はまだ「家庭の天使」であるという見方が普通であった。それでも世紀末には「新しい女性」が登場してくる。コナン・ドイル自身は、女性に対し古風な騎士道精神を抱いていたと思われるが、ホームズの作品には、タイピストや住込みの若い家庭教師など、覇気のある若い女性が登場している。コナン・ドイルが独立心のある、働く知的な女性を描いたことは注目されてよいと思う。ドロシー・L・セイヤーズは、彼女自身がオックスフォードを卒業した知的な「新しい女性」であったから、推理小説にも「新しい知的な女性」の視点を大胆に取り入れた。

ハリエット・ヴェインは二十九歳。さして美人ではないが、知的な女性である。裁判を傍聴していたピーター卿は、被告であるハリエットの知性に惚れ込み、その嫌疑を晴らすべく事件の調査に乗り出す。四十歳の富豪の独身貴族が、恋人毒殺の容疑者である女性に求愛するのである。ピーター卿は無事に事件を解決した後、無罪となったハリエットに求婚する。しかし、玉の輿であるにもかかわらず、ハリエットはピーター卿の求婚を拒絶する。だが、その後もピーター卿のハリエットへの求愛は続き、五年後、『学寮祭の夜』の最後になって、ようやく受け入れられる。結婚の決断をするのはハリエットの方なのだ。自尊心を持った考える女性、ハリエットは『死体をどうぞ』にも登場し、ピーター卿と堂々、推理比べをしている。第十作目の『学寮祭の夜』はハリエットが主人公と言ってもよく、[29] 母校オックスフォード大学の学寮《コレッジ》祭に招かれ、次々に起こる殺人事件を体験する。舞台となるのは女子専用コレッジ（新しい女性の高等教育機関）で、そこで起居を共にする女性教授や女子学生からなる閉ざされた場所で、誰が犯人かという「犯人探し」が始まる。ハリエットはピーター卿と相談をしながら、一連の殺人事件を解いていく。その過程でコレッジの様子、教授陣や学生たちの生態がリアルに描かれていて、オックスフォードを舞台にした学園ものとしても興味深い(オックスフォード大学が女子学生を受け入れるようになったのは、一八七八年、レイディ・マーガレット・ホール学寮が最初である)。同時に、『学寮祭の夜』の進行の過程で、ハリエットはピーター卿との結婚についても考え、最後に至って、ようやくピーター卿との結婚に踏み切る気持ちになる。このようにハリエットにとって、結婚は単なるロマンスや玉の輿ではなく、自分のあり方を考える真剣な問いなのである。

かくして、ピーター卿の探偵小説には、秘かにもう一つのストーリーが進行していたことになる。「ハリエットはピーター卿との結婚を受け入れるだろうか?」という謎である。『毒を食らわば』以降、ハリエットが登場しない作品のなかでも、ピーター卿はハリエットに求愛を続けていることは暗示されており、第十一作目の新婚のハリエットとピーターが二人で謎解きを行う『忙しい蜜月旅行』でピーター卿の物語は完結する。つまり、ピーター卿のシリーズは、ピーター卿がハリエット・ヴェインとの結婚を望み、その願いが成就したところで、シリーズの完成を見るのである。

若くも美しくもないヒロインが、金持ちの貴族と結婚するのは、一種のシンデレラ・ストーリーである。四十五歳のピーター卿はお伽噺の王子さまではないが、一般的に見れば玉の輿の結婚相手である。ハリエットには、作者ドロシー・セイヤーズが投影されていると思われ、セイヤーズが推理小説に、単なる謎解きゲーム以上の、より深い何かを注ぎこみたかったことは間違いない。
それを別の面から示しているのが、ピーター卿と、彼の戦争後遺症の扱いである。

ピーター卿と戦争後遺症

ワトスンは、軍医として従軍したアフガニスタンで、肩に銃弾を受け、数か月もの間死線をさまよい、身も心もぼろぼろになって故国に帰ってきた。一日十一シリング六ペンスの手当てをもらって、帝国の汚水溜めのようなロンドンでぶらぶらしているところで、シャーロック・ホームズと出会ったのである。アフガン兵の銃弾を受けた時、勇気のある当番兵マレーが荷馬の背に乗せて、イギリス軍の戦線まで連れ帰ってくれなかったら、イスラム教徒の手にかかって、命を落としていただろうと、ワトスン自身が述べている（『緋色の研究』第一章）。

ピーター・ウィムジイ卿は、第一次世界大戦に従軍した。

大学卒業間際に恋をして、出征前に結婚も考えたのだが、もしも戦争で身体に損傷を受けた場合、婚約者に気の毒だと考え直して婚約を解消し、相手を自由にしてから従軍した。日本でも似たような話を聞くことがあるが、多くは出征する男性の側に配慮して、結婚を早めたという話で、ピーター卿のように残される女性の側に配慮をした例は聞いたことがない。ピーター卿は諜報員として、ドイツ戦線で目覚ましい活躍をした。だが、砲弾を浴びて生き埋めになるという経験をし、それが元で重い神経症にかかり、二年間苦しんだ。
一見何の不自由もなさそうなピーター卿だが、時々悪夢にうなされ、熱を出してバンターの介抱を受けることがある。今も戦争の後遺症が残っているのだ。第一次大戦は職業軍人だけでなく、国民が等しく徴用された最初の戦争であり、毒ガス、飛行機が使われた最初の近代戦でもあった。そのため塹壕の中で目に見えない敵と戦う重圧に、精神に変調をきたす若い兵士が続出した。無事に帰還した後も、心的後遺症に悩む若者が多く、シェル・ショックと呼ばれた。バージニア・ウルフの『ダロウェイ夫人（*Mrs Dalloway*）』（一九二五）など、この時期の小説にはこの問題がしばしば取り上げられている。

ピーター・ウィムジイ卿も戦争の後遺症に悩み、心の中に大きな闇を抱えている。ドイツ戦線で塹壕に埋まったピーター卿を掘り出し、後方に運んだのは従卒のバンターだった。献身的なバンターは戦争後もピーター卿の従僕となって、行動を共にしている。戦争後、ピーター卿は軽薄な態度と好事家のポーズを身につけた。叔父のポール・オースティン・デラガルディーにいわせれば、「完璧なまでの喜劇役者になってのけた」[30]のだが、それも戦争で心に傷を受けてからのことだったのである。バンターは今でも、悪夢にうなされる主人を心配している。

戦争の古傷といえば、ワトスンだけでなく、エルキュール・ポアロも戦争難民である。横溝正史の探偵金田一耕助の場合も、扱う事件の大半が、太平洋戦争に端を発している。

推理小説と戦争との関係についても思いをめぐらす必要がありそうだ。

ドロシー・L・セイヤーズ

ドロシー・L・セイヤーズは牧師の娘として生まれ、奨学金を得てオックスフォードのサマーヴィル・コレッジで中世文学と現代語を学んだ。まだ大学が女性に門戸を開いたばかりの頃で、女性は卒業しても学位を得られなかった時代の話である。しかし、オックスフォードが女性にも学位を授与するようになると、セイヤーズも学位取得第一期生となり、数年後には修士号（MA）も取得した。大学卒業後は、広告会社でコピーライターとして働き、推理小説や評論を書くようになった。広告会社で働いた経験は『殺人は広告する』に見事に生かされている。

一方で、セイヤーズはダンテの『神曲』を翻訳するなど中世文学研究者でもあった。そうした面が生かされているのが、『学寮祭の夜』である。高い教育を受け、社会的にも活躍したドロシー・L・セイヤーズの生き方は、三歳年上のアガサ・クリスティが学校へは行かず、もっぱら家で教育を受けたのとは対照的である。セイヤーズは当時の女性としては珍しいほどの高学歴で、自立した生き方を貫いた。

しかし、日本での知名度はクリスティに比べて高くない。文体がシンプルでわかりやすいクリスティに比べ、高度な教育を受けたセイヤーズは、文体も内容も緻密かつ複雑である。

推理小説にしては長大で、時に事件と直接関係のない事柄が盛り込まれる。たとえば『ナイン・テイラーズ』でピーター卿が村人と一緒に一晩中綱を引っ張って九つの鐘を荘重に鳴らす転座鳴鐘術など、英国に詳しい人でもあまり知らないだろう。最初の四作はまだ比較的軽いが、『五匹の赤い鰊』は頁数が多い上に、芸術家の村で起こる殺人事件、容疑者が五人と多いこともあって、生半可な覚悟では読めない。心が完全にゆったりと寛いでいないと読めない小説だ。容疑者は全員が画家で、釣り師でもあるという個性的なつわものぞろい。おまけに、警官と地元の村人はスコットランド方言で話す。先を急がず、心を遊ばせ、頭を働かせながら読んでいれば、これほど楽しめる推理小説もないが、それほど余裕のある読者がどれだけいるだろうか。とはいえ、次のような一節を読めば満足の溜息をつかない読者はいないだろう。

八月下旬のすばらしく晴れた日だったので、車を進めるウィムジイの魂は、体の中でごろごろ喉を鳴らしていた。カークーブリーからニュートン・スチュアートへと続く道はちょっとやそっとでは凌駕できないほど多様な美しさに溢れており、さらに空には明るい陽光とむくむくと盛り上がる入道雲が溢れ、生垣には花が咲きこぼれ、道路は整備され、エンジンは活きがよく、そして行きつく先には手ごろな死体が待っているとあって、ピーター卿の幸福の盃は縁まで一杯になっていた。もともと素朴な喜びを愛するたちだったのだ。(『五匹の赤い鰊』浅羽莢子訳)

作品としては『殺人は広告する』『ナイン・テイラーズ』『学寮祭の夜』が作者の特徴のよく表れた大作である。『殺人は広告する』には男女が働く近代的なオフィスが描かれているし、『ナイン・テイラーズ』には厳しい自然と共に生きる、村の教会の生活と文化が背景になっている。教会の鐘の鳴らし方など普通の日本人の知らないことが詳しく書かれているだけでなく、村が洪水の危機に見舞われた時の、ヴェナブル神父の見事な危機対応ぶりにも学ぶべき点は多い。『学寮祭の夜』はハリエット・ヴェインの人生に関わる部分が読んでいて重いが、コレッジの研究者たちの生活には興味がつきない。延々と校正を重ねるリドゲイト女史など、笑えないカリカチュアである。

登場人物で言えば、第一作目から登場する先代公妃《ダワジャー・ダッチエス》(Dowager Duchess)の超俗ぶりが捨てがたい。おっとりと貴族的でありながら、ストレートで辛辣な物言いが魅力で、ピーター卿もこの母にしてこの子ありというところだろう。

「探偵倶楽部」の三代目会長として、また、ワトスンの洗礼名がジョンとジェイムズと二つある理由を、まじめに考えた本物のホームズィアンとしても、セイヤーズの名前は記憶されるべきである。[31]

第五章　A・A・ミルンとロナルド・A・ノックス

素人探偵の気楽さ――『赤い館の秘密』と『陸橋殺人事件』

『トレント最後の事件』のトレントは探偵を職業としているのではなく、職業は画家である。職業探偵でない場合に、よく素人探偵とかアマチュア探偵というが、クリスティのミス・マープル、セイヤーズのピーター卿、ヴァン・ダインのファイロ・ヴァンスなどは探偵を職業として生活しているのではないと言う意味で素人探偵であり、アマチュア探偵である。しかし、少なくともピーター卿やファイロ・ヴァンスは犯罪の専門家を自認し、継続して探偵業にあたっているのであるから、まったくの素人とは言えない。そうではなく、探偵を趣味としているのでもないごく普通の人間が、ひょんなことから事件に巻き込まれ、謎を解いていくというケースがある。「偶然の探偵」とでも言えばいいだろうか。探偵業に関心があるわけではなく、警察とも関係がないので、まったく気楽な立場である。そのような探偵小説をあげてみよう。ひとつはA・A・ミルンの『赤い館の秘密』(一九二二)、もう一つはロナルド・A・ノックスの『陸橋殺人事件』(一九二五)である。

ミス・マープルは編み物をしている物静かな老婦人で、警察ともかかわりのない素人として登場しているが、シリーズ化しているので、偶然の探偵とは言えない。ミス・マープルの「火曜クラブ（"The Tuesday Night Club"）」が『ロイヤル・マガジン（*The Royal Magazine*）』に初登場したのは一九二七年十二月号であるので、ミルンとノックスの素人探偵はそれよりも早い登場である。

A・A・ミルン（A. A. Milne）の『赤い館の秘密（*The Red House Murder*）』は、一九二一年の八月から十二月にかけて、『エヴリボディーズ・マガジン（*Everybody's Magazine*）』に連載されたあと、一九二二年四月に単行本となった。日本でも昭和十年（一九三五年）に柳香書院から妹尾アキ夫の訳が出ている。ミルンは『パンチ（Punch）』誌の編集者として文筆家のスタートを切り人気作家となった。エッセイスト、劇作家として活躍し、『クマのプーさん』『プー横丁にたった家』などの児童文学を書いた人でもある。そのミルンが探偵小説好きの父親のために書いた唯一の推理小説が『赤い館の秘密』だった。扉に次のような献呈の辞がある。

わが父、ジョン・ヴァイン・ミルンへ

ほんとうに素敵な人の例にもれず、父上には探偵小説好きという弱点があります。しかも探偵小説の数が足りないと感じておられます。となれば、これまでにしていただいたことへの恩返しに、ぼくとしては一冊書くしかありません。これがその本です。言葉に表せない感謝と愛情をこめて。

A・A・M

「ほんとうに素敵な人は探偵小説好きという弱点を持つ」のが真実かどうかは別として、気のきいた、素敵な言い回しである。ミルンが書いたのは、イギリスのどこにでもありそうな田舎屋敷「赤い館」で、たまたま友人を訪ねてきた青年アンソニー・ギリンガム(Anthony Gillingham)が殺人事件に遭遇するという物語だった。死体発見の瞬間に、たまたま玄関に来合わせたという設定である。ギリンガム(発音はジリンガムが正しいのかもしれない)は、年額四百ポンドの遺産を相続して、呑気にあれこれ職業を変えながら暮らしている独身男性である。裕福ではないが、上層の人と対等に交際できるだけの教育があり、生活のために時間を切り売りしないですむという意味で、人生に余裕のある青年である。「赤い館」には滞在客があり、招かれているのは主人公と同じ階層の人々である。これに館の主人と、主人の秘書兼管理人ケイリー、この家のメイドや家政婦が加わる。ワトスン役はこの家の滞在客のひとりで、ギリンガムの友人ビル・ビヴァリー(Bill Beverley)である。偶然にも死体の第一発見者のひとりになったギリンガムは、そのまま友人のビルと一緒に屋敷に滞在する。そして、青年特有の好奇心から、次第に事件に首に突っ込んでいく。特別に利害関係のない「気楽な部外者」という身分が、功名心も自負心もない、新しいタイプの探偵を生み出すことになった。

『赤い館の秘密』は長編推理小説だが、友人二人、若者らしい気楽なお喋りと共に、筋が展開する。その軽さが身上である。二人はいっぱしの探偵気分で、濠に囲まれた、クロケー用の芝生《ボウリング・グリーン》に出向き、道具をしまっている物置を調べたり、夜更けの濠を張りこんだりする。この濠に囲まれた屋敷という舞台装置が、実は重要なのである。

この小説が推理小説として成立する鍵は、「赤い館」がジェイムズ一世時代（在位一六〇三～二五）に建てられた古い屋敷であるところにある。イギリスではヘンリー八世の時代にローマ・カトリック教会と袂を分かち、以来、国王が変わるたびに旧教徒（カトリック）派と新教徒（プロテスタント）派とが争い、弾圧を受けるという事態になった。そのため、ジャコビアン朝（ジェイムズ一世の時代）の貴族・豪族の邸宅は外濠に囲まれ、秘密の地下通路が設けられることが多かった。急な政変に備え脱出路を用意する必要があったからである。コナン・ドイルが『恐怖の谷』（一九一四～一五）の第一部「バールストンの悲劇」でとりあげたのも、まさしくそういう屋敷だった。地下通路付き邸宅と言えば日本でも、たとえば、ジョサイア・コンドルが建てた東京上野の岩崎邸にその例を見ることができる。岩崎邸はコンドルが一八九六年（明治二九年）にイギリスのジャコビアン様式で建てた邸宅で、外濠こそないものの、本館の地下室と庭にある撞球室とが地下道で結ばれている。ジェイムズ一世時代の屋敷には、その他に、装飾刈込み《トピアリー》の整形式庭園と球技のための広い芝生（ボウリング・グリーン）がついている。『恐怖の谷』はホームズ物語の中では決して人気の高い作品ではないが、このような特徴を備えた領主館を舞台にしており、それが後世に影響したのだろう。さらに言えば、顔のない死体のトリックを使ったこと、第二部がアメリカの炭鉱町を舞台にした独立した推理小説となっていて、ハード・ボイルドものの先駆けとなったことも、注目に値する（おそらく当時、似たような通俗作品はすでに雑誌にあふれていただろうが）。

こうした領主館には濠や跳ね橋があって、下界から遮断された場所となるうえに、秘密の地下道がついている。「赤い館」にも濠があり、ボウリング・グリーンがあり、秘密の通路があった。

ところで、秘密の地下道は礼拝堂、鎧、肖像画、骸骨などと共に、十八世紀イギリスで大流行した怪奇恐怖（ゴシック）小説につきものの道具立てである。ゴシック小説の多くは中世の城や、今は廃墟となった修道院を舞台にしている。ヘンリー八世はローマ教会と決別した後、大小修道院を強制的に廃止した。そのため、イギリスには恨みの残る廃墟や、邸宅に転用されたかつての修道院がたくさんあり、怪奇恐怖小説の格好の舞台となったのである。

『赤い館の秘密』は二十世紀の小説であるから、礼拝堂はなく、その代わりに立派な書斎がある。書斎（library）は屋敷の主人の社会的地位を表すとともに、主人の趣味と頭脳を如実に示す物差しともなる。その書斎で、学生のように気楽な二人が失踪した主人（マーク・アブレット）の性格について、棚の本を眺めながら推理をめぐらす。地下道の秘密の入口の目印となる本棚を捜そうというのだ。本棚の説教集を読む人はめったにいないが、旅行記や伝記を好む人は少なくないなど、本好きにはうなずける会話が続く。何気ない会話の中で事件の謎がとりあげられ、情報が口にされ、ふいに辻褄があって、主人失踪の謎の解明につながる……。

読者からすれば、本物の探偵の種明かしを拝聴するのとは違う楽しみが得られるのが、この種の推理小説の醍醐味である。若い独身男性が自由に行動できる快感を共にするだけでも得難い体験だ。警察などの公的権力に囚われずにすむのも気楽である。そして、何よりもイギリスの田舎屋敷のさりげない日常生活が魅力である。

同じように、ロナルド・A・ノックス（Ronald A. Knox）の『陸橋殺人事件（*The Viaduct Murder*）』（一九二五）も、ロンドン近郊の、かつては荘園屋敷《マナー・ハウス》だった館を舞台にした殺人事件である。この荘園屋敷は十八世紀初めの建築だが、今はゴルフ・クラブの宿泊用クラブ・ハウスになっている。イギリスにはこのように、古い城館や荘園屋敷が公共の建物に転用されることが多い。事件はゴルフボールを追っていったクラブ会員の一人が、顔の判別のつかない死体を発見したことに始まる。現場は、ゴルフ場に並行して走る鉄道線路に架かる高架橋（陸橋）の付近で、会員も滅多に行かない場所だった……。

これもまた、本職の探偵ではなく、普通の人がいきがかりで関わることになった殺人事件の物語である。探偵役はゴルフ・クラブの男性会員四人。元陸軍省勤務で、今は隠居してクラブ・ハウスに住んでいるモーダント・リーヴズ（Mordaunt Reeves）、その友人アレグザンダー・ゴードン（Alexander Gordon）、元大学教授のウィリアム・カーマイケル（William Carmichael）、教区牧師のマリヤット（Marryatt）といった中高年たちである。それぞれが一家言あるうるさ型で、特別に仲がよいわけでもない。その四人の男たちがホームズ談義をしながら、各自、自説を展開し、反目しながら推理を競い合い、少しずつ真相に近づいていく。いかにも素人らしい推理がおもしろくて読んでしまうという推理小説である。

作者のロナルド・A・ノックスは牧師の四男に生まれた。十歳の時にラテン語とギリシア語の風刺詩を書いたほどの早熟だった。オックスフォード在学中は学生会長を務め、卒業試験は首席で通った。兄の一人は『パンチ誌』の編集をし、作家となっている。ノックス自身は英国国教会の牧師となったあと、カトリックに改宗、オックスフォードの学生のための礼拝堂付き司祭となった。俗に「ノックスの十戒」と呼ばれている探偵小説のルールを唱えたのは、このノックスである。『陸橋殺人事件』以外にも、保険調査員とその妻が探偵を務める六編の長編推理小説を書いている。その他、詩、戯曲、小説、エッセイ、翻訳と多岐にわたる活躍をした。悠揚とした上品なユーモアは、ちょっと真似ができない。

ところで、A・A・ミルンの『赤い館の秘密』の秘密の地下道は、我が国の横溝正史に影響を及ぼし、『八墓村』を生み出した。横溝正史は『赤い館の秘密』の主人公アンソニー・ギリンガムがお気に入りだった。鎧、謎の僧侶、血筋の問題、残虐な暴君、秘密の通路など、『八墓村』を構成する舞台装置はゴシック小説そのものである。

ついでながら、ここで江戸川乱歩が選ぶ「黄金時代ミステリー・ベスト・テン」をあげておこう。『赤い館』の人気のほどがわかる。

一、フィルポッツ『赤毛のレドメイン家』(一九二二)
二、ルルー『黄色い部屋』(一九〇七)
三、ヴァン・ダイン『僧正殺人事件』
四、クイーン『Yの悲劇』
五、ベントリー『トレント最後の事件』
六、クリスティ『アクロイド殺し』
七、カー『帽子蒐集狂事件』
八、ミルン『赤色館の秘密』
九、クロフツ『樽』
十、セイヤーズ『ナイン・テイラーズ』

選んだのは一九四七年、日本の推理小説黄金時代の時期である(『幻影城』一九四七)[32]。

1 竹田正雄「寺田寅彦はシャーロック・ホームズを読んだか」『シャーロック・ホームズ紀要』第十二巻第一号(シャーロック・ホームズ研究委員会、二〇〇七年九月)。竹田正雄は日本シャーロック・ホームズクラブ会員ならびに寺田寅彦記念館友の会会員。

2 *Arthur Conan Doyle: Life in Letters*, p. 391.

3 "The Ethics of the Detective Story from Raffles to Miss Blandish," reprinted in *Critical Essays*, London, 1946. ジェイムズ・ハドリー・チェイス(James Hadley Chase)の『ミス・ブランディッシュの蘭(*No Orchids for Miss Blandish*)』(一九三九)はハードボイルド風の犯罪小説。人気が出て映画化されたが、あまりの残虐性のため物議を醸した。

4 Hugh Green ed. *The Rivals of Sherlock Holmes*. Penguin Books, 1970.

5 バロネス・オルツィ『隅の老人の事件簿』創元推理文庫、一九七七年版解説参照。

6 ディケンズが『モーニング・クロニクル』に対抗して、一八四五年に創設した新聞。

7 一部一ペニーで売り出した最初の日刊紙。高級日刊紙だが、政治的にはラディカルである。

8 ウィルキー・コリンズはディケンズと同時代の作家で人気があった。なかでも『月長石(*The Moonstone*)』(一八六八)はイギリス最初の探偵小説と言われている。これは呪われた宝石が盗まれるという事件で、事件(宝石の盗難)、警察の探偵による捜査、謎の解明という探偵小説の要素が備わった推理小説だが、ポーの作品ほど推理の過程は強調されず、複雑なプロットで読ませる作品である。ヴィクトリア朝時代らしい長編小説。『ブリタニカ国際大百科事典』によると、薔薇栽培を趣味とするカッフ警部という人間味のある探偵を世に送り、呪われた宝石の盗難というテーマが、後に多くの作品で模倣された。

9 Greg Fowlkes, Foreword, *Trent's Last Case*, Resurrected Press, 2010.

10 Greg Fowlkes, Foreword, *Trent's Last Case*, Resurrected Press, 2010.

11 一九二〇年英国映画、クライブ・ブルック主演。一九五二年英国映画、マイケル・ワイルディング（トレント）、オーソン・ウェルズ（マンダーソン）。

12 Ronald Gorell Barnes, Lord Gorell, 1884-1963. 男爵、政治家、ジャーナリスト、推理作家。本文一九六頁。

13 Julian Symons, 1912-94. 推理小説家、伝記作家。イギリス推理小説界の大御所。

14 Ronald A. Knox, 1888-1957. カトリックの聖職者で大司教。神学者、推理小説家。「ノックスの十戒」は有名。

15 Arthur Morrison, 1863-1945. 推理小説家で、東洋美術蒐集家でもある。

16 Greg Fowlkes, Foreword, *Trent's Last Case*, Resurrected Press, 2010.

17 A. Christie, *An Autobiography*, pp. 128, 263.

18 短編集、一九三四年。

19 短編集、一九三〇年。

20 一九八九～二〇一三年にかけてロンドンのウィークエンド・テレビ制作のドラマを、NHKが放送した。デヴィット・スーシェ（ポアロ）、ヒュー・フレイザー（ヘイスティングズ大尉）、フィリップ・ジャクソン（ジャップ刑事）など。

21　A. Christie, *An Autobiography*, p. 288.

22　A. Christie, *An Autobiography*, pp. 261-63.

23　フェア・プレイでないとする代表はヴァン・ダインで、読者に対して仕掛けられたトリックは、推理小説の作者の合法的な手法とは言い難いとしている。支持する側の代表はドロシー・L・セイヤーズで、エラリー・クイーンも支持者のひとりである。創元推理文庫『アクロイド殺害事件』解説（三八五〜八七頁）より。

24　Mary Westmacott 名義になっている。『春にして君を離れ（*Absent in the Spring*）』（一九四四）など。

25　原作を見ると『誰の死体？』では、ピカデリー一一〇番地だが、『雲なす証言』からピカデリー一一〇番地Aになっている。ただし、創元推理文庫の邦訳では、『誰の死体？』でもピカデリー一一〇番地Aとなっている。

26　"Plain living and high thinking." はW・ワーズワースの "London, September 1802" の一節。

27　「ジーヴズ・シリーズ」の第一作目「ジーヴズにお任せ（*Leave It to Jeeves*）」は、『ストランド・マガジン』一九一六年六月号に掲載された。

28　一九五一年のMGM映画『パリのアメリカ人』によく似た場面がある。この映画にはフレッド・アステアは出演しておらず、ジーン・ケリーの主演である。

29　小説は形式こそ三人称だが、おもにハリエットの視点から語られる。

30　第三作目『雲なす証言』に叔父ポール・オースティン・デラガルディーによる『略伝（Biographical Note）』が付いている。

31 植村昌夫『シャーロック・ホームズの愉しみ方』（平凡社新書、二〇一一）八五―九四頁。
32 江戸川乱歩『幻影城』（光文社文庫、二〇〇三年）三九三頁。

第三部　推理小説の黄金時代（アメリカの場合）

第一章　S・S・ヴァン・ダイン

アメリカの黄金時代

『ストランド・マガジン』に連載されたシャーロック・ホームズの人気によって、イギリスでは一九一〇年代から二〇年代の初めにかけて、推理小説が次々と発表され、「推理小説の黄金時代」を迎えた。アメリカでも一九二〇年代後半から三〇年代にかけて推理小説の黄金期を迎え、ファイロ・ヴァンス、エラリー・クイーンやネロ・ウルフ、弁護士ペリー・メイスンといった探偵が生まれている。

イギリスではコナン・ドイルに触発されて推理小説の腕を振るったのは、バロネス・オルツィ、G・K・チェスタトン、ロナルド・A・ノックス、E・C・ベントリーといったすでに文筆活動をしていた人たちだった。ジェイムズ・ヒルトン、A・A・ミルンのような著名な作家が一作だけ推理小説を書いて、それが推理小説の名作として残っている例もある。作家、評論家、政治家、学者、高僧など多彩な顔ぶれが探偵小説に挑戦したのが特徴だ。アメリカでは事情が違っていた。

コナン・ドイルの『緋色の研究』を見出し、次作『四つの署名』を注文したのはアメリカのリッピンコット社であった。しかし、世紀末のアメリカで、推理小説という分野は必ずしも高い評価を受けていたわけではない。この時代の探偵小説を翻訳していた延原謙の言葉を借りると、次のような状況であった。

探偵小説は大ざっぱにみて、ポーに始まりコナン・ドイルによって完成されたといわれるが……

……アメリカには探偵小説がなかったわけではなく、キャザリン・グリーン、ラインハート、ウェルズ等の女流作家がかなり旧くから作品を発表していたばかりか、ドイルを発見し世に出したのはアメリカ人だといって威張っている人もある。……だから、アメリカ人も探偵小説がきらいだったわけではないが、主流をなすのは通俗科学をとりいれたアーサ・リーヴの小説だとか、ジゴマやプロテアなどの映画に見られるような、あまり高級でなく動きを主にした読物であった。従って探偵小説はどちらかというと軽蔑され、然るべき作家はこれを筆にしなかったわけなのであろう。

(ヴァン・ダイン『グリーン家殺人事件』解説)[1]

アーサー・リーヴとはアーサー・ベンジャミン・リーヴ（Arthur Benjamin Reeve)[2] のこと、

ジゴマとプロテアはフランスの連続活劇の主人公である。連続活劇はアクションを中心にした十分から二十分の短編映画で、一九一〇年代から二〇年代に大流行した。日本でも明治末期に活動写真として人気を集めた。ジゴマ（Zigomar）はレオン・サジイ（Léon Sazie）作の怪盗の名前、プロテア（protéa）は女盗賊の名前である。延原謙（一八九二〜一九七七）は雑誌『新青年』に数多くの推理小説を翻訳・紹介し、編集長も務めた人である（一九二八〜二九）。一九二一年から『新青年』で翻訳を始め、コナン・ドイルの他に、アーサー・モリスン、アガサ・クリスティ、ヴァン・ダイン、エラリー・クイーン、アーサー・リーヴの「拳骨」やオルツィの「砂嚢」などを訳している。戦後、日本で初めてシャーロック・ホームズの全訳をしたことで知られているが、その間ずっと、欧米の推理小説の迅速な翻訳・紹介のために尽力してきた。海外の小説の動向には敏感であったのはもちろんのこと、同じ時代の空気を呼吸していたジャーナリストとして、アメリカの推理小説事情に通じていたと思われる。その彼が、アメリカでは、探偵小説と言えばごく通俗的なものか、映画化しやすいアクション中心の作品ばかりであったのが、ヴァン・ダインの登場で事情が変わったというのは、傾聴すべきと思われる。

然るに一九二六年になって、まったく無名の新人ヴァン・ダインの「ベンスン殺人事件」というのが「スクリブナ」誌に発表され、つづいて省略のない単行本が発売された。読んでみるとコチコチの本格ものであるし、背景にペダントリを使ってあるので、十分知識人の読物たり得た。そこで未曾有の売行きを示し、ヴァン・ダインとは何者だろう、おそらく既成作家の変名だろうということになって、相当の人までが作者さがしの詮索に加わる有様だった。かかるうちに翌年ヴァン・ダインは第二作「カナリヤ殺人事件」を、二八年にはここに訳出した「グリーン家殺人事件」を出し、世間のセンセーションはますます大きくなった。このころになってヴァン・ダインとはウィラード・ハンチントン・ライトの変名であることが分かってきた。ライトは美術評論家で、二七年には探偵小説のアンソロジイを出し、それにすぐれた長い序文を書いているくらいだから不思議はないということになり、世間も納得したのである。ライトは右に述べたように美術評論家だが、病気で入院中に医者からむずかしい本を読むことを差止められた。そこで万巻の探偵小説を読み、アンソロジイを編むほど探偵小説を読破したが、それが嵩じてついに自分でも書く気になったものであった。ヴァン・ダインは当時探偵小説が軽蔑されていたので、変名で発表したものであった。

（『グリーン家殺人事件』解説）

知識人がこぞって探偵小説に筆を染めたイギリスとは事情が違い、アメリカでは探偵小説が軽蔑されていたために、美術評論家であったウィラード・ハンティントン・ライトは変名（ヴァン・ダイン）で発表したというのである。「読んでみるとコチコチの本格ものであるし、背景にペダントリを使ってあるので、十分知識人の読物たり得た」と、ヴァン・ダインの特質をうまく言い表している。ヴァン・ダインは「アメリカにおける探偵小説の地位を向上せしめた。その功績は大きい」と延原謙は続いて述べている。ヴァン・ダインの『ベンスン殺人事件』に続いて、一九二九年にはエラリー・クイーンが『ローマ帽子の謎』を発表した。以後、ヴァン・ダインとクイーンは競うように次々と作品を発表し、アメリカ推理小説の黄金期を作り出した。その時はまさに「エラリー・クイーンとともに、探偵小説の主流をイギリスからアメリカに移したかの感がある」という様子であったらしい。[3]その口火を切ったのがヴァン・ダインだった。

ファイロ・ヴァンス

S・S・ヴァン・ダイン（S. S. Van Dine 一八八八〜一九三九）というのは、前述のように、美術評論家W・H・ライトの筆名である。ヴァン・ダインが『ベンスン殺人事件（*The Benson Murder Case*）』を発表したのは一九二六年のことだった。探偵はファイロ・ヴァンス（Philo Vance）、ニュー・ヨーク州検事マーカム（Markham）に協力する素人探偵である。ヴァンスはハーヴァード大学を出たあと、オックスフォードの大学院に学んだ。ゆえに英国風のアクセントとイントネーションのある英語を話す。学生時代は「人と打ち解けようとせず、冷笑的で辛辣なため」に、「教授には煙たがれ、学友には敬遠されていた」(『ベンスン殺人事件』第一章日暮雅通訳)。しかし、なぜか「私」には好感を持ってくれたので行動をともにするようになり、結局、「私」は彼の顧問弁護士となった。「私」の名前はヴァン・ダイン、シリーズの語り手でもある。したがって、ヴァン・ダインというのは語り手の「私」であると同時に、この推理小説の作者の名前にもなっている。

語り手の「私」は、物語にはほとんど登場しない。まったくの語り手に徹している。第一作の『ベンスン殺人事件』には、ファイロ・ヴァンスの紹介とともに、語り手である「私」の自己紹介があるが、それ以降はほとんど表に出てこない。登場人物としてはまことに影が薄い存在である。ファイロ・ヴァンス・シリーズにはもうひとり、ニュー・ヨーク州検事マーカムという相棒がいる。検事が登場するのは、探偵のファイロ・ヴァンスがアマチュアであるために、警察の事件に関わるには、ニュー・ヨーク州の検事であるマーカムと組む必要があるからなのだろう。マーカムが行くところ、必ずヴァンスが同行する。二人は親友なのだ。

ファイロ・ヴァンスの舞台はニュー・ヨークである。ヴァンスが事件中、行動を共にし会話を交わす相手は、顧問弁護士のヴァン・ダインではなく、ニュー・ヨーク州検事マーカムである。マーカムはこれといった個性のない人物なので、ほとんどファイロ・ヴァンスの独り舞台になる。このヴァンス探偵が、読者の前に現れる最初の場面は次のようである。

あの朝、ヴァンスの執事であり、従者、家令も兼ね、ときには本職の料理人も務める希代の老使用人、英国人のカーリに居間に通されてみると、ヴァンスはゆったりした肘掛け椅子に座っていた。薄絹のドレッシング・ガウン姿でグレーのスエードのスリッパをはいて、膝の上にヴォラールのセザンヌ伝を広げている。（第一章日暮雅通訳）

続いて、検事マーカムが事件の一報を持って飛び込んでくる場面。

「ヴァンス、大事な用で来たんだ。すごく急いでいる。約束を果たしにちょっと寄っただけだが。……実は、アルヴィン・ベンスンが殺された」

ヴァンスはものうげに眉を吊り上げた。「いやはや、まったく」と、間延びした声を出す。「なんと見苦しい！　だが、殺されてもしかたないな。いずれにせよ、きみが嘆くことはない。まあ座って、カーリのいれたとびきりうまいコーヒーでも飲みたまえ」そして、相手が口を開くより先に、立ち上がって呼び鈴のボタンを押した。

ファイロ・ヴァンスは物憂げに煙草をくゆらし、いつも超然としている。朝のドレッシング・ガウン姿で登場するところなど、ファイロ・ヴァンスがシャーロック・ホームズのイメージの上に創造されていることは間違いない。おそらく、ウィリアム・ジレットの演じたホームズだろう。

ヴァンスは資産家で美術蒐集家という設定。東三十八丁目にある古い邸宅の最上階二フロア分を改修した、豪壮なアパートメントに住んでいる。天井の高いスペースを確保し、東洋と西洋、古代と現代の美術蒐集品を並べているのだ。ヴァンスは身長六フィートをわずかに下回るというから、約一八二センチメートル。並はずれて容姿端麗、禁欲的で冷淡な口もとをしている。検事のマーカムと事件の現場に駆けつける時、ヴァンスはひどく投げやりであるか、あるいは無関心な体を装い、物憂げな口をきく。そして、何かを注意深く観察するときには片眼鏡をかける。語り手の「私」によると、冷ややかで超然としているが、ほんとうは感動しやすい男だという。

殺人現場は西四十八丁目、六番街に近い古い褐色砂岩《ブラウン・ストーン》の邸宅である。現場の見取り図がついている。デヴュー作『ベンスン殺人事件』はファイロ・ヴァンスのペダントリがやや鼻につくが、『グリーン家殺人事件（*The Greene Murder Case*）』『僧正殺人事件（*The Bishop Murder Case*）』と並ぶ傑作である。『僧正殺人事件』はマザー・グースの童謡の通りに殺人が起こる、いわゆる見立て殺人である。

長編の作品が十二編あるが、それらには共通の特徴がある。（一）題名がアルファベット六文字からなる語を使った「××殺人事件」（*The XXX Murder Case*）であること。（二）地図や現場見取り図付きで、各章のはじめに日付と曜日、時間が記されていること、（三）本文におびただしい数の衒学的な原注があることである（邦訳にはさらに訳注が加わる）。

章ごとの日付、曜日、時間は次のように示される。

1　自宅のファイロ・ヴァンス　六月十四日（金曜日）午前八時三十分
2　犯罪現場　六月十四日（金曜日）午前九時
3　女もののハンドバッグ　六月十四日（金曜日）午前九時三十分
4　家政婦の話　六月十四日（金曜日）午前十一時

（『ベンスン殺人事件』第一章）

日付と時間が小刻みに示されるので、読者は、いかにも事件の進行を実際の出来事として報道されているような錯覚を感じる。無機質な日付データが、科学的かつ客観的な根拠のように受け取られるから不思議である。ルポルタージュやドキュメンタリー・タッチのテレビ・ドラマなどで現在も使われる手法である。作品は長編の他、幾つかの短編があるが、延原謙によると、名作と言われるのは初めの六作だという。

一九二六年『ベンスン殺人事件』(*The Benson Murder Case*)
一九二七年『カナリア殺人事件(*The Canary Murder Case*)』
一九二八年『グリーン家殺人事件』(*The Greene Murder Case*)
一九二九年『僧正殺人事件』(*The Bishop Murder Case*)
一九三〇年『甲虫殺人事件(*The Scarab Murder Case*)』
一九三二年『ケンネル殺人事件(*The Kennel Murder Case*)』

映画とファイロ・ヴァンス

教養人で美術に造詣の深い探偵ファイロ・ヴァンスはおおいに人気を得たが、それには二作目の『カナリア殺人事件』が、早くも二年後にウィリアム・パウエルの主演で映画になったことも幸いした。映画『カナリア殺人事件』は、ミステリーとしては史上初のトーキー映画である。『カナリア殺人事件』の映画が封切られた一九二九年には、四作目の『僧正殺人事件』が雑誌に発表されていたが、映画の方も好調で、前年に発表されたばかりの『グリーン家殺人事件』が同じウィリアム・パウエル主演で映画化(一九二九年公開)されている。一九三〇年にはパラマウント映画が、バジル・ラスボーン主演で『僧正殺人事件』と『ベンスン殺人事件』を映画化した。ただし、こちらの二作は原作とはかなり内容の違う映画になっている。一九三三年には再びウィリアム・パウエルで『ケンネル殺人事件』が公開された。こちらは原作に忠実な映画化である。『ケンネル殺人事件』は、一九三二年十二月から翌年の三月にかけて『コスモポリタン』誌に発表されると、その年のうちに映画化されるというスピードぶりだった。原作が発表されると、間を置かずに映画化されているのが注目される。

このように、ちょうどトーキーに切り替わった映画の隆盛期に、探偵小説が一役買っている。映画のおかげでファイロ・ヴァンスは有名になったとも言えるし、その逆も言えるわけで、推理小説と映画との関係は深い。

ファイロ・ヴァンス・シリーズは日本にもいち早く紹介されて大きな影響を与え、「本格推理小説」ブームを築いた。トリックを主体とした推理小説であるところが、浜尾四郎や小栗虫太郎といった作家に受けたようだ。

ヴァン・ダインとアメリカの推理小説

一連のファイロ・ヴァンスものは、アメリカにおける推理小説の黄金期の先鞭をつけ、エラリー・クイーンという後継者・ライヴァルを導き出した。ヴァン・ダインとエラリー・クイーンとが並び立っていた一九二九年、三〇年、三一年、その後の数年間は、まさしくアメリカ推理小説の黄金時代であっただろう。アメリカにはエドガー・アラン・ポーという推理小説の大先達がいるが、ポーの探偵デュパンはフランス人で、作品の舞台もフランスであった。ところが、ヴァン・ダインはニュー・ヨークを舞台に、アメリカ人の探偵が謎を解く本格的な推理小説を次々に発表した。読者はニュー・ヨークの五十三番街とか、西四十八丁目、六番街だとかいう実在の地名を小説中に読む楽しみを初めて得たのである。デュパンにパリがあり、ホームズにベイカー・ストリートが欠かせないように、推理小説にはその舞台となる都市が、現実味のある背景として重要である。

ファイロ・ヴァンスの活躍の舞台は、ニュー・ヨークでも上流階級の住む邸宅街の、古風な大邸宅である。刻々と発展していくニュー・ヨークの中にあって、すでに周囲から取り残されたような、旧時代のどっしりした建物が好んでとりあげられた。褐色砂岩の建物、破風や尖塔、エントランスまわりには装飾的な石の彫刻のある家である。殺人の舞台としての褐色砂岩の邸宅と、執事や召使いのいる一族の生活は、エラリー・クイーンからネロ・ウルフへと引き継がれていく。

第二章　エラリー・クイーン

エラリー・クイーン登場

ヴァン・ダインは一九二六年の『ベンスン殺人事件』以後、『カナリア殺人事件』『グリーン家殺人事件』『僧正殺人事件』と次々に作品を発表し、匿名の影に隠された正体をめぐる憶測も手伝って、旋風的な名声を博した。これが刺激となって、ファイロ・ヴァンスに対抗するライヴァルが現れた。それがエラリー・クイーン（Ellery Queen）である。処女作の『ローマ帽子の謎（*The Roman Hat Mystery*）』は一九二九年八月に出版された。実は、ある雑誌の長編小説の懸賞募集に応募し当選したのだが、肝心の雑誌が廃刊になったために、掲載は実現せず、単行本の形で世に出たのである。

エラリー・クイーンの処女作『ローマ帽子の謎』は、ほとんどヴァン・ダインの作品と言っても通じるほど、その手法を踏襲している。作者名と主人公の探偵名が同じであること、ペダンティックな探偵、それも煙草を手に古書を抱えた浮世離れしたディレッタント探偵、たくさんの原注、古典からの引用、地図や部屋の見取り図の多用、ニュー・ヨークの褐色砂岩の建物を舞台にすること……などが共通している。

このエラリー・クイーンの登場をもって、アメリカの推理小説は黄金時代を迎えたと言ってよいだろう。だから、ヴァン・ダインはファイロ・ヴァンスを生み出し、アメリカに本格的な推理小説を打ち立てたことが功績だが、それ以上にエラリー・クイーンというライヴァルを引き出したことがお手柄であったのである。それほど、エラリー・クイーンの登場はアメリカ推理小説史における事件であった。それにより、ファイロ・ヴァンスとエラリー・クイーンが双璧となって、アメリカの推理小説の水準が引き上げられたからである。

アメリカにはパルプ・マガジンという、更紙を用いて、安っぽいセンセーショナルな作品を載せた大衆雑誌が多数売られており、推理小説は、冒険小説、暴力と性を売り物にした英雄活劇小説、SF（science fiction、空想科学小説）と並ぶ、パルプ・マガジン専用ジャンルと見られていた。そうした大衆雑誌によく見られる、質の低いセンセーショナルな推理ものと区別するために、日本では「本格推理小説」という呼称をあらたに設けたほどである。

作者エラリー・クイーン

エラリー・クイーンは作者の名前であり、同時に作中の探偵の名前でもある。

まず作者エラリー・クイーンについて。

エラリー・クイーン（Ellery Queen）は、フレデリック・ダネイ（Frederic Dannay 一九〇五〜八二）とマンフレッド・ベニントン・リー（Manfred Bennington Lee 一九〇五〜七一）という二人の人物の筆名である。二人の作者が考えて書くのではなく、二人の人物が共同作業で作品を生み出すという新しい形で、エラリー・クイーンものは書かれた。そのこと自体、「エラリー・クイーン」シリーズが、芸術家というよりもプロの作家による作品であることを示している。ダネイとリーはユダヤ系移民の従弟同士で、年齢も同じだった。二人のうち、ダネイがプロットとトリックを考え、二人で議論ののち、リーが文章化するという形で執筆は行われた。作品の数は多く、「エラリー・クイーン」シリーズだけでも三十六編の長編がある。他に、聾者の俳優ドルリー・レーン（Drury Lane）を探偵にした「ドルリー・レーン」シリーズが四編（バーナビー・ロスの筆名で発表）、その他、短編集、ラジオ台本、アンソロジーなども書いており、共同作業でこれだけ多くの作品を書いたのは例がない。

リーとダネイは推理小説専門の雑誌も創刊した。『エラリー・クイーンズ・ミステリー・マガジン（*Ellery Queen's Mystery Magazine*）』（一九四一年創刊）は月刊誌で、アメリカの推理小説の水準を高めることに貢献した。[4] アメリカ南部の大作家ウィリアム・フォークナーが推理小説を書いてこの雑誌に応募し、見事二等に当選した（一九四六）という微笑ましいエピソードもある（『幻影城』[5]）。

探偵エラリー・クイーンと父親のクイーン警視を主人公とする「エラリー・クイーン」シリーズは三十六編あるが、一九二九年の『ローマ帽子の謎』以下、国名シリーズと言われる次の九作品が有名である。

一九二九年『ローマ帽子の謎（*The Roman Hat Mystery*）[6]』

一九三〇年『フランス白粉の謎（*The French Powder Mystery*）』
一九三一年『オランダ靴の謎（*The Dutch Shoe Mystery*）』
一九三二年『ギリシア棺の謎（*The Greek Coffin Mystery*）』
『エジプト十字架の謎（*The Egyptian Cross Mystery*）』
一九三三年『アメリカ銃の謎（*The American Gun Mystery*）』
『シャム双生児の謎（*The Siamese Twin Mystery*）』
一九三四年『チャイナ橙の謎（*The China Orange Mystery*）』
一九三五年『スペイン岬の謎（*The Spanish Cape Mystery*）』

エラリー・クイーンは毎年一作ないし二作のテンポで書きつづけ、最後の作品は一九七一年発表の『心地よい秘密の場所（*Fine and Private Place*）』であった。

「ドルリー・レーン」シリーズは、エラリー・クイーンではなく、バーナビー・ロス（Barnaby Ross）の筆名で発表された。江戸川乱歩を始め、日本の海外推理小説の紹介者たちは、しばらくロスとクイーンが同一人物であることに気づかなかったようである。バーナビー・ロス名義の「ドルリー・レーン」シリーズは次の通り。

一九三二年『Xの悲劇（*The Tragedy of X*）』

『Yの悲劇（*The Tragedy of Y*）』
一九三二年『Zの悲劇（*The Tragedy of Z*）』
『レーン最後の事件（*Drury Lane's Last Case*）』

二人の共同作業とはいえ、作品数の多いこと、執筆の早いことには驚かされる。特に三二年、三三年には「エラリー・クイーン」ものと、「ドルリー・レーン」ものを合わせて四作も書いている。雑誌『エラリー・クイーンズ・ミステリー・マガジン』創刊後は、そちらの方の執筆・編纂もあったわけだから、その旺盛かつ意欲的な仕事ぶりからも、「アメリカ探偵小説の父」と言われるのはもっともと思われる。

探偵エラリー・クイーン

次は、作中の探偵としてのエラリー・クイーンである。
「エラリー・クイーン」シリーズの探偵は、ニュー・ヨーク市警のクイーン警視（Inspector Queen）と息子のエラリー・クイーンの父子コンビである。父親のリチャード・クイーンはニュー・ヨーク市警察のベテラン警視。息子のエラリーは推理小説家である。事件が起こると、クイーン警視が現場に駆けつける。貴重な初版本を買うために書店に出かけていた息子のエラリーも、ただちに合流する。息子は常に父親のそばにいるのだ。

部下を束ねて現場検証にあたるクイーン警視の精力的な捜査ぶりが、このシリーズの魅力である。地方検事サンプスンと協力して、刑事部長(detective sergeant)ヴェリー以下、フリント、ヘス、ジョンソン、ピゴットといった刑事たちを顎で使い、次々に指示を出す。精力的な父親に比べ、息子は現場では何もせず、ただ傍観しているように見える。一般人は捜査にあたれないから仕方ないようなものの、ファイロ・ヴァンスの影響もあるだろう。しかし、エラリーは現場の誰よりも注意深く、冷静に観察をしている。エラリーは活動派ではなく、頭脳的な理論家なのだ。

事件の舞台はファイロ・ヴァンスと同じくニュー・ヨークである。ニュー・ヨークの通りやアヴェニューが実名で登場する。たとえば処女作『ローマ帽子の謎』では、四十七番通り、ブロードウェイ西側のローマ劇場で芝居を上演中に観客が殺される。ニュー・ヨーカーは通りの名と地番を聞いただけで、ブロードウェイの賑やかな喧騒が聞こえてくる気がするだろう。四作目『ギリシア棺の謎』は五番街とマディソン街の間、五十四番通りと五十五番通りに囲まれた一画で事件が起こる。周囲には店舗とデパートが立ち並ぶが、ここだけは塀に囲まれ、教会と邸宅が混在して建っている。まるで時代に取り残されたような一角である。以上がファイロ・ヴァンス・シリーズ同様、詳細な地図・見取り図入りで示される。

探偵と相棒のコンビとしてはどうだろうか。父子で探偵をするのが、このシリーズの特徴である。父は行動派の古いタイプの人間。部下である刑事たちを統率して現場を仕切る。一方、思索家で理論派の息子は、鼻眼鏡《パンネス》のレンズを拭きながら、古典を引用しては父をたしなめる。たたき上げの警察官と高学歴の息子。クイーン警視はそんな息子が自慢である。父クイーン警視は嗅ぎ煙草を愛用し、息子エラリーは葉巻や煙草を吸う。

さて、その息子である。

推理小説家の息子エラリーはハーヴァード大学卒、身長六フィート、父親より六インチ背が高い。体型は運動家型だが、オックスフォード・グレーの服を着こなし、縁なしの鼻眼鏡をかけ、全体の雰囲気は御曹司タイプ。ワーズワースやシェリーを引用し、初版本を蒐集しているところなど、ファイロ・ヴァンスにそっくりである。ただし、ファイロ・ヴァンスのようにドレッシング・ガウン姿では登場しない。物憂げな調子もない。無言でもテキパキと活動的で、臨戦態勢である。とは言え、始終、鼻眼鏡のレンズを拭いており、二言目にはチョーサーだのルソーだのを引用して、古典の知識を披露せずにはいられない。稀覯書集めが趣味という、高学歴、インテリ芸術家型の探偵像はヴァン・ダインのファイロ・ヴァンス譲りである。服装もツイードの服にステッキで、英国紳士風。殺人の舞台も執事や召使いのいる富豪のお屋敷で、英国コンプレックスは解消されていない。

とはいうものの、父子がいつも行動を共にし仲よく捜査にあたるのは、イギリスでは考えられない現象で、これがアメリカ的な特色と言えるかもしれない（作者ダネイとリーがユダヤ系アメリカ人であることと関係があるだろうか?)。クイーン警視は気骨のある警官だが、外見に似合わぬ人情家でもある。息子に甘く、理論派の息子を自慢に思っており、息子がそばにいないと、普段通りの生活ができないほどの溺愛型父親である。二人は西八十七通りのフラットに住み、ジューナ(Djuna)という少年が料理番と留守を預かっている。独身の男所帯である(『ローマ帽子の謎』の序文にはエラリー・クイーン夫人と子供のことが書かれているが、以後の作品では夫人と子供は登場しない)。

また、『ローマ帽子の謎』では、被疑者の中に財界の巨頭の一家がいること、被害者が悪徳弁護士で、犯行動機の背景に黒人への偏見があるなど、題材にアメリカらしさのあることは注目してよい。

エラリー・クイーン、読者への挑戦

さて、エラリー・クイーンがファイロ・ヴァンスものから引き継いだもの、さらに発展させたものは何だろうか。

エラリー・クイーンはヴァン・ダインのファイロ・ヴァンス・シリーズの特徴をほぼ忠実に踏襲したが、これを一層発展させて、作者と読者の間で、推理を競い合うという形を打ち出した。作者から提供された「てがかり」を元に、読者自身が推理に参加して一緒に事件の謎を解くのである。要するに、作者と読者との推理ゲームである。これにより、探偵の見事な推理と、犯人を追いつめる鮮やかな手際を読者が楽しむという、従来型の一方的な探偵小説から、読者も事件の推理に加わるという参加型の推理小説という形が整った。

これはゲームであるから、フェア・プレイの精神に基づいて行われなければならない。ゲーム性を高めるために、作者はさまざまな工夫を凝らしている。図や現場見取り図の提供、登場人物の紹介一覧表、凝った章タイトルをつけるなどがその一例。たとえば、『ギリシア棺の謎』では、全部で三十四章ある各章のタイトルが、次のようになっている。

1. Tomb（墓）
2. Hunt（狩り）
3. Enigma（謎）
4. Gossip（ゴシップ）
5. Remains（残留物）
6. Exhumation（死体発掘）
7. Evidence（証拠）
8. Killed?（殺人？）

9. Chronicles（年代記）
10. Omen（前兆）
11. Foresight（先見）
12. Facts（事実）
13. Inquires（質疑）
14. Note（覚書）
……

各章の最初の文字を全部並べると、The Greek Coffin Mystery by Ellery Queen となる仕掛けである。

中でも、最大の工夫が作者から読者への挑戦状である。

もちろん、事件の推理をするのは探偵エラリーなのだが、事件の謎が出揃い、手掛かりとなる情報がすべて明らかになった段階で、「読者への挑戦状（A Challenge to the Reader）」という頁が挟まれる。ちょうど、探偵による謎解きが行われる直前の段階で、それが第一作目からの慣例となった。

『ローマ帽子の謎』第四部初めの「読者へ挑戦状」は次のようなものである。

幕間・読者諸君、くれぐれも御注意ください。

探偵小説では、読者を主たる探偵とすることが目下の流行です。そこで、私もエラリー・クイーン氏を説得し、この時点で読者への挑戦状を『ローマ帽子の謎』に入れることの是非を尋ね、その許可を得ました。すなわち、「誰がモンティ・フィールドを殺したのか」「殺人はどのようにして行われたか」という問題への挑戦です。……クイーン氏は、事件に関連する事実はすべて手に入ったことではあり、物語がこの段階までくれば、提出された問題に対し、一定の結論は得られるだろうということで、私の提案に賛同してくれました。解決は――というか、間違いなく犯人を指摘するに足る解決は――一連の論理的推論と心理学的な観察によって得られるはずであります。

さて、私個人が本物語に顔を出しますのはこれにて、お終い。

読者諸君には、*Caveat*《カヴェアット》 *Emptor*《エンプトール》、つまり「買い手はご用心あれ！」をもじって、こう警告させていただきましょうか。

「読者諸君！　ご用心あれ！」

J・J・マック[7]

「買い手はご用心あれ！」というのは、買った商品に欠陥があっても売り手は責任を負わない、つまり、買い手危険持ちという意味のラテン語である。また、J・J・マックは、作中のクイーン父子の友人で、この事件の記録を息子エラリーに公表させた仲介者の名前。

『グリーン家殺人事件』では、エラリー・クイーン自身が読者に挑戦する形になっている。

「エラリー・クイーン」シリーズは人気を博した。物語や作中人物のリアリティよりも、殺人のテクニカルな方法である「トリック」にこだわりすぎるという非難もないではないが、そこに魅力を感じる読者も多い。ダイイング・メッセージ(dying message)はクイーンの得意とするところだ(『Xの悲劇』『シャム双生児の謎』など)。日本への影響も大きく、昭和初期から第二次大戦後の一九五〇年代に至る「日本の推理小説黄金時代」をリードしたのは、ファイロ・ヴァンスとエラリー・クイーンであったといっても過言ではない。江戸川乱歩を始め、多くの「本格推理小説」ファンがトリックを類別し、新たなトリックを生み出そうと創作に励み、推理研究会をたちあげ、エラリー・クイーンの後継者を目指した。その結果、さまざまな奇怪な難事件が提示され、読者をあっと言わせる「トリック」が生み出されたが、一方で、現実ではありえないような舞台設定や、機械的な登場人物に不満を持つ人々がいるのも事実である。

第三章　ジョン・ディクスン・カー

ジョン・ディクスン・カー(カーター・ディクスン)

ジョン・ディクスン・カー（John Dickson Carr 一九〇六〜七七）については創元推理文庫『皇帝のかぎ煙草入れ（*The Emperor's Snuff-Box*）』（一九六二）の巻末につけられた作者紹介が要領を得ているので、まずはそれを引用したい。

ジョン・ディクスン・カーは一九〇六年にアメリカに生まれた。しかしその後イギリスに居住した期間が長く、このため『人名辞典』などでは米―英作家と呼ばれている。推理小説に手を染めたのは一九三〇年、二十五歳のときの『夜歩く』からで、これの成功が契機となって、推理小説作家として創作に専念することになった。平均一年に二冊半のスピードで作品を発表し、その数は現在までに約六十冊、大部分が長編で短編は二冊にすぎない。カーは純粋謎とき作家で、数多くのトリックを創案したが、特に密室トリックの独創性においては質量ともに他の追随を許さない大家である。そしてこの密室トリックと並ぶカーの特色は怪奇趣味にある。カーは小説の背景にしばしば魔術、怪談、残虐、恐怖などのオカルティズムを使用するが、そうした超自然的背景と科学的犯罪の結合が生む異様な効果がカーの魅力ともいえよう。カーは本名のほかにカーター・ディクスン名義のペンネームを用い、作中の名探偵もカーの場合はギディオン・フェル博士、ディクスンの場合はヘンリ・メリヴェル卿（通称はH・M）を登場させているが、作風にも探偵の性格にも本質的な差異はない。このほか初

期の作品に、パリの探偵バンコランが活躍する。代表作は『皇帝のかぎ煙草入れ』『帽子蒐集狂事件』など。(井上一夫訳)

カーの見事な紹介文である。アメリカの推理作家はとにかく多作だが、カーも多作である。文中に、特に密室トリックにおいては追随を許さないとあるが、エラリー・クイーンの「読者への挑戦」とカーの「密室トリック」が、我が国の「本格推理小説」作家に与えた影響は測り知れない。カーの魅力のもう一つはオカルティズムで、江戸川乱歩や横溝正史がカーを高く評価するのも当然である。代表作は次の三作だろう(括弧内は探偵)。

一九三〇年『夜歩く(*It Walks by Night*)』(アンリ・バンコラン)
一九三三年『帽子蒐集狂事件(*The Mad Hatter Mystery*)』(ギディオン・フェル博士)
一九四二年『皇帝のかぎ煙草入れ(*The Emperor's Snuff-Box*)』(精神科医ダーモット・キンロス博士)

探偵はアンリ・バンコラン(Henri Bencolin)、ギディオン・フェル博士(Dr. Gideon Fell)、メリヴェル卿(Henry Merivale)、キンロス博士(Dr. Dermot Kinross)など数人あり、シャーロック・ホームズのように際立った個性を持つ一人の探偵を創造したわけではない。

それが弱点とも言える。

三作のうち、横溝正史は『夜歩く』を第一位に推し、江戸川乱歩は『帽子蒐集狂事件』を一位としたが、『皇帝のかぎ煙草入れ』にも「たいへん感心した」と言って、三編甲乙つけがたいと述べている（『幻影城』一二三〜一二八頁）。

『帽子蒐集狂事件』と『皇帝のかぎ煙草入れ』をとりあげてみよう。

『帽子蒐集狂事件』はロンドン観光の名所ロンドン塔が舞台である。濃い霧に包まれたロンドン塔の陰惨な歴史を秘めた逆賊門で、新聞記者の死体が発見された。中世の鉄矢で背中を刺し貫かれたその死体は、シルク・ハットをかぶっていた。

『帽子蒐集狂事件』の原題は *The Mad Hatter Mystery* で、直訳すれば「狂った帽子屋の謎」。「狂った帽子屋」とは『不思議の国のアリス』に登場する「帽子屋」のことだから、死体がシルク・ハットをかぶっているのは当然なのである。登場人物は、私立探偵のフェル博士、ロンドン警視庁のハドリイ警部、引退した政治家で稿本蒐集家のビットン卿、その友人でロンドン塔副長官メイスン将軍、その秘書、ビットン卿の弟で実業家のレスター・ビットンとその妻などである。フェル博士の助手をのぞいて、登場人物はみな英国人である。

『帽子蒐集狂事件』は推理小説でありながら、ロンドン塔の観光案内のように読めるのがおもしろい。

ハドリイはメイスン将軍に眼をやった。将軍はすぐに説明を加えた。
「白塔《ホワイト・タワー》、血塔《ブラッディ・タワー》、宝冠室《クラウン・ジューエル》の入場切符だ。ひとつ料金でその三つが買えるんじゃよ」
「そうでしたか。で、ビットン夫人、その切符は、お使いになりましたか?」（第六章、宇野利泰訳[8] 以下同じ）
煙草を持ったまま、重要容疑者のビットン夫人が答える。
「宝冠室だけ拝観しました。大したものとは思いませんでした。なんですか、ガラス細工みたいでして、あれ、ほんものではないんじゃありません?」（第六章）
ビットン夫人はドロシー・L・セイヤーズの痛快な先代公妃《ダワジャー・ダッチェス》のように天真爛漫である。傍らで、ロンドン塔副長官のメイスン将軍が顔を真っ赤にして、「喉のおくから、首を絞められるような声が飛び出しかけたが」、辛うじて自制する。しかし、そのメイスン将軍も、ヨーマン衛視を「ビーフ・イーター」という俗称で呼ばれると黙っていられなくなった。

「ビットンの奥さん」と言葉だけはおだやかに抗議した。「その名称だけはお使いにならんように願いたい。ロンドン塔の管理にあたっている者には、ヨーマン衛視という、ちゃんとした名前がありましてな、ビーフ・イーターとはいわんのです。その名称は――」

ビットン夫人はあわてて訂正した。

「失礼しましたわ。わたくし、ちっとも存じませんでした。みなさんがおっしゃるので、それがほんとうの名前だとばかり思っておりましたの。で、わたくし、その衛視さんに、石の厚板を指さしまして、ここがむかしのお仕置場かと訊きました。こういいましてね――あの、ここが、エリザベス女王が首を斬られたところですの？　すると、どうでしょう。そのビーフ、いいえ、あの衛視さんは、気絶するかと思うくらい驚きまして、二、三度咳払いをしましてから――奥さま、エリザベス女王は、あの、そんな――つまりベッドのなかでおかくれになりましたというのです……」（第六章）

このビットン夫人には、離婚訴訟の証拠集めを目的に雇われた女探偵が尾行していたが、夫人はバークレイ・スクエアの自宅からロンドン塔まで歩いて、女探偵を呆れさす。私立探偵事務所にはそのような目的で女性の探偵が活躍していたというのも興味深い。[9]

探偵のフェル博士はG・K・チェスタトンをモデルにしている。巨体にマントを着て、頭にはソフト帽、手には二本のステッキを持っている。論争好きで、人を喰った傍若無人な態度、それでいて憎めない好人物、まさにG・K・チェスタトンその人である。この「フェル博士」という名前は、英国の伝承童謡『マザー・グース』に登場する実在の人物の名である。次のような歌である。

フェル博士　私はあなたが嫌いです。I do not like thee, Dr. Fell,
理由は私にもわかりません。The reason why I cannot tell;
でもこれだけはわかっています。But this I know and know full well,
フェル博士、私はあなたが嫌いです。I do not like thee, Dr. Fell.

伝承童謡『マザー・グース』の使用は、ヴァン・ダインが『グリーン家殺人事件』や『僧正殺人事件』で盛んにやったし、アガサ・クリスティも『ポケットにライ麦を』や『五匹の子豚』でやっている。横溝正史も『悪魔の手毬歌』でその日本版を試みている。童謡で有名な嫌われ者フェル博士の名前を選んだのは、モデルにした諧謔好きのチェスタトンへの敬意だろう。

いずれにしても、フェル博士は探偵としてはあまり活躍せず、印象は薄い。ワトスン役がいないこともあるだろう。事件の解決にロジックな頭の冴えを示すわけでもない。それよりも霧に包まれたロンドン塔の謎めいた雰囲気が秀逸である。歴史を秘めた舞台にはチェスタトン風の風貌が似合うということなのだろうか。陰惨で重厚なロンドン塔のたたずまいが、この作品の第一の魅力なのである。

このようにカーは英国に同化した作風だが、アメリカ人としての特色はないのだろうか。アメリカ色がないわけではない。まず事件のきっかけが、エドガー・アラン・ポーの未発表の原稿である。また、探偵フェル博士の助手がアメリカ人である。探偵小説の起源がアメリカであることに注意を喚起しているが、残念ながら、それ以上には進んでいない。

『皇帝のかぎ煙草入れ』では舞台ががらりと変わって、フランスの避暑地である。といっても、登場人物はほとんどイギリス人で、イギリス人家庭での殺人事件が扱われている。「不可能なアリバイ」というトリックに分類される事件だが、心理描写が巧みで、スリルとサスペンスに満ちた名作である。ヒロインのイヴ・ニール（Eve Neil）は、婚約者の父親が殺されるところを目撃しながら、寝室に前夫が忍び込んでいたために、アリバイ証言ができないという異様な状況に置かれる。彼女にかけられた殺人容疑をいかに晴らすか。どこか妖艶な雰囲気のあるイヴ・ニール、フランス人ゴロン署長、精神科医キンロス博士の織り成す人間ドラマも魅力である。探偵小説は、骨董蒐集趣味と縁が深いが、ここではナポレオンの遺品である時計型のかぎ煙草入れが、小道具としてうまく使われている。

カーの作品は非常に多いので、前記三作品以外の初期の作品を幾つかあげてみよう。

一九三一年『絞首台の謎（*The Lost Gallows*）』

『髑髏城（*Castle Skull*）』

一九三二年『蠟人形館の殺人（*The Corpse in the Waxworks*）』

一九三三年『魔女の隠れ家（*Hag's Nook*）』

一九三四年『盲目の理髪師（*The Blind Barber*）』

『黒死荘の殺人（*The Plague Court Murders*）』

一九三五年『三つの棺（魔棺殺人事件）（*The Three Coffins*）』

『赤後家の殺人（*The Red Widow Murders*）』

題名を見るだけで、その怪しい魅力に想像力と恐怖心をかきたてられそうだ。このうち、『三つの棺』は三種類の密室トリックを用い、本格推理小説の教科書のような存在だと言われている。以上の他に、カーには歴史ミステリーもある。

一九三六年『エドマンド・ゴドフリー卿殺害事件（*The Murder of Sir Edmund*

Godfrey)』[10]

舞台を十七世紀、王政復古期の英国に取り、治安判事エドマンド・ゴドフリー卿の謎の死という歴史上実際にあった事件を扱っている。カーが英国史の難題に挑んだミステリーである。

ジョン・ディクスン・カーは長くイギリスに居住し、一九三六年にはアメリカ人として初めて「探偵倶楽部」の会員となった。[11]

行動型探偵とハード・ボイルド

ところで、本書ではダシール・ハメットやレイモンド・チャンドラーといったハード・ボイルド派は扱わないつもりで、筆を進めてきた。だから、ヴァン・ダイン、エラリー・クイーン、ディクスン・カーと続いた後で、E・S・ガードナーを取り上げるのはいささか気が引ける。というのも、ガードナー自身が、「行動派探偵小説（The action detective story）」の作家、すなわちハード・ボイルド派であることを認めているからだ。「行動派探偵小説」とは、江戸川乱歩によれば「科学知識に基づく細かい証拠の蒐集などによらないで、人物の行動そのものによって犯人を推定し、また探偵も思索型ではなく行動型であるとの意」（『幻影城』[12]）だという。エラリー・クイーンは思索型の探偵だが、父親のクイーン警視はどちらというと行動型と大別することができる。

しかしながら、これから取り上げるガードナーやレックス・スタウトの探偵は、行動的だが、思索をしないわけではなく、純粋ハード・ボイルドとは違う。行動型ではあっても、やはり謎を解く探偵小説であり、しかも、なかなかに個性的な、アメリカらしい探偵を登場させたという点で、ここでとりあげてみたいと思うのである。江戸川乱歩も、ガードナーの作品は「筋の立て方にやや本格味があり通俗的興味が豊かであって、本格非本格双方の読者にアピールする」[13]と言っている。「筋の立て方にやや本格味があり、通俗的興味が豊か」というのは、コナン・ドイルも突き詰めれば、そのような言い方ができるのだから、検討する価値があるのではないだろうか。

ところで、ここですぐにガードナー、スタウトという行動型の探偵小説作家に移る前に、ハード・ボイルドものの特徴とは何かということを押さえておくのが、順当と思われる。少々回り道になるが、触れてみることにしたい。「ハード・ボイルド」ものの代表と言えば、ハメットとチャンドラーである。

ダシール・ハメット（Dashiell Hammett 一八九四〜一九六一）は次にあげるチャンドラーと共に、ハード・ボイルドの祖と言われる作家である。ハメットはピンカートン探偵社で八年間実際に働いた経験があり（『幻影城』五六四）、探偵社を辞した後に作家として出発した。彼が活躍したのは、いわゆる「パルプ・マガジン（pulp magazine）」、つまり、質の悪い紙を使った大衆雑誌である。二十世紀の初頭から第二次大戦のころまで、アメリカでは安価な雑誌が大量に生み出されていた。ハメットの代表作『血の収穫（*Red Harvest*）』の出たのが一九二九年、『マルタの鷹（*The Maltese Falcon*）』が一九三〇年である。イギリスではアガサ・クリスティやドロシー・L・セイヤーズが活躍し、アメリカでもエラリー・クイーン、ディクスン・カーが最初の作品を発表したのと同じ年だ。舞台はカリフォルニア州サン・フランシスコ、探偵の名はサム・スペード（Sam Spade）である。

レイモンド・チャンドラー（Raymond Chandler, 一八八八～五九）も同じくパルプ・マガジンからスタートした作家である。代表作『大いなる眠り（*The Big Sleep*）』が出たのはハメットより少し遅れて、一九三九年。舞台はカリフォルニア州ロス・アンジェルスで、探偵はフィリップ・マーロウ（Philip Marlowe）。

ハメットとチャンドラーに共通しているのは、ヨーロッパに近い東部のニュー・ヨークではなく、カリフォルニアを舞台にしていること、そして、一人称の語りである。特に感情を抑えた、即物的で口語体の語りが特徴である。これはアーネスト・ヘミングウェイ（Ernest Hemingway 一八九九～一九六一）で有名になった「非情な文体《ハード・ボイルド・スタイル》（hard-boiled style）」と言われるものである。

ヘミングウェイは第一大戦後の戦後世代の精神的彷徨を描き、「失われた世代」と言われた。代表作『日はまた昇る（*The Sun Also Rises*）』が出たのが一九二六年、『武器よさらば（*A Farewell to Arms*）』は一九二九年である。ハメット、チャンドラーの方がヘミングウェイより少し年上で、パルプ・マガジンではすでに熟練の作家であった。しかし、老練でも売れなければやっていけないのがパルプ・マガジンの作家だ。「失われた世代」ともてはやされ、時代の寵児となった若いヘミングウェイに、プロの作家（ハメット）が倣ったのではないか。ヘミングウェイの「非情な文体」をハメットが取り入れ、チャンドラーもそれに続いたのだと思われる。暗黒街に潜入する一匹狼のような私立探偵にとって、「非情な文体」ほどふさわしいものはない。強いヒーローは、パルプ・マガジンの読者が求める夢であり、それはこの時代の、いやいつの時代でも、アメリカの夢であったのだ。ハード・ボイルドの探偵は、サム・スペードもフィリップ・マーロウも探偵自身が語り手になっている。一人語りはヒロイックに自己陶酔するのにふさわしい。冷静で常識的なワトスンは必要ないのである。

ハメットの作品は一九三〇年代から四〇年代にかけて映画化され、一九四一年にはジョン・ヒューストン監督の『マルタの鷹』が作られた。サム・スペード探偵をハンフリー・ボガードが演じている。チャンドラーの作品もそのほとんどが映画化されており、人気のほどがうかがえる。

第四章　アール・スタンリー・ガードナー

法廷もの推理小説

アール・スタンリー・ガードナー（Erle Stanley Gardner 一八八九〜一九七〇）の人気シリーズ、「弁護士ペリー・メイスン（Perry Mason）」の主人公は探偵ではなく、弁護士である。舞台もニュー・ヨークではなく、西海岸のカリフォルニア。ニュー・ヨークを離れたことで、ガードナーはヴァン・ダインやエラリー・クイーン、ディクスン・カーが払拭できなかったイギリス・コンプレックスを乗り越えることができた。カリフォルニアは気候も風土も、文化も社会のありようも、イギリスとは大きく異なるからだ。第一作『ビロードの爪（*The Case of the Velvet Claws*）』が出たのは一九三三年。大金持ちの邸宅は登場しても、もはや執事のいる褐色砂岩の古い邸宅ではない。カリフォルニアの青い空の下での事件である。ガードナーのペリー・メイスンは完全にアメリカ・ナイズされた探偵なのだ。

しかし、弁護士が探偵とはどういうことだろうか。弁護士がどのように謎を解くのだろうか。

「ペリー・メイスン」シリーズは依頼人が弁護士に相談に来るところから始まる。引き受ける条件、依頼料などビジネスの話から始まるのである。かたわらには秘書のデラ・ストリート（Della Street）がいる。金髪美人で、有能で、受付で依頼人をよく観察し、それとなくペリー・メイスンに注意をしてくれる。

ペリー・メイスンのデビュー作『ビロードの爪』を書いた時、作者ガードナーは四十四歳だった。これが好評だったので、間髪を入れず、同じ一九三三年に、第二作『すねた娘（*The Case of the Sulky Girl*）』を出した。その後、ガードナーはペリー・メイスンものを六十編あまり、その他に、別のシリーズを幾つか書いた。全部で百冊を超える長編と四百編余りの短編を書いたと言われている。

しかも、長期の執筆にもかかわらず、「ペリー・メイスン」シリーズはスタイルも内容もほとんど変化がなく、作品の質も落ちなかった。まことにタフで、超人的な執筆、さすがにプロの作家である。しかも、彼自身も弁護士で、執筆は弁護士稼業のかたわらやっていた。執筆に時間をかけず量産する、パルプ・マガジン出身の作家の実力、恐るべしである。

ペリー・メイスンは探偵ではなく、弁護士であるから、物語の後半は法廷での審理となる。ペリーによる華麗な弁論が繰り広げられ、そのやりとりは会話の形で取り入れられる。そのため、読者は実際に裁判を傍聴しているような気分になり、その緊迫感と臨場感がたまらない魅力となる。その利点を鮎川信夫は次のように述べている。

ガードナーの推理小説は、彼みずから称するようにいわゆる行動派に属しているが、彼の作品の特色と魅力をもっとも端的にあらわしているのは、その法廷場面である。もちろん、これに至るまでの謎の提出や伏線の張り方のうまさによってこのクライマックスが生きてくるわけだが、検事と弁護士の対立による巧妙な弁論のかみあいや機略縦横のかけひきからかもし出される緊迫感こそメイスン物の醍醐味なのである。

ガードナーは弁護士としてもきわめて有能だった。彼の弁護士時代の同僚たちは、彼が作家になったのはまちがいだと思っている。彼はペリー・メイスンそのままに、巧みな理論家、反対訊問の天才、法廷技術の魔術師であった。

法廷物というと、推理小説のなかでもかなり特殊な分野と見られがちだが、考えてみれば、推理小説本来の特質である緻密な論理性を自然なかたちで展開していくのに、これほど絶好な分野はないのである。(角川文庫『すねた娘』解説[14])

「弁護士ペリー・メイスン」はテレビ・ドラマにもなった。レイモンド・バー主演で、一九五七年から六六年にかけて、および一九八五〜八七年にかけて放映された。その後、日本でも放映されたからテレビでのペリー・メイスンの颯爽とした法廷弁論ぶりを記憶している人もあるだろう。

探偵小説としてのペリー・メイスン

「ペリー・メイスン・ミステリー」の最大の特徴は、伝統的な英国推理小説の影響を感じさせない、軽やかで明朗・明快なアメリカ風の仕立て方である。まず、主人公のペリー・メイスンが探偵ではない。弁護士である。警察が捜査し、探偵がその相談に乗るというこれまでの推理小説の常識を打ち破り、有能な弁護士が法廷で思いがけない証言を引き出すことによって謎を解くという、新しいスタイルである。アメリカの司法制度にのっとった、イギリスとも日本とも異なる法秩序の下での謎解きである。

ペリー・メイスンは弁護士であるから、社会正義の人である。

探偵には正義感が大事であるが、まずその基本概念が明確に示されたのが成功の秘訣だったと言える。また、人を裁くには偏った判断にならぬよう、広い視野に立つ見識も必要だ。それがないとヴィドックのように、正邪善悪の区別がつきにくい探偵になってしまう。私的な目的ではなく、公共的な目的を持ち、社会正義という高い理想のあることが望ましい。その点、弁護士ペリー・メイスンは言動も物腰も、抑制がきいていて、紳士的である。

弁護士ペリー・メイスンの活躍には、広いハイウェイ、モーテルや大型冷蔵庫などアメリカらしい物質文化を示す背景が描きこまれている。移動手段は鉄道や地下鉄ではなく、車。テレビ版「ペリー・メイスン」では、依頼人も弁護士も自分でハンドルを握って運転する場面がふんだんにあり、それも新鮮だった。

さらに、アメリカ的な特徴としてあげられるのが、女性秘書の存在である。女性の秘書は、たとえばエルキュール・ポアロの秘書ミス・レモンのように、英国の推理小説にも登場しないわけではない。しかし、中年で事務的なイギリス推理小説の秘書とは異なり、アメリカの大衆小説の女性秘書はわかりやすく造形されている。若く美人で、グラマーなのだ。ペリー・メイスンの秘書デラ・ストリートは二十七歳、優秀な秘書であるだけでなく、ペリー・メイスンの忠実な助手であり、恋人でもある。男性にとって都合のよい存在だとフェミニストから批判されそうだが、それがまかり通ってしまうのが、この時代のアメリカである。探偵は、元祖ホームズが女性嫌いだったので、ヴァン・ダインもエラリー・クイーンも、女性の助手は登場させなかった。レックス・スタウトの探偵ネロ・ウルフに至っては、明確に女嫌いを表明している。それらに比べると、美人秘書が傍にいるという時点で、ペリー・メイスンはシャーロック・ホームズ以来の、探偵は女嫌いという伝統をあっさり破ったわけである。

もうひとつアメリカ的と言えるのが、探偵業のあり方だ。イギリスでは探偵の多くがアマチュアで、探偵業で食べているわけではない。何がしかの資産があって稼ぐ必要がない場合も多い。ホームズにしても、世界でただひとり「顧問探偵」を職業としていると言い切っているにしては、ビジネスのほうは素人である。相談料も相手によって、取ったり取らなかったりで、明確な料金体系があったとは思えない。実費だけで結構ですと言ったかと思うと(「まだらの紐」)、六千ポンドも巻き上げたり(「プライオリ学院」)、さまざまである。いずれにしても、探偵業はどんぶり勘定だったと推察される。しかし、ビジネスの国アメリカでは、それでは通用しない。弁護士ペリー・メイスンは仕事を上手にビジネス化している。秘書としてデラ・ストリートを雇っている他に、尾行や電話のとりつぎなどの雑務は下請けに出している。都合のよいことに、ペリー・メイスンの事務所の下には、ポール・ドレイク探偵事務所があるのだ。この探偵事務所は、探偵のポール・ドレイクがひとりで切り回している(こちらは正真正銘の私立探偵である)。ペリー・メイスンは、法廷での弁論に必要な調査などは自分で行い、実際なかなかの行動派であるが、雑務は探偵事務所に依頼する。ペリーのその方式は、いかにも有能な弁護士らしく、合理的で無駄がない。お蔭で、ペリーはいつも定時に事務所を閉め、秘書とレストランでオフ・タイムを楽しむ余裕を持っている。一方、下の探偵事務所では、探偵のポール・ドレイクが、差し入れのハンバーガーを食べながら、二十四時間営業で張り込みや電話番をしている。そのような働き方も含めて、すべてが合理的なアメリカン・スタイルである。

ローカルな視点

しかし、このペリー・メイスンの推理小説は、見事に定型化されていることもあって、物足りなさを感じないわけでもない。数多い作品を次々に読んでいくと、どれを読んでも似たような展開となり、破綻はないが、印象は薄い。エラリー・クイーンの国名シリーズにも、同じことが言える。国名でもつけておかないと、区別がつかなくなるのではないか。要するに、ワン・パターンになりがちだ。ひとつには、ペリー・メイスンの場合、扱われている事件が身近すぎるからだ。ホームズと違い、ペリー・メイスンは国の存亡にかかわるような国家的事件を扱うことはない。アメリカは連邦国家であって、ペリー・メイスンはカリフォルニア州の弁護士にすぎないからだ。ローカルな事件は扱えるが、州を越えた大規模な事件や国際的な陰謀には、ペリー・メイスンは立ち向えない。したがって、どうしても卑近で瑣末な事件になりがちだ。たとえば『すねた娘』では、莫大な信託財産を相続することになっている娘が殺人事件に巻き込まれる。お金持ちの生活を覗く興味があるから、これはこれでいいとしよう。しかし、『神経質な共犯者(*Nervous Accomplice*)』(一九五五)は夫の浮気を阻止したい女性からの依頼で、ペリー・メイスンが土地開発会社の株式を買い占め、殺人事件に巻き込まれる。『氷のように冷たい手(*The Case of Ice Cold Hands*)』(一九六二)では釣り堀で働く女性が、競馬で得た多額の掛け金の受け取りをペリー・メイスンに依頼する。言われた通りにペリー・メイスンが依頼人のモーテルに赴くと、そこで殺人事件が発生する……。

ひとつひとつの事件は具体的で、明確で興味深い展開になっているが、どれも定型(ワン・パターン)であることに変わりはない。依頼人に際立った個性がないので、事件はつまらない。どれを読んでも同じに見えてしまう。事件があまりにもローカルで、私的であることにも問題がありそうだ。夫の浮気、田舎町の土地開発、水着姿の女性のいる釣り堀、モーテルでの殺人。天下国家とは何のかかわりもなく、偉大な精神力に遭遇する機会もない……。

アメリカ型探偵（=正義の味方）として、ペリー・メイスンは社会の暗黒面に埋没することなく、正義を貫き、明るく健全であるところが愛された。原作にも映像にも残虐な場面のなかったことも、人気につながったと思われる。見せ場は裁判法廷でのペリーの鮮やかな弁論だから、純粋推理が欠けているわけではない。とは言え、理論だけを推し進めず、娯楽性・大衆性を犠牲にすることもなかった。原作の英文は決して難しいものではなく、日本の学生でも充分読める。法廷でのやり取りも一定のパターンに沿って書かれているので、読みこなすのは容易で、二、三度読めば覚えてしまう。平易で明快であることが「ペリー・メイスン」シリーズの特徴である。

第五章　レックス・スタウト

安楽椅子探偵

ペリー・メイスンより一年遅れて、レックス・スタウト（Rex Stout 一八八六〜一九七五）の『毒蛇（*Fer-de-Lance*）』（一九三四）が発表された。グルメな安楽椅子探偵ネロ・ウルフ（Nero Wolfe）の誕生である。ネロ・ウルフものもまた、行動型の探偵小説と考えられており、レックス・スタウトもE・S・ガードナーと同じく、パルプ・マガジン出身なので、その作品は職人的作家による量産型娯楽推理小説と見られがちである。しかし、ネロ・ウルフには、ホームズの兄マイクロフト・ホームズを彷彿とさせるところがあり、助手のアーチーとの関係も、ワトスンとはまた一味違ったひねりがきいている。ネロ・ウルフが東欧からの移民であることも注目される。テレビ・ドラマや映画化もされて、ネロ・ウルフの知名度も相当なものだ。そこで、レックス・スタウトの創造したアメリカの探偵ネロ・ウルフを見てみることにしよう。

ネロ・ウルフはレックス・スタウトが創造した安楽椅子型の探偵である。普通、安楽椅子探偵（armchair detective）と言えば、ジョゼフィン・テイ（Josephine Tey）の『時の娘（*The Daughter of Time*）』（一九五一）のグラント警視（Inspector Grant ロンドン警視庁警視）や、高木彬光の『邪馬台国の秘密』（一九七三）の神津恭介（東京大学医学部法医学教室教授）のように、病気や怪我で入院中に推理をするというのが定番である。だが、ネロ・ウルフの場合、彼が安楽椅子に座っているのは、体重があまりに重くて活動できないからだ。立ち上がるのさえ楽ではない。体重が約一三〇キロ（二八五ポンド）もあるのだ。普通の椅子では支えきれない。助手で語り手のアーチーは、しばしばネロ・ウルフの体重を

「七分の一トン」と表現している。

ネロ・ウルフは頭脳優秀で、七か国語をあやつることができる。ネロ・ウルフ探偵事務所を開いている一方で、蘭のコレクターでもあり、料理界に名の知れた美食家でもある。蘭のコレクターとしては、探偵事務所の三階に専用の温室と住込みの蘭栽培家を雇い、一万鉢の蘭を集めている。ネロ・ウルフは探偵業の傍ら、毎日決まった時間を割り当てて蘭の世話をしており、その間はどんな依頼人が来ても会おうとしない。体重が重くて、階段を上がれないから、三階の温室への移動はエレヴェーターである。

ネロ・ウルフの助手はアーチー・グッドウィン（Archie Goodwine）だ。外出嫌いで、椅子から動かない頭脳探偵のために、身体を動かす活動のすべてを、アーチーが引き受けている。彼は三階に寝室を持ち、ウルフ邸に住んでいる。ネロ・ウルフは他にも料理人兼執事として、フランス系スイス人のフリッツ・ブレンナー（Fritz Brenner）を住み込ませている。ネロ・ウルフにとって昼食とディナーは、決してゆるがせにできない大切な行事で、助手のアーチーもうやうやしく陪食する。美食家としてのネロ・ウルフは、アメリカ産の食材にこだわり、フランス料理に負けないアメリカ料理を作り上げるのを目標としている（『料理人が多すぎる "*Too Many Cooks*"』）。

名探偵ネロ・ウルフの名前は日本ではまだあまり知られていない。しかし、本国アメリカはもちろん、ドイツやイタリアでは映像化されて、よく知られたキャラクターである。

最近では二〇〇一年から〇二年にかけてアメリカのA&Eテレビジョン・ネットワークスによってシリーズ化されたものがあり、日本でも「グルメ探偵ネロ・ウルフ」という題名で放映された。巨漢の探偵ネロ・ウルフをモーリー・チェイキン、助手のアーチー・グッドウィンをティモシー・ハットンが演じ、一九三〇年代ファッションで統一した、おしゃれで小粋なドラマに仕立てられていて好評だった。

マイクロフト・ホームズとネロ・ウルフ

このネロ・ウルフはホームズの兄マイクロフト・ホームズがモデルと思われる。ホームズの七つ年上の兄は、「ギリシア語通訳」でいきなり話題に登場してワトスンを驚かせた。マイクロフト・ホームズは、ホームズが「僕より優れた観察力を持っている」と認めた、おそらく世界でただひとりの人物である。

「探偵術というものが、安楽いすに坐っていてするただの推理に終始するかぎり、僕の兄はまったく前代未聞の大探偵といえるだろう」(「ギリシア語通訳」)

しかしながら、マイクロフトには「それを実行するだけの野心もなければ精力もない」のである。ペル・メル街の家から角を曲がったところにある役所へ歩いて出勤し、夕方また帰ってくるという規則正しい毎日を送っている。数字に特殊な才能があり、政府のある省の会計検査を引き受けている。運動はいっさいせず、人間嫌い、社交嫌いで、会員同士いっさい口をきいてはならぬという社交嫌いのためのクラブ「ディオゲネス・クラブ」の会員である。毎日五時十五分前から八時二十分までは、必ず家の向かいにあるディオゲネス・クラブで過ごす。体格は肥っていて、シャーロックと違い、嗅ぎ煙草を愛飲している。ネロ・ウルフは、嗅ぎ煙草を除いて、このマイクロフト・ホームズの特徴のほとんどすべてを受け継いでいる。

ネロ・ウルフという名前は、歴史上有名な暴君ローマ皇帝ネロと、猛獣の狼《ウルフ》とを組み合わせたもので、圧倒的な力、そして、残忍さ、猛々しさを感じさせる。作者の名前、レックス・スタウトのレックスはラテン語で「王」を意味するから、この作者は強く堂々としているのが好きなのかもしれない。ちなみに、スタウトは「太っている」と言う意味だが、別に、黒ビールをさすこともある。それにしても、「皇帝ネロ」と「狼」という組み合わせでは、まるでアレグザンダー・ボナパルト・カスト氏（アガサ・クリスティ『ABC殺人事件』のA・B・カスト氏）と同じで、偉大すぎる名前ではないだろうか。テレビ・ドラマのネロ・ウルフは怒りっぽく、なるほど「暴君ネロ」であることを納得させてくれた。それでも、ハード・ボイルド系行動派型の推理小説にしては、暴力は描かれず、残虐な場面は皆無である。では、この必要以上に威圧的で凶暴な名前は、いったい何を意味するのだろう。

ネロ・ウルフは女性嫌いである。ウルフ邸には助手兼秘書のアーチー・グッドウィン、料理人兼執事のフリッツ・ブレンナー、蘭の育種家シオドア・ホルストマン（Theodore Horstmam）の三人の男性が住み込んでいるが、家政婦やメイドは一人もおいていない。完全な男性所帯である。アーチーは女性にもてるし、女性との交際を楽しんでいるが、それは本筋には出てこない。ネロ・ウルフは表向き女性には紳士的であるが、内心では女性を厄介な生き物としか見ていない。理性を失った女性が怖いのだ。これはまさしくホームズの後裔として正しいあり方と思われる。ネロ・ウルフという名前はもしかすると、女性を近寄づけないための命名かもしれない。

レックス・スタウト

ここで作者について。レックス・スタウトは、ネブラスカ州ノーブルズヴィルに生まれた。バンタム・ブックス版『毒蛇』の序文によると、両親ともにクウェイカー教徒だった。その後カンザス州に移り、九歳の時には計算の天才として州に知れ渡ったという。カンザス大学に入った後、中退して海軍に入った。二十二歳で海軍を除隊すると、観光ガイドや簿記で生計をたてながら執筆活動を始めた。一九一六年に彼が手がけた学校向けの「こども銀行」システム（school banking system）が全米四百校で採用され、これで経済的に潤った。スタウトは多才な人で、ヴァンガード（Vanguard Press）という左翼系の出版社の創設にも関わっている。四十一歳の時に（一九二七）ビジネス界から引退し、パリへ出て小説を書き始めた。『リッピンコット月刊マガジン（*Lyppincot's Monthly Magazine*）』のような雑誌にも書いたが、初めのうちは主に大衆向けのパルプ・マガジンに書いていた。ネロ・ウルフの登場する最初の推理小説『毒蛇』が出たのは一九三四年である。その後次々に作品を発表し、八十九歳で亡くなるまでに、七十三冊ものネロ・ウルフものを書いた[15]。長命で多作の作家である。

スタウトは社会活動にも熱心で、「執事ジーヴズ」もので人気の高い作家P・G・ウッドハウスの良き友人であり、同時代に活躍したE・S・ガードナーのよきライヴァルであった。シャーロッキアンとしても知られており、アメリカ推理作家クラブ（The Mystery Writers of America）の会長（一九五八）も務めた。一九四一年のベイカー・ストリート・イレギュラーズの定例集会で発表した、スタウトの「ワトスンは女だった」論はシャーロッキアンの間で物議をかもした（『シャーロック・ホームズ読本』研究社、平凡社新書『シャーロック・ホームズの愉しみ方』）。

数多い作品のうち、名作と評判の高いものをあげてみる。

一九三四年『毒蛇（*Fer-de-Lance*）』

一九三五年『臆病者連盟（*The League of Frightened Men*）』
一九三六年『ラバー・バンド（*The Rubber Band*）』
一九三七年『赤い箱（*The Red Box*）』
一九三八年『料理人が多すぎる（*Too Many Cooks*）』
一九三八年『シーザーの埋葬（*Some Buried Caesar*）』
一九五一年『編集人の殺人（*Murder by the Book*）』
一九六五年『ネロ・ウルフとＦＢＩ（*The Door Bell Rang*）』
………

七十三作と多作にもかかわらず、レックス・スタウトの「ネロ・ウルフ」シリーズは、職人的な作家の例に漏れず、作品によるばらつきが少なく、どれを読んでも面白い。

マンハッタン西三十五番通り《ストリート》

ペリー・メイスンはカリフォルニア州の弁護士だったが、ネロ・ウルフはニュー・ヨークの探偵である。ニュー・ヨーカーに言わせると、作中に西三十五番通りだの二十九番通りだのという名前が出てくるのは、たまらなくうれしいものらしい。都市は推理小説の背景として重要である。ロンドンでも北の、新興住宅街の下宿の家賃さえ一人で払えなかったホームズに比べ、ネロ・ウルフは初登場の時から贅沢な暮らしである。住んでいるのは、マンハッタン中心部の西三十五《サーティフィフス》番通り。ここに住みついて二十年、助手のアーチー・グッドウィンは七年という設定で、これは初登場から変わらない。一九三一年に完成したばかりのエンパイア・ステイト・ビルディング、ペン・ステーションの愛称で知られるニユー・ヨーク中央駅（一九一〇年の開業）にほど近い。メイシーズ百貨店もすぐそばである。[16]

　家は褐色砂岩《ブラウン・ストーン》の建物である。正面に褐色砂岩を貼った「褐色砂岩の家」は、二十世紀の初めに数多くつくられ、ファイロ・ヴァンスやエラリー・クイーンでお馴染みの、高級住宅の代名詞である。ネロ・ウルフは一階を探偵事務所、二階を寝室として使い、三階には蘭栽培の温室を備えている。この家に住んでいるのは、ネロ・ウルフの他に、助手のアーチー・グッドウィン、それに料理人兼執事のフランス系スイス人のフリッツ・ブレンナー、蘭栽培の専門家で温室専属のシオドア・ホルストマンである。使用人としては、他にも探偵事務所の調査員として、ソウル・パンサー以下四人を雇っているが、こちらは住み込みではない。いずれも男性ばかりである。

　ネロ・ウルフはこの家に根を下ろして、ほとんど外出しないが、それにもかかわらず、外出用に大型のセダンを所有している。その他、助手のアーチーがいつでも乗り回せるように、事務所の外にはロードスター（二、三人乗のオープンカー）をスタンバイさせている。

デヴュー作『毒蛇』の出た一九三四年といえば、世界的な大恐慌（一九二九）のあとで、ルーズヴェルト大統領がニュー・ディール政策を実施していた時だ。助手で語り手のアーチーは、常にネロ・ウルフ事務所の財政状態に不安を抱いているが、社会状況を考えれば、当然だろう。事務所の維持費のほかに人件費、蘭の栽培のための出費、グルメの台所を支える食費にかかる経費は、莫大であったに違いない。ネロ・ウルフの相談料は、本人もしばしば口にする通り、高額である。

相談料は法外だが、ネロ・ウルフが腕ききの探偵であることは、第一作目ですでに既成事実となっている。客はほとんどがニュー・ヨークおよびその近郊の億万長者である。新興成金が多い。助手のアーチーの心配をよそに、ネロ・ウルフは依頼人が気にくわないと、高額の謝礼を約束されても断ってしまうことがある。アーチーはネロ・ウルフがせっかくの依頼を断らないように、いつも気をもんでいる。

シャーロック・ホームズは、前にも言った通り、勘定の方はいい加減だった。高額の礼金を払えない庶民からの依頼事件も引き受け、依頼人が女性だと、「仕事そのものが報酬ですから」と言って実費しか取らないこともあった。探偵としての利益は薄いと見なければいけない。それに比べ、ネロ・ウルフ探偵事務所は依頼人を金持ちと企業に特化しており、ビジネスとしてはより合理的である。

ネロ・ウルフも、時には支払いの見込みのない事件を買って出ることがある。反対に多額の報酬を約束されているにもかかわらず、ぴしゃりと断ってしまうことも、よくある(『臆病者連盟』『ラバー・バンド』『料理人が多すぎる』など)。彼には美意識があり、それにこだわることにかけては、気難しくわがままである。しかし、契約している四人の調査員に対しては、ネロ・ウルフは常に民主的で、合議制で意見を聴取している。その点はニュー・ヨーク市警のクイーン警視がヴェリー以下の刑事たちを顎で使っているのとは対照的である。暴君ネロの名前を持っているにもかかわらず、意外に鷹揚で、部下のためには損得勘定を超えた行動をとることもしばしばだ。そのあたりは、探偵は紳士でなければならないという、ホームズ以来の伝統を受け継いでいると言える。

語り手としてのアーチー・グッドウィン

安楽椅子型の探偵であるネロ・ウルフには、アーチー・グッドウィンという活動型の助手がついている。身体を使う仕事は、すべて助手のアーチーが引き受ける。頭脳と活動の分離である。探偵(ネロ・ウルフ)が天才で相棒(アーチー)が常識人であるのは、ホームズ＝ワトスンと同じだが、アーチーは同居人ではあっても、雇われた助手である。ネロ・ウルフは巨体ゆえに外出をせず、書斎の安楽椅子で推理をする。そのネロ・ウルフのために推理の材料を集めるのが、アーチーの仕事だ。事件の関係者に事情を聴取し、現場の調査をするのは、いつもアーチーである。関係者をネロ・ウルフの書斎に連れてくるのも、アーチーである。アーチーはそのすべてを器用にやってのける。アーチーは優秀な助手なのだ。

レックス・スタウトがハード・ボイルド派とみなされるのは、行動派の助手アーチーがいるからだろう。

アーチーはまた、このシリーズの語り手でもある。語り手としてのアーチーは饒舌で、しかも皮肉たっぷりだ。

ペンシルヴァニア駅のプラットフォームで、ぼくは列車のわきを行きつ戻りつしながら、額から汗をぬぐい、煙草に火をつけ、少し神経が鎮まったら、ケオプス(クフ)王のピラミッドを、エジプトからエンパイア・ステイト・ビルディングの屋上に移す契約に入札してもいいぐらいの気分であった。素手で、水着のままでもかまうものか。ぼくはそれほどの大仕事をやってのけたのだ。けれども、三服目の煙草を吸っていると、通り過ぎようとした窓をコツコツ叩く音がしたので、足を止めざるを得なかった。前屈みにガラス越しに窓の中を覗くと、ネロ・ウルフが、必死の形相でにらんでいるのが見えた。予約しておいた最新式のプルマン・カー車両の車室のシートに、たった今、無事に押し込んだばかりだというのに。彼は閉まった窓越しにこちらに向かってどなった。

「アーチー！　何をしてる。入れ！　発車するぞ！　おまえさんが切符を持っているんだぞ！」

ぼくは叫び返した。「狭いからそこで煙草を吸うなと言ったのは、そちらでしょう！　まだ九時三一分です！　ぼくは行かないことに決めましたよ！　おやすみなさい！」

ぼくはそぞろ歩きを続けた。切符だって、とんでもない！　彼が気にしているのは切符なんかではない。列車に乗っているのが彼一人で、その列車がいつ動き始めるかわからないので逆上したのだ。彼は動くものが嫌いで、人がこれから行こうとしている場所は、十中八九、元いた場所よりもいい所ではないと議論するのが好きだった。

（『料理人が多すぎる』）

『料理人が多すぎる』の冒頭である。世界各国から十五人の料理長の集まる晩餐会に、ネロ・ウルフがゲストとして招待され、これから列車で会場のある保養地に向かうところだ。外出嫌いで、乗り物嫌いのウルフが旅行をするのだから、アーチーは一苦労だ。引用からわかるように、アーチーの語りは饒舌で、辛辣である。

「秘書兼ボディ・ガード兼オフィス・マネージャー兼探偵助手」として雇われているアーチー・グッドウィンの立ち位置は複雑だ。アーチーも認めているように、ウルフは推理の天才で芸術家でもあるが、アーチーも有能なのだ。負けず嫌いで、実際家で、機敏でもある。目端のきく秘書であり助手でもあるアーチーは、時に幼児性を発揮して駄々をこねる主人を、常識ある大人としてたしなめ、すかし、鼓舞しなくてはならない。語り手としてのアーチーは洒落、皮肉、軽口、冗談を交えていつも騒々しい。利口な常識人であるだけに、余計なことの一つも言いたくなるのだろう。そこへ行くと語り手としてのワトスンは愚鈍で実直である。考えてみれば、ワトスンという相棒は、皮肉も冗談も、洒落ひとつ言わず、朴訥とも言える誠実な性格で、率直にまじめに語り伝える愚直な語り手であった。助手としてはまったく無能だが、語り手としてはまことに信頼のできる、実直な人であったのだと思う。

小生意気な青年の饒舌な語りが、アーチーの語りのスタイルである。一方で、この語り手は内心で、ネロ・ウルフが気短かではあっても、全体としては鷹揚で、民主的で、公正な主人であることを認めている。心の中では父親を愛している息子が、表では生意気な口をきくようなものである。アーチーの念頭にある探偵の理想像は高い。ネロ・ウルフが少しでもそこからはずれると、アーチーは容赦なく文句を言う。忠実な記録者ではなく、批判的な目を持つ語り手である。その皮肉のきいた小生意気さが、アメリカ風である。

美食家ネロ・ウルフ

美食家のネロ・ウルフにとって、食事は楽しみであり、一日の最重要行事でもある。そのために、お抱えの料理人を雇っているのだ。一時のランチと七時のディナーには助手のアーチーが陪食する。時には、依頼人や参考人が食事に招かれる。ネロ・ウルフが食事の時間を狂わせることを嫌うからだ。食事の時にはワインを飲むが、食事以外の時にはビールを飲む。しかも昼間からビールを飲む。助手のアーチーはミルクだが、ネロ・ウルフは執務中でもビールを飲んでいる。初登場の『毒蛇』は、フリッツにビールを買いに行かせる場面から始まっていた。一日に六クォート（五・七リットル）のビールが必要だと言うのだ。ホームズの推理に葉巻が必要なように、ネロ・ウルフにはビールがなければ頭が働かない。アメリカでは一九一九年に成立した禁酒法（〇・五パーセント以上のアルコール分を含む飲料の醸造、販売、運搬を禁止した法律）が解除されたのが、一九三三年であることを考えると、ネロ・ウルフのビールと推理との関係は意味深長だ。

一方で、これほどのビールを飲むとなれば、これは体重が増えるはずである。体重二八五ポンド、約一三〇kg。アーチーいうところの「七分の一トン」の体重では、立ち上がるのも、前に屈むのも一苦労である。シャーロック・ホームズのように辻馬車に飛び乗ったり、地面にはいつくばって拡大鏡で足跡を調べることは、ネロ・ウルフにはできない芸当だ。そこで、行動もままならない探偵の代わりに、彼の手足となって動くのが、助手アーチーの役目である。滅多に外出しないネロ・ウルフが、たまに外出をすると、アーチーの仕事は、ネロ・ウルフの体重を支えるしっかりした椅子を探すことである。『身持ちの悪い女の死（*Death of A Doxy*）』（一九六六）では、初対面の医者がネロ・ウルフに目をくぎ付けにして、「あなたは体重を増やしすぎだ」と叫んでいる。[17]

最後に、ネロ・ウルフの特徴をシャーロック・ホームズと比べながら、まとめてみよう。

シャーロック・ホームズ

身長六フィート以上（一八三センチ以上）、痩身のため実際より高く見える。

生年月日（推定）一八五四年一月六日。

初登場『緋色の研究』一八八七年。

田舎地主の三男、オックスフォード大学またはケンブリッジ大学を卒業。

助手、秘書、従僕、その他使用人一切なし。

独身。

嗜好品　煙草、時にコカイン。

趣味はヴァイオリンの演奏と化学実験。

藤色または灰色のガウン。

四九歳で引退。以後、養蜂と晴耕雨読の暮らしを送る。しかし、ワトスンは気づいていないし、ホームズも打ち明けてはいないが、それまでも兄マイクロフトを通じて探偵業のかたわら引き受けていた、諜報活動に専念したと思われる。

ネロ・ウルフ

五フィート十一インチ（一八〇センチ）、体重一三〇キロの肥満体。

推定年齢五十六歳。

初登場『毒蛇』一九三四年。

モンテネグロ出身。

独身。

使用人計七人（住込み三人、通い四人。内訳は秘書兼助手のアーチー・グッドウィン、料理人、専属の蘭栽培家、調査員四人）。

嗜好品　ビール（一日十二本）。

黄色のガウン（五枚）。パジャマは黄色の絹で、爪先の反り返ったペルシア風スリッパを履く。

蘭の栽培家。

美食家。

謎その一、ネロ・ウルフはどういう経緯でアメリカに移民したのか。

謎その二、ネロ・ウルフはどこで資産を手に入れたのか。

七十三編もある「ネロ・ウルフ」シリーズを読みながら、この謎を解いてみるのはどうだろう。

1 ヴァン・ダイン『グリーン家殺人事件』延原謙訳・解説（新潮文庫、一九五九）。
2 『新青年』に延原謙によるリーヴの『鉄拳』の邦訳がある。
3 ヴァン・ダイン『グリーン家殺人事件』延原謙訳・解説（新潮文庫、一九五九）。
4 日本では早川書房が『エラリー・クイーン・ミステリー・マガジン（EQMM）』の名で、その日本版を出した。EQMMはその後、光文社が引き継ぎ、『エラリー・クイーン（EQ）』の題で現在に至っている。
5 江戸川乱歩『幻影城』五九七頁。
6 *The Roman Hat Mystery* は『ローマ劇場帽子事件』と訳す方がいいのではないか。でないと、「ローマ帽子とは何か?」という新たなミステリーに悩まなければならない。
7 この部分、筆者訳。

8 ディクスン・カー『帽子蒐集狂事件』宇野利泰訳（新潮文庫、一九五九）。
9 ディクスン・カー『帽子蒐集狂事件』第七章。
10 『エドマンド・ゴドフリー卿殺人事件』岡照夫訳（創元推理文庫、二〇〇七）。
11 ドロシー・L・セイヤーズとアンソニー・バークリーの推薦による。
12 江戸川乱歩「英米探偵小説界の展望」『幻影城』七八頁
13 江戸川乱歩「英米探偵小説界の展望」『幻影城』七九頁。
14 E・S・ガードナー『すねた娘』鮎川信夫訳（角川文庫、一九六一）。
15 Rex Stout, *Fer-de-Lance*. 1934. Bantam Books, 1992. Introduction by Loren D. Estleman.
16 メイシーズ百貨店はチャップリンの映画『モダン・タイムズ』（一九三二）に登場している。
17 Rex Stout, *Death of a Doxy*, p. 90. ネロ・ウルフは「七〇ポンド（約三二キロ）オーヴァーですな。八〇ポンド（三六キロ）オーヴァーかもしれない。死んだらわかるでしょう。それがあなたに何か問題でも？」と答えている。

第四部　推理小説の黄金時代の余波

第一章　黄金時代の余波

英米推理小説の違い

『ストランド・マガジン』に連載されたシャーロック・ホームズ物語の人気がもたらした、英米の推理小説の黄金時代を概観した。

イギリスではまだ『ストランド・マガジン』でホームズの連載が継続されていた頃からすでに、似たような天才型探偵と常識人の相棒との組み合わせの物語や、科学的な推理に基づいて謎解きを楽しむさまざまなタイプの推理小説が生み出された。パロディも含め、ヴァリエーションもさまざまである。ホームズを意識して、あるいは意図的に反転させて、ブラウン神父、エルキュール・ポアロ、ミス・マープル、ピーター・ウィムジイ卿といった個性的なキャラクターの名探偵が続々と生まれた。A・A・ミルンやジェイムズ・ヒルトンのような既成作家も推理小説を手がけ、それぞれ『赤い館の秘密』、『学校の殺人』という名作を残している。ミルンもヒルトンも一作で終わったが、人気作家が推理小説に挑戦し、推理小説として優れたものを残したということが重要である。

コナン・ドイルはホームズものを書くのが不本意であったが、概してイギリスでは、作家自身が楽しんで書いたことのわかる、余裕のある書きぶりである。探偵が紳士階級で、自制心があり、合理的な判断のできる人物であることが、その一因である。

ホームズ人気は、もちろん大衆文化にもその足跡を残した。たとえば、セクストン・ブレイク（Sexton Blake）という探偵キャラクターが生まれている。これは最初、ハリー・ブリス（Harry Blyth 一八五二〜九八）という作家が雑誌『ハーフペニー・マーヴェル（*Halfpenny Marvel*）』に、ハル・メレディス（Hal Meredith）のペンネームで、一八九三年に書いた小説の主人公だった。それが、その後、多くの作家がセクストン・ブレイクものを書き継ぎ、名探偵セクストン・ブレイクはさまざまな雑誌、漫画、映画、ラジオ、テレビに登場した。一九二〇年代から四〇年代にかけて約二百人（！）の作家が約四千のセクストン・ブレイクものを書いたという。セクストン・ブレイクはシャーロック・ホームズ同様、私立探偵で、ベイカー街に住み、ワトスン役はティンカー少年である。悪党役としてマドモワゼル・イヴォンヌが登場する（『リーダーズ英和辞典』）。セクストン・ブレイクの名前を冠した雑誌の表紙を見ると、ガウン姿でパイプをくわえた、ホームズによく似た探偵が描かれている。[1] このセクストン・ブレイクは英国で最も大衆に人気のあったヒーローの一人と言われ、一話が短く、文章も平易であったため、日本にも盛んに紹介された。

アメリカでは、探偵小説は主に大衆的な読物として量産されたが、一九二〇年代の終わりごろから、読むに値する本格的な推理小説が次々に生み出された。初めは英国風の重厚なスタイルであったが、次第にトリック重視でゲームのようにロジカルに謎解きを楽しむ推理小説へと進化していった。ミステリーの専門誌も生まれるなど、推理小説専門の職人的作家によって多数の作品が生み出されたのが特徴である。イギリスでは『ストランド・マガジン』のように、中流ないし高級雑誌に推理小説が掲載された。したがって、推理小説には啓蒙的な性格が付与されていた。無知の闇を打ち砕いて、謎を合理的、科学的に解くところに推理小説の醍醐味があったのである。探偵は紳士であるという了解が、作者と読者との間に暗黙のうちに存在していたのだ。アメリカではそのような精神性は求められない。アメリカでもファイロ・ヴァンスやエラリー・クイーン(息子)は、アマチュアで紳士だが、ビジネスとして探偵事務所を開いている職業探偵も多く生まれた。法廷で謎を解く弁護士も推理小説の主人公となった。大衆的には腕っぷしの強いヒーローが好まれるため、推理小説でも頭脳よりもアクションで事件を解決する、行動型探偵が主流となった。

黄金時代の余波

こうした推理小説の黄金時代は、一九一〇年代から三〇年代にかけて、つまり第一次世界大戦から第二次世界大戦にかけての時代であったが、文学の世界にとどまらず、映画、演劇と共に発展してきた。また、そうした推理小説ブームは、厳密な意味では推理小説とは言えないまでも、謎や犯罪、異常心理などの推理小説的な要素を持つ、周辺的な作品を生み出した。スリラー、諜報員もの、スパイ小説などがそれである。

たとえば諜報員ものとして、ジョン・バカン（John Buchan）の『三十九階段（*The Thirty-nine Steps*）』（一九一五）、サマセット・モーム（William Somerset Maugham）の『英国情報部員アシェンデン（*Ashenden, or The British Agent*）』（一九二八）、グレアム・グリーン（Graham Greene）の『密使（*Confidential Agent*）』（一九三五）などがあげられる。

ダフネ・デュ・モーリア（Daphne Du Maurier 一九〇七～八五）の『レベッカ（*Rebecca*）』（一九三八）も心理的なサスペンスとして優れている。厳密な意味での推理小説ではないが、前半は若い、世間ずれのしていない女性の成長物語として、後半はそこに殺人事件の要素が加わって、スリルとサスペンスで読ませる恋愛小説となった。『レベッカ』はヒッチコックによって映画化され、日本では原作より映画の方が有名である。

推理小説の黄金時代の威力を実感させられるのは、詩人で劇作家のT・S・エリオット（T. S. Eliot 一八八八～一九六五）の例である（本書六七頁）。二十世紀最大のモダニズムの詩人と言われたT・S・エリオットは、『大聖堂の殺人（*Murder in the Cathedral*）』（一九三五）という詩劇を書いている。これはカンタベリー大司教であったトーマス・ア・ベケットの殉教を扱った歴史劇であり、宗教劇でもある。それなのに、「大聖堂の殺人」と、まるで推理小説のような題名をつけたのは、推理小説が大流行であった時代の反映だろう。

エリオットは、ヘンリー二世の放った刺客によってベケットが殉教者となったことを、「殺人事件」と捉えたのだ。

ケストナーと児童文学

推理小説の流行は英米に限ったことではない。たとえば、ドイツではエーリッヒ・ケストナー（Erich Kästner 一八九九〜一九七四）が『消え失せた細密画（*Die Verschwundene Miniatur*）』（一九三五）という推理小説を書いている。『消え失せた細密画』はデンマークのコペンハーゲンに観光に来た肉屋のキュルツ親方が、ホルバインの描いたアン・ブーリンの細密画《ミニアチュア》の盗難事件に巻き込まれる話である。ケストナー流のユーモアに包まれた推理小説である。この『消え失せた細密画』を書く前に、ケストナーは『エーミールと探偵たち（*Emil und die Detektive*）』（一九二九）という子供向けの小説を書いている。田舎から祖母を訪ねてベルリンにやって来たエーミール少年が、列車の中で盗まれた金を、ベルリンの少年たちと協力して取り返すのだが、少年たちは探偵団をこしらえ、泥棒を追いつめる。『エーミールと探偵たち』はケストナーの出世作となった。各国語に訳されただけでなく、映画化もされた。映画はドイツだけでなく、スペイン、イギリスでも作られたという（岩波書店解説）[2]、探偵と謎解きは児童文学の世界にも浸透していたのである。

探偵小説熱は児童文学の世界にも広まっていったが、子供の本で本格的な推理小説を意識した作品が現れるのは、やはりイギリスの方が早かった。ドイツでケストナーが『エーミールと探偵たち』を書くよりも前に、ヒュー・ロフティング（Hugh Lofting 一八八六〜一九四七）が『ドリトル先生の動物園（*Doctor Dolittle's Zoo*）』（一九二五）という本の中で犬の探偵を登場させ、謎解きをさせている。『ドリトル先生の動物園』は、動物の言葉を話すお医者さん、ドリトル先生シリーズ全十二冊の五冊目である。

物語の終盤近く、古い荘園屋敷（マナー・ハウス）に住むネズミが、文字の書かれた羊皮紙のきれっぱしを見つける。何が書かれていたか、謎である。これがミステリーのきっかけで、探偵は雑種犬のクリング（Kling）である。

「トミー」と「犬のジップ」は言った。「問題を解くことにかけて、僕が知っている一番たけた人は、チープサイドとクリングだね」

「へー！」僕はつぶやいた。「チープサイドはわかるよ。街の雀の噂話に通じているからね。だけど、どうしてクリングなの？　なぜ問題を解くのがうまいの？」

「なぜって、ね！」ジップが言った。「彼は犯罪だとか、アー、その裏の世界みたいなことに詳しいんだ。昔、泥棒に飼われていたことがあるんだ」（『ドリトル先生の動物園』三〇章「ムーアズデン荘園の謎」）

クリングは、昔、泥棒に飼われて犯罪の手先に使われていたことがあった。クリングはそれが嫌で逃げ出し、ベルギーのブリュッセルで警察犬になった。そこもまた逃げ出してしまうのだが、「犬の探偵（Dog Detective）」と呼ばれるほどの大活躍だった。エルキュール・ポアロを思わせるような経歴である。クリングは天才犬で、いまだに子犬のように靴を噛む癖が直らない。お人好しのドリトル先生は、穴のあいた自分の靴を修理に出し、クリングのためにボタン付きの新しい革靴を買ってやる。「考え事をしながらボタンを噛みとるのはいい気分」だと言うクリングの意見を尊重したのだ。クリングは一見、馬鹿な子犬のように見えるが、靴を噛みながら全神経を集中し、仮説を組み立てるのである。ドリトル先生の一家は近くの地主の遺産騒動に巻き込まれる。ムーアズデン荘園《マナー》というお屋敷で火事があった。動物たちの通報で、いち早く消火に駆けつけたドリトル先生に、屋敷の主人スログモートン氏はなぜか不機嫌であった。いつもは泥棒を怖れて、家の中に放しておく獰猛な二匹の番犬が、その日に限って邸内にいず、馬小屋に閉じ込めてあったのも不思議である。

「いいですか」クリングは続けた。「シドニー・スロッグモートンが宝石類を携帯していたこと、またこの晩に限って犬たちが邸内にいなかったという事実から、どうやら彼は火事が起こることを予期していたのだと思われます」

ったのかもしれないね」私は言った。「その通りだ。だけど、それでは失うものの方が大きかっただろうね」

「待ってください」とクリングが言った。「おそらく火事を出さなければ、損失はもっと大きかったのかもしれませんよ、そのうちにわかるでしょう……さあ、続けましょう。スロッグモートンが自分で自分の家に火をつけたのだと仮定すると――そういうことは以前にもあったのですよ――そういう例を私は知っています――次の疑問はですね、いったい彼は何を燃やしたかったのかという問題です。何かを取り除きたかったのかと言ってもいいでしょう。いったい彼は何を取り除きたかったのでしょう？家の中に彼が殺したいと思うような人がいましたか？」（三二章）

スロッグモートンには家族はいなかった。取り除きたいのが「人」ではないとすると、それは「物」だと、元ベルギーの警察犬だったクリングは言う。それは「遺書」であった。スロッグモートン氏の亡くなった父親は、動物に親切な人だった。その父親が残した「遺書」は「全財産を動物愛護団体に寄付する」というもので、息子には具合の悪いものであった。スロッグモートン氏は、父の遺書を闇に葬ろうと、自らの屋敷に火をつけたのである。すべてはクリングの明察通りであった。事実を合理的につきあわせて行けば、正しい解決が得られるという雑種犬クリングの探偵法は、まさにシャーロック・ホームズのやり方である。児童文学ながら、推理小説の要点をしっかり押さえ、推理の過程もきちんと描かれている。

作者ヒュー・ロフティングはバークシャー生まれのイギリス人。第一次大戦に従軍して軍馬の扱いに心を痛め、動物の心がわかるお医者さんの物語を思いついた。結婚してアメリカに住んだためにイギリス人とは思われず、アメリカの作家扱いをされてきた。

1 Sexton Blakeでネットで画像検索をすると、さまざまな雑誌の表紙、挿絵を見ることができる。

2 エーリヒ・ケストナー『エーミールと探偵たち』ケストナー少年文学全集1、(岩波書店、一九六二)高橋健二訳・解説。

第五部　推理小説の黄金時代（日本の場合）

第一章　日本の近代化と推理小説

近代化と推理小説

日本の推理小説は日本の近代小説とほぼ同じように生まれ育った。つまり、江戸文化の多分に残る明治時代、維新の前後に生まれ、初めは漢籍の教育を受け、次に英語の専門教育を受けた翻訳家たちが、欧米の推理小説を紹介することから始まったのである。

推理小説家で日本に比較的早く紹介されたのは、エドガー・アラン・ポーである。ポーは饗庭篁村《あえばこうそん》による和漢混淆体の文章で紹介されたのが最初だった。ポーが日本の文学界に与えた影響は測り知れない。饗庭は外国語ができなかったので、友人に訳してもらったものを流麗な和漢混淆体で意訳した。だから、正確な意味での翻訳ではない。翻案というべきだろう。最初に訳されたのは「黒猫」で、読売新聞に二回にわたって掲載された。一八八七年のことである。

なにしろ、まだ著作権という考え方がなかった時代だから、海外文学の翻訳は盛んに行われた。日本も明治三十二年（一八九九年）には、著作物の国際的保護を目的とするベルヌ条約に加盟していたが、遠い極東の日本にまで調査の手はおよばなかったらしく、著作権についてはいわば、治外法権状態であった。一九〇六年には日米間の著作権保護に関する条約が発効したが、明治・大正期を通じて、翻訳・翻案は盛んに行われた。その状態は昭和の初期になっても変わらなかった。「外国雑誌や新聞記事や作品の要約は、転載翻訳自由時代だった」と、一九三八年一月号から十二月号まで雑誌『新青年』の編集長だった乾信一郎が述懐している（『「新青年」の頃』[1]）。

コナン・ドイルのシャーロック・ホームズも、「唇の捩れた男」（『ストランド・マガジン』発表一八九一年）が一八九四年の雑誌『日本人』に「乞食道楽」として訳された（訳者不明）[2]。比較的早い紹介である。

シャーロック・ホームズを体系的に訳したのは、中央新聞の水田南陽（一八六九〜一九五八）である。南陽は立教大学を卒業後、初めはガボリオの作品などを訳していたが、英国留学中にコナン・ドイルを知り、帰国後、明治三十二年（一八九九年）に『不思議の探偵』という題で、『シャーロック・ホームズの冒険』十二編を全訳した。当時の読者にわかりやすいように、ホームズを「大探偵」、ワトスンを「医学士」、ベイカー街は「麺麭屋《ぱんや》町《まち》」としている。各編のタイトルにも苦心のあとが見えて、ユニークである。

1.「帝王秘密の写真」（「ボヘミアの醜聞」）　2.「禿頭倶楽部」（「赤髪組合」）　3.

「紛失の花婿」（「花婿失踪事件」）4.「親殺の疑獄」（「ボスコム谷の謎」）5.「暗殺党の船長」（「オレンジの種五つ」）6.「乞食の大王」（「唇の捩れた男」）7.「奇怪の鴨の胃」（「青いガーネット」）8.「毒蛇の秘密」（「まだらの紐」）9.「片手の機関師」（「技師の親指」）10.「紛失の花嫁」（「独身の貴族」）11.「歴代の宝冠」（「緑柱石の宝冠」）12.「散髪の女教師」（「椈屋敷」）（括弧内は延原謙訳の題名）

初期の海外推理小説紹介者としては黒岩涙香（一八六二～一九二〇）が有名である。涙香は土佐の出身で、藩校で漢籍を学び、のちに大阪に出て中之島専門学校で英語を学んだ。エミール・ガボリオの『ルルージュ事件』（一八六六）を翻案した『人耶《ひとか》鬼耶《おにか》』（一八八七～八八）を始め、『巌窟王』（一九〇一～〇二）、『噫《ああ》無情』（一九〇二～〇三）などをタブロイド判日刊新聞に連載し、人気を得た。『巌窟王』はアレクサンドル・デュマの小説『モンテ・クリスト伯』（一八四一～四五）の、『噫無情』はヴィクトル・ユゴーの『レ・ミゼラブル』（一八六二）の翻訳だが、どちらも正確な訳ではなく、内容を彼自身の文章で自由に直した翻案である。固有名詞も日本人にわかりやすく和名にした。黒岩涙香の翻案ものは大流行した。

変わったところでは、岡本綺堂（一八七二～一九三九）の『半七捕物帳』（一九一七～三七）がある。これは綺堂がシャーロック・ホームズを読んで刺激され、自ら筆をとって書いた日本版推理小説である。岡本綺堂は東京高輪の生まれで、三歳から漢文の素読を始め、父からは漢詩を習った。そのうえで英国公使館通訳兼語学教授であった叔父から英語を学んでいる。[3]

和漢の教養という下地があったからこそ、新しい洋風文化を咀嚼できたわけで、これは読者の側も同じである。伝統文化の下地があるので、異文化の吸収の速度も速かった。下地がなかなか堅固であったから、読み本の情緒纏綿、社会の非合理を容認する気風がそのまま引き継がれる形となった。

文化の吸収には経済流通の発達と連動する側面がある。洋雑誌の入手が容易になれば、推理小説と接触する機会が増えるのである。

英米の本や雑誌は、現在のように同時発売とまではいかなくとも、明治期には丸善を通じて手に入れることができた。木村毅『丸善外史』によると、明治二十年には、丸善の店頭に英米の廉価本が山積みにされ、独仏の書籍も並べられていた。[4] 夏目漱石や岡本綺堂は丸善の大得意であった。[5] 大久保利通の次男であった牧野伸顕、英語学者の井上十吉、岡本綺堂の三人はそろって探偵小説好きで、丸善でごっそり買っては人力車の上で読んでいたというのは、微笑ましいエピソードである。[6] 三人以外にも洋書による探偵小説好きは多かっただろうと推察される。寺田寅彦も探偵小説好きで知られるが、寅彦は雑誌『ストランド・マガジン』を丸善から定期購読して読んでいた。二か月遅れで、子供と共に読んでいたらしい。[7] 同様に外国雑誌を定期購読して、推理小説を楽しんでいた者は他にもいただろう。

洋書と言えば、ポーとコナン・ドイルについては旧制中学、旧制高校、大学の英語教材としてよく使われたことを指摘しておきたい。ポーもコナン・ドイルも短編であるうえ、論理明晰で格調高い文体であったため、学生が読むのにふさわしいと思われたのだろう。当時の人気随一はR・L・スティーヴンスンだった。コナン・ドイルはスティーヴンスンの同系列として見られたと思われる。文系理系を問わず、教養英語のテキストとして使われたために、これらの作家の短編を原文で読んだ学生の数は少なくなかったはずである。東京大学で英文学を教えたラフカディオ・ハーンは、明治二十年から三十年代にかけて（一八八七〜九七）、折に触れてポーに言及していたし、夏目漱石もまた英国留学（一九〇〇〜〇二）中に英国での探偵小説の隆盛を目の当たりにしたのだろう。『彼岸過迄』にはスティーヴンスンの『新アラビアン・ナイト』に学生が夢中になる様子が描かれている。ポーやスティーヴンスン、コナン・ドイルの短編を英語のテキストとして使う伝統は、明治・大正期から一九八〇年代ごろまで続いた。最近では英語もTOEIC重視、会話重視で、学校で長文をじっくり読む機会は減ってしまった。それでもこうした身近な英文学作品を読む授業は、まだどこかで行われているはずである。伝統はたやすく消えるものではない。謎の科学的な解明をテーマにしたポー、スティーヴンスン、コナン・ドイルの作品は、簡潔で論理的な美しい文体で書かれており、教材としても優れている。内容も魅力的で、学生の年齢にふさわしい。名文の訳読には芸術性を喚起し、感性を育むという利点もあるのである。

雑誌『新青年』の役割

海外小説の翻訳・翻案ものは主に新聞に掲載されて、人気を博した。現在と違い、明治・大正期には新聞が最新最大のメディアであった。多くの新聞が乱立し、新聞各社は連載小説で読者を得ようと競っていた。涙香の創刊した『萬朝報《よろずちょうほう》』（一八九二〜一九四〇）などその代表とも言える存在である。そうした影響の下、作家の中にも推理小説を志す者が現れ、読者の中から推理小説愛好家が育っていったとしても不思議ではない。佐藤春夫が「指紋」（『中央公論』一九一八）を、谷崎潤一郎が「途上」（『改造』一九二〇）という短編推理小説を書いたのも、そうした土壌があったからである。

そのような流れの中で、推理小説を積極的に取り入れて人気を集めた雑誌が現れた。博文館の『新青年』である。この雑誌は推理小説で人気を得ると同時に、推理小説そのものの評価を高めることにも貢献した。

『新青年』は大正九年（一九二〇）に創刊された総合雑誌である。推理小説専門の雑誌ではない。初めは青年たちに海外雄飛を呼びかける雑誌として発足したのだが、創刊の翌年からがらりと方針を変え、推理小説の育成に力をいれた。推理小説というまだ新しい分野を前面に押し出すことによって、新しい時代の旗手となることを目指したのである。海外の探偵小説の翻訳・紹介に力を入れた結果、日本のモダニズムを代表する雑誌となった。

翻訳・紹介されたのは、一話が短く平易な内容のセクストン・ブレイクもの、チェスタトン、オースティン・フリーマン、L・J・ビーストン、モーリス・ルブランなどである。さすがに黒岩涙香のような翻案ではなかったものの、雑誌の紙数の制約から省略・抄訳が普通に行われた。翻訳にあたったのは、森下雨村（岩太郎一八九〇～一九六五）（早稲田英文科卒）、妹尾アキ夫（韶夫、早稲田英文科卒）、田中早苗（早稲田英文科卒）、西田政治（関西学院卒）、延原謙（早稲田理工学部卒）、水谷準（納谷三千男、早稲田仏文科卒）、乾信一郎（上塚貞雄、青山学院商科卒）といった人たちで、彼らは必要に応じて創作もした。

翻訳・紹介と並行して、『新青年』は創作探偵小説の募集を行った。創作推理小説の育成にも力を入れたのである。エラリー・クイーンが推理小説専門雑誌『エラリー・クイーンズ・ミステリー・マガジン』（一九四一年）を創刊するより二十年も前のことである。そこから江戸川乱歩（一八九四～一九六五）、横溝正史（一九〇二～八一）、水谷準（一九〇四～二〇〇一）、甲賀三郎（一八九三～一九四五）などの推理小説専門の作家が誕生した。江戸川乱歩の処女作「二銭銅貨」が『新青年』に載ったのは一九二三年、「D坂の殺人」が出たのが一九二五年である。

とはいえ、『新青年』は総合雑誌だから、推理小説の他にも小説の翻訳、随筆、ユーモア小話、海外の漫画の紹介、とさまざまな部門の連載があり、箸休めのようなコラムも設けていた。初代編集長であった森下雨村を始め、編集者や翻訳者に若い人が多く、彼らが実に器用に翻訳の傍ら、創作の腕を振るった。書くだけでなく、編集にも参加した。創作探偵小説が入選して『新青年』に関わるようになった水谷準、横溝正史、西田政治といった人々も創作だけではなく、翻訳をやれば編集にもかかわった。これらの人々は翻訳のために特別の教育を受けたわけではない。特に優秀な学生だったわけでもないだろう、それでも求めに応じて、翻訳者として立派に活躍したことを考えると、旧制大学や旧制高校、専門学校の語学教育の質の高さは、再評価してよい。

横溝正史は「恐ろしき四月馬鹿」(一九二一)で『新青年』の懸賞小説の佳作となり、『新青年』に関わるようになった。しかし、薬学出身ながらビーストンの翻訳などもこなし、編集にも加わって、一九二七年には二代目編集長になっている。早稲田の理工学部出身の延原謙は外国の電気雑誌で探偵小説を知り、丸善で見つけた『ストランド・マガジン』に掲載されていたコナン・ドイルの『四つの署名』を翻訳した。それがたまたま『新青年』の森下編集長の眼にとまって、翻訳家の道に入るようになった(『ホームズ翻訳への道』[8])。最初に訳したこの『四つの署名』は結局、採用されなかったが、同じコナン・ドイルの「死の濃霧」(「ブルース・パティントン設計書」一九〇八)で『新青年』翻訳デビューを果たした（一九二一年、大正十年十月号）。訳者名は記されず完全訳でもなかったが、それは当時普通に行われていたことだった[9]。『新青年』初期の編集長の就任当時の年齢を見ると、驚くほど若い。柔軟な活躍の秘密はこの辺にありそうだ。

初代編集長	森下雨村	一九二〇年一月号〜一九二七年二月号	三十歳
二代目編集長	横溝正史	一九二七年三月号〜一九二八年九月号	二十五歳
三代目編集長	延原謙	一九二八年十月号〜一九二九年七月号	三十六歳
四代目編集長	水谷準	一九二九年八月号〜一九三七年十二月号	二十五歳
五代目編集長	乾信一郎	一九三八年一月号〜一九三八年十二月号	三十一歳

『新青年』は装幀や挿絵にも気を遣い、モダンな作風の画家を起用した。今見ても、モダンで洗練された雑誌である。それは『新青年』編集部の進取の気風によるのだろう。同時に、モダニズムは当時の欧米先進国に共通した、時代の雰囲気でもあった。二十世紀初頭から第一次大戦にかけて、ヨーロッパではフランスを中心に、シュルレアリスムの詩人や画家が活躍し、新しい芸術である映画が目覚ましい発展を見せていた。そうしたモダニズムの空気を日本の若い編集陣、翻訳家、作家たちも、敏感に呼吸していたということであ

る。読者もまたその空気を吸っていたのだ。

ひとつ、忘れてはならないことは、モダニズムの時代が、第一次大戦と第二次大戦の二つの戦争に挟まれた危うい時代であったことだ。ジャズバンド付ダンスホールで踊るモダン・ボーイ、左翼運動家まがいのマルクス・ボーイ、腰に日本刀をサーベルのようにさげた「青年将校」が、なんの矛盾もなく銀座を行き交っていた時代であったと乾信一郎が述懐している（『「新青年」の頃』[10]）。そして、残念ながら、日本のモダニズムは一部にしか浸透しておらず、軍国主義の波にあっけなく飲みこまれてしまった。新しい時代を切り開く、自由で柔軟な知性はまだ深く浸透していなかったのである。

戦後日本の推理小説の黄金時代

イギリスでは一九一〇年代から、アメリカでは少し遅れて一九三〇年代に迎えた推理小説の黄金時代だが、日本では太平洋戦争後にようやく本格的な推理小説黄金時代の収穫を実感することができた。『新青年』は新人を発掘するほかに、純文学作家に推理小説を書くように働きかけることも試みていたが、江戸川乱歩によれば、この試みは大体において失敗だったという（「続・一般文壇と探偵小説」[11]）。それは大正十三年頃から試みられ、歴代の編集長が努力したということであるが、既成の作家への働きかけは新人発掘のようにはうまく運ばなかった。雑誌であるために長編小説の掲載が不利であったこと、また推理小説よりもユーモア小説、滑稽小説のほうに人気が出るということもあって、イギリスやアメリカのように、純文学作家たちが本格推理小説の長編傑作を書くという事態に至らなかったのである。

江戸川乱歩の「日本探偵小説の系譜」[12]によると、涙香時代に入ってきたのは、ディケンズ、コリンズ、ガボリオ、グリーンなどの「旧式なプロット派」の探偵小説だった。明治三十年代半ばから大正期にかけてはドイル、チェスタトン、フリーマン、ルルウなどの「トリック派」が主流だった。ドイルから第一次大戦直前あたりまでは、フリーマン、チェスタトン、オルツィなどのトリック派の短編小説が紹介された。続いて、第一次大戦前後にまずクリスティが入ってきた。そこから、なぜか、ベントリー、クロフツ、フィルポッツ、ミルン、セイヤーズ、ノックス、クイーン、ディクスン・カーといった実力派を飛ばして、「突然」のようにヴァン・ダインが入ってきたという。したがって、ヴァン・ダインが日本の推理小説愛好家に与えた影響と刺激は、今では想像もできないほど大きかったのである。ヴァン・ダインから本格推理小説に親しんだという日本独自の事情が、日本の推理小説の傾向にある種の性格を与えたことは否定できない。

戦争によって推理小説の翻訳・出版は中断された。戦後は出版のための用紙不足に悩み、海外の事情がわかってくると、今度は著作権の関係で、翻訳が以前に比べて難しくなるという問題に直面した。しかし、復興は早かった。長編の本格推理小説が生み出され、日本にも本当の意味での推理小説の黄金時代がやってきたといえるのは、戦後になってからである。欧米から新たに明治期に導入された推理小説は、翻案小説に内在していた前近代的な体質を変える必要があった。そのため黄金時代は戦後に持ちこされることになったのである。

日本の推理小説黄金時代の到来を告げた最初の例が、坂口安吾の『不連続殺人事件』（一九四七〜四八）だった。坂口安吾は戦前から人気作家として活躍していた。イギリスのように、純文学の作家がまじめに探偵小説に取り組み、それなりの結果を出す作家がようやく現れたと言える。もっとも、乱歩は最初、『不連続殺人事件』の「常軌を逸した不倫乱交の世界」に不快感を覚え、謎解きの興味をそぐといって、必ずしも賛成ではなかった（「続・一般文壇と探偵小説」[13]）。後に乱歩は全体を読み直し、不愉快だと切って捨てた部分がトリックとして有効に働いていることに気づき、驚くとともに感心もしている。しかし、それで最初の不快感が帳消しになったわけではなく、不満も表明している。[14]「謎が難解であり解決がフェーアであれば」よいという「ゲーム専一主義」に対して、乱歩は不満を述べているのだが、[15]これは推理小説の質とモラルの問題に関する永遠の論争だろう。同時に、戦争によって価値観の混乱が露呈した、当時の世相をよく映している。

戦後になって現れた長編推理小説とその作家は、以下のようである。

横溝正史は戦前から推理小説作家として活躍していたが、本格長編推理小説は書いてい

	作家名	初作品	発表年	探偵名	掲載雑誌
1	岡本綺堂	『半七捕物帳』	1917	半七 (岡っ引き)	『文藝倶楽部』
2	※江戸川乱歩	「二銭銅貨」 「D坂の殺人事件」	1923 1925	明智小五郎	『新青年』 『新青年』

表6　日本の推理小説黄金時代（前期）

※江戸川乱歩は1940年代後半から50年代の黄金時代（表6）には入らないが、日本三大探偵のひとり明智小五郎のデヴュー作である短編「D坂の殺人事件」をはずすわけにはいかないので、黄金時代前期として表5に加えた。
表6の戸板康二の「車引き殺人事件」は短編で、『團十郎切腹事件』(1959) におさめられている。

	作家名	探偵の登場する最初の作品名	発表年	探偵とその相棒	掲載雑誌
1	坂口安吾	『不連続殺人事件』	1947～48	巨勢博士 (アマチュア探偵)	『日本小説』
2	横溝正史	『本陣殺人事件』	1946	金田一耕助 (私立探偵)	『宝石』
3	髙木彬光	『刺青殺人事件』	1948	神津恭介（法医学部教授）と松下研三（推理作家）	『宝石』選書
4	松本清張	『点と線』	1957～58		『旅』
5	戸板康二 (演劇評論家)	「車引き殺人事件」	1958	中村雅楽（歌舞伎役者）と竹野記者（東都新聞演劇欄担当）	『宝石』
6	水上勉	『霧と影』	1959		

表7　日本の推理小説黄金時代（後期）

なかった。それが戦後になって『本陣殺人事件』(一九四六)で、金田一耕助という名探偵を生み出し、以後『獄門島』(一九四七〜四八)、『八つ墓村』(一九四九〜五一)など次々に長編推理小説を発表した。それまで数多くの翻訳をこなしてきた下地があっての開花と思われる(『横溝正史翻訳コレクション』[16]参照)。時間はかかるが、外国文学の吸収が自国の文化の土壌を豊かにするのに、役立つということである。横溝正史の戦後の長編小説は、近代化の遅れた日本の農村と家を舞台にしており、近代性と前近代性との絶妙なバランスの上に成り立っている。

髙木彬光も『刺青殺人事件』で法医学部教授の神津恭介を探偵に、ワトスン役には推理作家の松下研三という名コンビを送り出し、『能面殺人事件』(一九四九)などが続いた。同じコンビで歴史推理小説シリーズも出している。その最初の作品が『成吉思汗《ジンギスカン》の秘密』(一九五八)である。神津恭介は、金田一耕助と江戸川乱歩の探偵明智小五郎と共に、日本の三大名探偵と言われたこともある。

松本清張はそれまでにも短編を発表していたが、最初の推理小説は『点と線』(一九五七〜五八)である。清張はホームズ゠ワトスンのような名探偵・名助手は使わず、作品毎に探偵役を変えている。いやむしろ、あえて探偵を名乗らない普通の人が状況に追い詰められて、謎を解くというのが清張スタイルである。警察の刑事や新聞記者が事件を追う形が多い。これにより、松本清張は「社会派」と言われる新たな境地を作り出した。『点と線』は時刻表を使ったトリックが秀逸で、トラベル・ミステリーというジャンルの先駆けにもなった。

水上勉の『霧と影』(一九五九)も社会派推理小説である。福井の貧しい村落の暗い第一章から、第二章の東京のアパレル会社への、鮮やかな場面と文体の切り替えが印象的だ。松本清張の『ゼロの焦点』(『太陽』『宝石』一九五八年一月~六〇年一月)と並ぶ戦後日本の記念碑的長編小説である。『ゼロの焦点』はゲーム性に乏しく、本格推理小説として認めないとの異論もあるが、たとえ長編社会派小説にすぎないとしても、推理小説のように仕立ててあり、推理小説の黄金時代の記念碑的作品には違いない。

演劇評論家戸板康二が書いた推理小説は、「團十郎殺人事件」(一九五九)などほとんどが短編小説である。しかし、老歌舞伎俳優中村雅楽と竹野新聞記者とのコンビは、ホームズとワトスンの面影をストレートに伝えている。筋の立て方が論理的で綿密である。論理で読むなら、推理小説は長編より短編の方が向いている。詳しくは「附録1 千駄ヶ谷のシャーロック・ホームズ」を参照されたい。

中村雅楽探偵全集として、『團十郎切腹事件』(雑誌発表一九五八~六〇)の他に、『グリーン車の子供』(一九六一~七六)『目黒の狂女』(一九六八~八三)『劇場の迷子』(一九七七~九〇)(以上短編集)と長編推理小説『松風の記憶』(一九五九~六〇)の五冊がある。

総じて日本の推理小説黄金時代後期の作品は、明治の推理小説揺籃期、大正モダニズム時代の推理小説青春時代に比べ、土俗的でたくましい。科学的なものの考え方が日本の因習と対決する時期がようやく訪れたということだろうか。社会の上層をリードするエリートよりも、むしろ底辺にいる庶民の側に立った作品が多いのも日本の特徴である。また、そういう特色が出てきたということは、日本の推理小説界が海外の作品をひたすら吸収していた段階を経て、独自の土壌から風土にあったスタイルで作品を生み出すまでに成長したという証拠であるだろう。

最後に、すでに紹介も翻訳もされていたコナン・ドイルのシャーロック・ホームズが延原謙によって、一九五二年になって新たに全訳されたことを、日本の推理小説黄金時代を示すひとつの記念碑として挙げておきたい。コナン・ドイルに限らず、明治・大正期の新聞雑誌に掲載された翻訳ものは、頁数の制約もあって抄訳が多かった。戦後になって初めて正しい全部の訳を、全作品の訳をという希望がかなうようになったのである。これもまた日本の推理小説の黄金時代らしいできごとではあるまいか。「シャーロック・ホームズ」シリーズは戦後、信州追分の小さな別荘「ホームズ庵」にこもった延原謙によって、初めて全作品の個人訳がなされたのである。

追分宿に近い庚申塚公園には、それを記念する等身大のシャーロック・ホームズ像がひっそり立っている。[17] 延原謙の個人全訳を記念して、シャーロッキアン有志が建てたものだ。長野県軽井沢駅から、しなの鉄道で二つ目の信濃追分駅。その無人駅から浅間山を北西に見て旧街道をめざし、カラマツ林の道を歩くと、追分宿に出る。そこからさらに十分ほど歩くと、中山道と北国街道の分岐点「分去れ《わかされ》」に出る。ホームズ像はその横の公園の中にある。軽井沢にホームズ像は奇異に思う人もあるだろう。しかし、浅間山を背に、カラマツ林の中、鹿追い帽にインヴァネス姿、手にパイプを持ったホームズの表情は透明で明るい。

1 乾信一郎『「新青年」の頃』七九頁。
2 堀啓子『日本ミステリー小説史』(中公新書、二〇一四年)一四五〜一四六頁。
3 『日本ミステリー小説史』(中公新書、二〇一四年)一六三〜一七〇頁。
4 木村毅『丸善外史』第一章一五頁。
5 『丸善外史』第一章八頁
6 『丸善外史』第五章二一四頁。
7 『寺田寅彦日記』明治四十一年(一九〇七年)二月八日「本日着せしStrand Magazine 読む」、同じく大正六年(一九一七年)二月十四日「子供等にストランド誌のお伽噺を聞かす」などとある。竹田正雄「寺田寅彦はシャーロック・ホームズを読んだか」『シャーロック・ホームズ紀要』第十二巻第一号(シャーロック・ホームズ研究委員会、二〇〇七年九月)。

8 中西裕『ホームズ翻訳への道――延原謙評伝』(日本古書通信社、二〇〇九)八二~八三頁。

9 延原謙は「天岡虎男」「河野峯子」などの筆名でも翻訳していた。また、「大井一六」「小日向逸蝶」の名で創作をし、小文コラムを書いた。「大井一六」は共同筆名だという説もある。共同筆名は他にも例がありそうだ。雑誌編集の裏事情が想像されて興味深い。『ホームズ翻訳への道――延原謙評伝』八一~一〇五頁。

10 『「新青年」の頃』(早川書房、一九九一)一〇二頁。

11 江戸川乱歩「続・一般文壇と探偵小説」『幻影城』(光文社文庫)二四〇~四四頁。

12 「日本探偵小説の系譜」『続・幻影城』(光文社文庫)。

13 「続・一般文壇と探偵小説附『不連続殺人事件』を評す」『幻影城』(光文社文庫)二四八頁。

14 「続・一般文壇と探偵小説附『不連続殺人事件』を評す」『幻影城』(光文社文庫)二五六頁。サスペンスが足りない、犯罪者の悪念や恐怖が書かれなければいけないのに、それがないと不満を述べている。

15 「『不連続殺人事件』を評す」『幻影城』(光文社文庫)二五六頁。

16 ウィップル/ヒューム『昭和ミステリ秘宝――横溝正史翻訳コレクション:鍾乳洞殺人事件/二輪馬車の秘密』(扶桑社文庫、二〇〇六)横溝正史訳、解説杉江松恋。巻末の翻訳リストを見ると横溝がいかに多くの翻訳をこなしたかがわかる。

17 一九八七年にホームズが『緋色の研究』で世に出て百周年になるのを記念して計画され、翌一九八八年、軽井沢に近い信濃追分の地に、シャーロッキアンが拠金して等身大の銅像が建立された。

附録1　千駄ヶ谷のシャーロック・ホームズ

名探偵は歌舞伎役者

二〇一一年の暮れ、築地本願寺から銀座まで、主人公と二人でぶらぶらと歩いた折に、偶然入った書店で『中村雅楽探偵小説全集』という本が目にとまった。創元社推理文庫で、帯紙には「老優雅楽の名推理」と書いてある。装幀がグリーン、柿渋、薄墨色等の歌舞伎調で、かなりの厚さで全五冊。作者は戸板康二である。この名前には見覚えがあった。たしか、歌舞伎の評論家ではなかったか。見ると、五冊にはそれぞれ『團十郎切腹事件』『グリーン車の子供』『目黒の狂女』『劇場の迷子』『松風の記憶』という題名がついている。この題名にかなり惹かれるものがあった。銀座の書店の、築地案内や落語など、地元の本ばかりを並べた棚の上である。築地本願寺を出たあと寿司を食べ、万年橋から新橋演舞場で歌舞伎の看板を見あげながら、ふらりと書店に入ったら、そこにあったというわけだ。東京下町の本は、関西では手に入れるのが難しい。これも出会いだと思って、東京みやげに一冊買うことにした。五冊あるうち、どれにするかで迷ったが、『グリーン車の子供』という題名が気に入って、それを買った。

これがたいへん面白かった。

あまりにも面白いので、アマゾンで『團十郎切腹事件』を注文し、『劇場の迷子』を注文し、とうとう全部読破した。短編の本格推理小説で、探偵は歌舞伎役者の中村雅楽、ワトスン役は「東都新聞」文化部で演劇欄を担当する竹野記者である。雅楽は、今はめったに舞台に出ない老優だが、若い俳優や女形が新しい役に取り組む際には必ず話を聞きにくる。いわば歌舞伎界のご意見番、舞台裏の長老である。

歌舞伎というと、閉ざされた古い世界のように思うかもしれないが、雅楽探偵は意外に明朗でハイカラな探偵であった。しかも、なんだか見知ったようなことをするのである。たとえば、こんな場面がある。

五月の第四土曜の午後二時すぎに、千駄ヶ谷の、老優中村雅楽の家を訪ねた。

私が座敷にすわると、雅楽はニッコリしながら、「今日の竹野さんの朝からの様子を当てて見ようか」といった。

この老人は、じつにうれしそうに、いつもこれをいうのである。私はそして、どんな時でもわざと、「当ててごらんなさい、当たるもんですか」と応じることにしている。ほんとうをいうと、十中八九、雅楽は、ピタリと私の行動なり、訪問した目的なりを推理してしまうのだ。シャクにさわるが老優の楽しみに協力するつもりで、この日も「さアどうぞ」と私は促した。

「こうッと」仔細らしく手をこまねいたあと、雅楽はいうのだ。

「竹野さんは、今日は、いつもより一時間ほど早く新聞社へ着いた。それから仕事をしているうちにヒルになる。何か食べに出ようとしているところへ、来客があった。その人と、お茶をのみにゆく。話がすんで、あなたは社へ帰らず、タクシーをとめ、そのお客様を途中までのせて、私の所へいきなり来たんじゃありませんか」

まさに、一々的中である。誰かが私を見張ってでもいて、前もって雅楽の所へ電話で知らせておいたのではないかと思うほど、この日の私のデータは正確に推理されているのだ……（「松王丸変死事件」『團十郎切腹事件』）

どうして正確に推理できたかについても雅楽は説明する。

「じゃ、私の考えた筋をいってみようか。竹野さんの社では、十時頃ゆくと、今夕刊に連載されている、むずかしい字の多い『徳川随筆抄』の校正がまわって来るという話だったじゃないの？　旧仮名や正字のまじっているあの読み物に、朱を入れる仕事は、竹野さん位の年配の人でなきゃ無理だ。文化部の人では、できるのが幾人もいないと、いつかあんたがいっていた。

ところで、今日はあなたの右の指に赤いインキが少しついている。だから、その校正をしたに違いない。とすると、文化部で、『徳川随筆抄』の校正ができる人の中で、竹野さんが一番早く社に顔を出したと考えられる。ついでにいうと、あなたが、早く社に行ったのは、一時半頃に社をぬけだして、神宮（球場）へゆくつもりだったからだと思う。何故といえば、今日は早慶戦だから」

「恐れ入りました、そのとおりですよ」

「さて、その次です。毎年早慶戦を欠かしたことのない竹野さんが、試合を見ずに私の所へ来た……よほど込み入った相談事が起こったにちがいない。

あなたが話を持ってきた人、つまり社への訪問客は婦人と見た。というのは、めずらしく竹野さんが、いそいで髪に櫛をあてたらしい形跡がある。しかも、その相手を、あなたはよほど好きだ。

まず、櫛の一件もそうだが、その人をつれて行ったのが、今あなたが手にしているマッチによると、梅月堂らしい。コバの所が真新しいから、今貰って来たばかりのマッチですよ。梅月堂の二階へあなたがつれてゆくのは大切なお客様と考えていい

……」

どこかで見たことのあるような場面。おなじみベイカー街の下宿でホームズがワトスンを驚かす場面のようではないか。観察をもとに知識と照らし合わせ、一瞬のうちに推理をするという、ホームズの推理法をみごとに再現している。竹野記者がこれまた、ワトスン以上に感心し、すなおにシャッポを脱ぐのである。いやいや、竹野記者の心酔ぶりはワトスン以上かもしれない。竹野記者は雅楽の話を聞くのが嬉しくてたまらず、雅楽は雅楽で竹野記者という相棒に語りたくてたまらないのだ。

雅楽探偵は竹野記者が持ち込む事件の経過を、いつも「おもしろい、大変おもしろい」と言って、嬉しそうに「手をこすって」聞く。ホームズが興味深い事件の話を聞くとき、目をつぶり、両手をこすり合わせるのと似た仕草である。

持ち込まれる事件は必ずしも殺人や誘拐という犯罪とは限らない。小道具の紛失事件だったり、女形のライヴァル意識が嵩じた楽屋裏のもめごとなど、警察沙汰にならない事件も多い（ちなみに、このシリーズには歌舞伎の女形についての興味深い逸話が多い）。しかも、この歌舞伎界のご隠居は、仕事として事件を解決するわけではない。純粋に推理するのがおもしろくて、あるいは、もつれた人間模様をなんとかしたくて、手助けをするのである。

警察の刑事が捜査するとなれば、どうしても事件は凶悪、犯人は醜悪であったり、みじめっぽくなりやすいものだが、雅楽探偵の世界は、現実だの損得勘定とは縁遠い演劇の世界である。その浮き世離れが快い。

言うまでもなく、中村雅楽にはスタイルがある。歌舞伎の名優だから物の言いよう、立ち居振る舞い、着ている着物にいたるまで、伝統にのっとった型と彼自身の端正でおだやかな性格とがうまくミックスされ、得も言われぬ風格がある。歌舞伎役者とはいえ、病院ではガウンを着ていたり、ホテルでは洋館に泊まっていたり、意外なハイカラなところも含めて、雅楽という人は粋でダンディである。粋であるのは見た目だけにはとどまらない。雅楽という人の行動、生き方そのものが、粋でダンディである。歌舞伎役者には伝統的な型というしっかりしたよりどころがあるから、することなすこと品格があるのだろう。この型というのが大事なのではないか。むろん、コロンボ刑事のように着崩れたコートにおんぼろ車という「崩れたスタイル」を売り物にする逆パターンもないではないし、型破りで自由な発想も大事だが、様式化されたダンディズムは読者の印象も深く、記憶にも残る。

わがホームズはどうだろう。ホームズの型（スタイル）はというと、これはやはり、ヴィクトリア朝英国の紳士というところだろう。紳士でないホームズは考えられない。

階級社会のイギリスで、「紳士」であるということについては作者と読者の間で一定の了解があった。なるほどホームズは変人で、コカインにも手を出し、ワトスンと気楽な下宿住まいをしているが、だからといって、彼が紳士であることは否定のしようがない。

「紳士」であることに由来する威厳、社会的な責任の自覚、身に付いたマナーは消えないのである。それは尊大とも言える彼の態度の節々に残っているのではないだろうか。

名探偵と言えば、その外観的なイメージも大事だが、わが中村雅楽探偵はどうだろう。歌舞伎役者だから和服、外出には「もじり」という筒袖の外套を着る。大柄の浴衣でいることもあるし、楽屋では舞台の扮装をしていることも多い。老人なので役どころは父親（宗岸《そうがん》）や上品な老母（微妙《みみょう》）といったところ。役者だけに話術が巧みで、身のこなしは申し分ない。歌舞伎役者は二階から落ちても、途中で身体をひねり、足で着地できるというしなやかな身体を持っている（『松風の記憶』）。

さて、二〇一二年七月、NHKの衛星放送、BSプレミアムでは、BBC制作のテレビ・ドラマ『シャーロック2』が放映されている。冒頭にピカデリー・サーカスが映し出され、広告塔に「SANYO」の文字が点滅している（英国放映は二〇一〇年、サンヨー・ブランドは二〇一二年には存在していなかった）。大観覧車、ロンドン・アイ、ガーキン（酢漬けのきゅうり）とあだ名されるガラス張りの建物30セント・メアリー・アクスなど、二十一世紀のロンドン風景が次々と写し出される。一応、サー・アーサー・コナン・ドイルの原作に基づく、となっているものの、『シャーロック』は新しい描き下ろしドラマで、そのスピード感と斬新さがホームズ・ファンに好意的に受け止められている。なにしろ携帯電話とパソコンを駆使する若き異才ホームズの活躍を、アフガニスタン帰りのワトスンがブログに書きこむ、という設定なのだ。聖典の発表からすでに百三十年がたち、大英帝国も今はないが、アフガニスタン帰りの傷痍軍人という設定は、残念ながら今も有効だ。テロの恐怖もドラマの中心にある。煙草の吸えない現代のロンドンでは、ホームズもパイプが吸えず、腕にニコチン・パッドを貼ってしのいでいるなど、原作を意識した工夫が随所にある。原作をそのまま使わず、現代に生きる若者に描き直したのが、成功の秘訣のようだ。

俳優が探偵をやると言えば、エラリー・クイーンがバーナビー・ロスの名で書いた「ドルリー・レーン」シリーズが思い浮かぶ。耳が聞こえなくなったために舞台を引退したシェイクスピア俳優、ドルリー・レーンがニュー・ヨーク市警察のサム警部と組んで犯罪の解決にあたる、『Xの悲劇』『Yの悲劇』というあれである。しかし、この「ドルリー・レーン」シリーズは、私は、正直なところ、あまり面白いと思わなかった。ニュー・ヨークのハムレットでは気分が出ない。シェイクスピア俳優なら、やはり舞台は、通りが狭く犯罪の歴史を秘めたロンドンでなければ、という気がする。

二〇一二年の夏、ロンドンでは第三十回オリンピックが開催された。シティもベイカー街もさぞ観光客でにぎわったことだろう。ホームズの活躍はロンドンという都市を抜きには語れない。同様に、『中村雅楽探偵全集』を読んでいると、この全集と初めて出会った築地から銀座界隈が彷彿とされ、下町情緒の残る東京の雰囲気が伝わってくるような気がする。銀座には新聞社があり、老舗が軒を並べ、日本一高級でハイカラな街である。劇場、画廊の多いところだ。雅楽の家は千駄ヶ谷にある。竹野記者は新聞社の旗をたてた車で高速を走り、千駄ヶ谷に駆けつける。老優とはいえ、行動的な雅楽は劇場の幹事室から、楽屋、「浜木綿の妹」のやっている三原橋の寿司屋、銀座の画廊と足を伸ばし、そのフットワークは軽い。銀座四丁目の交差点を「もじり」姿の「高松屋のおじさん」こと、中村雅楽が行く。『中村雅楽探偵全集』で馴染みになった銀座をまた二人で、そぞろ歩いてみたいと思う。

（二〇一二年七月）

附録2　人はなぜ推理小説を読むのか。

個人的な体験としての推理小説論

小学校二年生の時に、『バスカヴィル家の犬』を読んで以来、シャーロック・ホームズとは長い付き合いになる。初めて読んだのは、子供向けのシャーロック・ホームズだった（講談社版『世界名作全集』[1]）。それは七歳の子供に理解できる内容ではなかった。それが探偵小説だということさえわかっていなかった。けれども、美しいカラーの口絵（黒い魔犬に襲われる美女の図）に心引かれたこともあり、難しいながらも結構気に入って、ワトスンに話しかけるホームズの口真似をしたりした。「あいつは羊の皮を被った狼だよ」というのであった。

その後、同じ講談社でも新しい『少年少女世界文学全集』[2]で『緋色の研究』と、「赤毛連盟」「瀕死の探偵」を読んだ。五、六年生だっただろうか。繰り返し何度も読んだ。中学生になってからは、文庫本を読むようになり、そこで延原謙訳のシャーロック・ホームズを知るようになった。大人向けのホームズに出会ったのはこれが初体験で、ホームズがコカインを注射していたり（『四つの署名』）、下宿に躍り込んできた黒人ボクサーに、乱暴な口をきいたりするのには（「ウィステリア荘」）、少なからず驚いた。

中学・高校時代から大学生の頃は、ちょうど日本のミステリー・ブームの時代で、主にエラリー・クイーンの国名シリーズを、友人と競うようにして読んだ。サイエンス・フィクション（SFと言った）も大流行で、星新一のショート・ショートが一世を風靡していた。女の子なので星新一は読んだが、スペース・オペラだのというサイエンス・フィクシヨン[3]は敬遠した。

高校生の頃はソニーのトランジスター・ラジオを聞きながら勉強をした。その頃NHKはFMでイギリスBBC放送の「シャーロック・ホームズ・シリーズ」を放送していた。英語のドラマの前後に長沼弘毅さんの解説が入る。一九六五年十二月二日から一九六八年五月二十三日まで、足かけ四年間の放送だった。不定期の放送だったと記憶しているが、自信はない。最初に辻馬車のシャンシャンと鈴の鳴る音、舗道を走る蹄の音。ワトスンの声が「キャビー（御者君）！　キャビー！」と呼ぶ。馬車が止まり、ドアがギーと開き、バタンと閉まる音。カールトン・ホップズ扮するホームズが甲高い声で、「二二一B（ツゥー・ツゥー・ワン・ビー）、ベイカー・ストリート、プリーズ」と行き先を告げる。最後のプリーズの語尾を上げて言うのが、ロンドンらしくて、ぞくぞくした。再びシャンシャンと鈴を鳴らしながら軽快に走り出す馬車の音。毎回、最初と最後に繰り返されるこの導入部にひきつけられ、ラジオに耳を押し付けるようにして一心に聞いたものである[4]。ドラマの部分は本場の英語だから一言もわからない。それでも物語は知っているし、前後に入る長沼弘毅さんの声と解説の魅力もあって、ひと言も聞き漏らすまいと聞き入った。

大学を卒業すると高校の教師となった。学校を出たばかりの世間知らずで、かなり無理をして頑張らなくてはならなかった。一年目が特に辛かった。少しでも自分を取り戻すために、時間のやりくりがつくと本を読んだ。先輩の先生の机の上に置いてあった松本清張を目ざとく見つけて、借りて読んだこともある。カッパ・ノベルスだった。社会派ミステリーに分類される清張ものは、長編もあるが短編も多い。細切れに読むには短編がちょうどよく、昼食後のわずかな時間や授業の合間に、引きこまれるように読んだ。本の話題で知らない先生と話ができるのも楽しかった。

松本清張の推理小説には汽車で移動する場面が多い。現実から逃げ出したい思いで、清張の推理小説を読んだ。一年目の夏はワンゲル部に付き添って白馬登山をし、その体験から「遭難」(『黒い画集』)など興味深く読んだ。社会の暗部を描いた清張の短編からは、大人の世界の非情さも学んだ。ローカルな高校の職員室でも権謀術数はあり、職員会議でやり玉になって立ち尽くすこともあったから、よい勉強になった。一九七四年には『砂の器』が映画化され、大きな話題になった。勤務先の高校では映画館を借り切って全校生徒、教職員で鑑賞した。まだJRが国鉄だった時代の、懐かしい思い出である。

同じころ、勤め先の図書館に『横溝正史全集』を見つけて読んだ。おどろおどろしいタイトルだったが、読みだすと余りの面白さに夢中になり、通勤バスの中でも目が離せなくなった。バスの網棚にその本を置いたまま忘れて降車し、慌ててバス会社に連絡したこともある。電話口で、「忘れ物は『獄門島』です」というのが恥ずかしかった。クリスティも文庫本で一冊また一冊と読み、結婚し育児休業をとって子育てする合間に全部読んでしまった……。

長々と推理小説にまつわる個人的な思い出を書いたが、これらはみな懐かしく、快い思い出だから書いたのである。推理小説はいつも私の気晴らしであり、楽しみであった。考えてみれば、推理小説ほど実用に遠く、益にならない読書はないだろう。推理小説は純粋に個人の娯楽として読むものである。これを読んだからと言って褒められることはなく、せいぜい「暇ですね」と言われるのが関の山である。勉学のために読むとか、義務で読むということは、推理小説の場合、まず考えられない。『獄門島』の私の体験からもわかるように、推理小説というのはむしろ人目をはばかるようにして、読むもののようである。

精神の遊びとしての推理小説

推理小説というのは精神の遊びであるから、よほど暇で心がくつろいでいないと読めないものである。仕事に追われ心配事で心が閉じているときには、推理小説を読むのが馬鹿らしく思えるものだ。私も子育て中の一時期、推理小説をまったく読めない時期があった。最近は寝る前にペイパー・バックスの推理小説を英語で読むのが習慣になった。洋書の方が重量が軽いし、適度に疲れるので具合がよい。エドマンド・クリスピン、ジル・チャーチル、コリン・デクスターのほぼ全作品をそうして読み、また繰り返して読み、ドロシー・L・セイヤーズを経てレックス・スタウトを読むようになった。スタウトはどこで本を閉じても惜しくないし、いつ読んでもおもしろい。

それにしても、よくまあこんなに推理小説を読んだものである。我ながら「どうして殺人の話ばかりを私は読むのだろう」と首を傾げることもある。どうせなら、寝る前のひと時には、殺人ではなく、心を落ち着かせる哲学書とか、心ときめく恋愛小説を読むべきではないだろうか。

謎を解き、悪の混じった混沌とした世界を整理する、という楽しみはあるにしても、人殺しや宝石泥棒の話を読むことで、どうしてこうも心が慰められるのか、まったくもって不思議議である。

しかも、推理小説は自分だけの世界に閉じこもって、読む。頭を使いながら読むので、精神を集中して閉じこもる。これがどうも反社会的な行為に思われるので、大きな声で今、ミステリーを読み耽っているのですとは、公言できないのである。最近は推理小説の扱う犯罪が大衆的になり、描写もリアルだから、余計にそう思うのかもしれない。

本書は、そんなことを考えながら、半世紀以上も読み続けた推理小説を、シャーロック・ホームズとワトスンの二人を中心に、整理し直したものである。アガサ・クリスティ、ドロシー・L・セイヤーズ、コリン・デクスター、戸板康二と続けて読んでいくうちに、いつの間にか英米の古典的な推理小説を網羅しつつあるのに気がついた。いわゆる推理小説の黄金時代と言われる時代の作品である。ミレニアムの年二〇〇〇年からは、日本シャーロック・ホームズクラブの関西支部の会員となり、そこで会員の発表を聞いたり、自分でも発表をするようになった。病膏肓に入る。実利にはほど遠いが、おかげで退屈を知らず、読めば読むほど世界が広がり、楽しみも増えて、友人も増えた。古今の推理小説を知ることで、時空を超えて知る楽しみは広がっていく。純粋な楽しみによる静かな満足である。

1　昭和三十二年頃の名作全集には発行人のところに、「株式会社大日本雄弁会講談社」とある。定価二〇〇円は、当時としても割安感があった。豪華なカラー口絵一葉と白黒の挿絵が入っていて、百冊を超える豊富なタイトル揃えが魅力だった（一説に百八十冊という）。小学校の図書室の棚を占めるこの名作全集を片端から読破しようと心に誓っていた子供は結構いたに違いない。筆者の通った小学校（世田谷区立および大阪市立）では「図書」という時間が小学校の時間割として週一時間設けられていた。

2　一九五八年から六二年にかけて、毎月一冊のペースで刊行された。定価三八〇円（のちに四五〇円）。二段組みだが、活字がきれいで、挿絵入りで、装幀も新しく、全五十巻の内容も充実していた。小説だけでなく、各国の神話、民話、叙事詩、抒情詩も収められている画期的な全集だった。

3　もとはジュール・ヴェルヌの『海底二万里』やH・G・ウェルズの『宇宙戦争』など、科学的発想に基づいた空想的な小説（空想科学小説）から始まったが、アメリカで大衆化し、一大ジャンルに発展した（『日本国語大辞典』）。

4　記憶と長沼弘毅『シャーロック・ホームズの挨拶』第八章「BBC放送ホームズ・シリーズ」および、BBC Radio によるCD版 *The Carleton Hobbs: Sherlock Holmes Collection* による。

参考文献

（推理小説の個々の作品については、本文で引用したものに留めた。本文中で言及しているにもかかわらず、ここに掲げていないものもあるが、どうかご容赦ください。絶版になったり、今は入手困難なものもあるが、参考としていただきたい）

石塚裕子「地中海の彼方のSherlock Homes」『ヴィクトリアンの地中海』第六章、開文社、二〇〇四年
乾信一郎『「新青年」の頃』早川書房、一九九一年
ヴァン・ダイン、S・S・『グリーン家殺人事件』延原謙訳・解説　新潮文庫　一九五九年
『グリーン家殺人事件』ヴァン・ダイン全集　井上勇訳　創元推理文庫　一九五九、二〇〇七年
解説中島河太郎
『ケンネル殺人事件』延原謙訳　新潮社　一九三三年
『僧正殺人事件』井上勇訳　創元推理文庫　一九五九、一九七五年　解説中島河太郎
『ベンスン殺人事件』ヴァン・ダイン全集　日暮雅通訳　創元推理文庫　二〇一三年　解説戸川安宣
ウィップル／ヒューム『昭和ミステリ秘宝：横溝正史翻訳コレクション：鍾乳洞殺人事件／二輪馬車の秘密』横溝正史訳　扶桑社文庫　二〇〇六年　解説杉江松恋　翻訳リスト付
ヴィドック、フランソワ『ヴィドック回想録』三宅一郎訳　作品社　一九八八年
植村昌夫『シャーロック・ホームズの愉しみ方』平凡社新書　二〇一一年
ウッドハウス、P・G・『それゆけジーヴス』森村たまき訳　国書刊行会　二〇〇五年

江戸川乱歩『幻影城』江戸川乱歩全集第二六巻　光文社文庫　二〇〇三年
『続・幻影城』江戸川乱歩全集第二七巻　光文社文庫　二〇〇四年
エリオット、T・S・『キャッツ――ポッサムおじさんの猫とつき合う法』挿絵ニコラス・ベントリー　池田雅之訳　ちくま文庫　一九九五、二〇〇四年
太田隆「盗まれなかった手紙――ポオ、ラカン、ホームズ」『ホームズの世界』三十八巻　日本シャーロック・ホームズ・クラブ　二〇一五年
オースティン、ジェイン『分別と多感』中野康司訳　ちくま文庫　二〇〇七年
オルツィ、バロネス『隅の老人の事件簿』深町真理子訳　創元推理文庫　一九七七年　解説戸川安宣
カー、ジョン・ディクスン『エドマンド・ゴドフリー卿殺害事件』岡照夫訳　創元推理文庫　二〇〇七年
『皇帝のかぎ煙草入れ』井上一夫訳　創元推理文庫　一九六一年
『帽子蒐集狂事件』宇野利泰訳　新潮文庫　一九五九、一九七七年　カバー池田満寿夫
ガードナー、E・S・『すねた娘』鮎川信夫訳　角川文庫　一九六一、一九七二年
ガボリオ、エミール『ルルージュ事件』太田浩一訳　国書刊行会　二〇〇八年
河村幹夫『シャーロック・ホームズの履歴書』講談社現代新書　一九八九年
『コナン・ドイル』講談社現代新書　一九九一年
川本三郎編『モダン都市文学Ⅶ　犯罪都市』平凡社　一九九〇年　佐藤春夫「指紋」、谷崎潤一郎「途上」、水谷準「恋人を喰べる話」、連作探偵小説「諏訪未亡人」など
木村毅『丸善外史』丸善株式会社　一九六九年

クイーン、エラリー『ローマ帽子の謎』中村有希訳　創元推理文庫　二〇一一年　解説有栖川有栖
クリスティ、アガサ『アガサ・クリスティ自伝』乾信一郎訳　早川書房　二〇〇四年
『アクロイド殺害事件』大久保康雄訳　創元推理文庫　一九五九、一九六八年　解説中島河太郎
『ABC殺人事件』堀田善衛訳　創元推理文庫　一九五九、一九六八年
『スタイルズ荘の怪事件』能島武文訳　角川書店　一九七一年
グールド、W・S・ベアリング『シャーロック・ホームズ　ガス燈に浮かぶその生涯』小林司・東山あかね訳　河出文庫　一九八七年　架空の伝記なので信憑性については保証できない。
ケストナー、エーリヒ『エーミールと探偵たち』ケストナー少年文学全集1　高橋健二訳　岩波書店　一九六二年
小池滋『消え失せた密画』『ディケンズとともに』晶文社　一九八三年
シモンズ、ジュリアン『コナン・ドイル』深町真理子訳　東京創元社　一九九一、二〇一一年
スミス、エドガー・W・編『シャーロック・ホームズ読本：ガス灯に浮かぶ横顔』鈴木幸夫編　研究社　一九七三年
スタウト、レックス『料理長が多すぎる』平井イサク訳　ハヤカワ文庫　一九七六、二〇一二年
セイヤーズ、ドロシー・L・『誰の死体？』『雲なす証言』『不自然な死』『ベローナ・クラブの不愉快な事件』『毒を食らわば』『五匹の赤い鰊』『死体をどうぞ』『殺人は広告する』『ナイン・テイラーズ』『学寮祭の夜』以上浅羽莢子訳　創元推理文庫　一九九三年

高橋哲雄『ミステリーの社会学：近代的「気晴らし」の条件』中公新書　一九八九年　社会学者によるミステリー論。読者層という観点から論じたもの。
高柳俊一他編『モダンにしてアンチモダン——T・S・エリオットの肖像』研究社　二〇一〇年
竹田正雄「寺田寅彦はシャーロック・ホームズを読んだか」『シャーロック・ホームズ紀要』第十二巻第一号　シャーロック・ホームズ研究委員会　二〇〇七年九月
デュ・モーリア、ダフネ『レベッカ』上下　大久保康雄訳　新潮文庫　一九七一年
戸板康二『團十郎切腹事件』『グリーン車の子供』『目黒の狂女』『劇場の迷子』『松風の記憶』中村雅楽探偵全集全五巻　創元推理文庫　二〇〇七年
ドイル、アーサー・コナン『緋色の研究』『四つの署名』『シャーロック・ホームズの冒険』『シャーロック・ホームズの帰還』『バスカヴィル家の犬』『シャーロック・ホームズの事件簿』『恐怖の谷』『シャーロック・ホームズ最後の挨拶』以上延原謙訳　新潮社　一九五三、二〇〇八年
『シャーロック・ホームズの事件簿』深町真理子訳　創元推理文庫　一九九一、二〇〇八年
『わが思い出と冒険』延原謙訳　新潮文庫　一九六五年
中尾真理「*Old Possum's Book of Practical Cats* 覚え書き——"Macavity: the Mystery Cat" の謎」『奈良大学紀要』第三十四号　二〇〇六年
「千駄ヶ谷のシャーロック・ホームズ」平賀三郎編『ホームズの不思議な世界』青弓社　二〇一二年
「シャーロック・ホームズ——紳士の残像と、職業としての探偵」『シャーロック・ホームズ紀要』第十三巻第一号　日本シャーロック・ホームズ・クラブ　二〇〇八年

「退場の美学――シャーロック・ホームズの引退をめぐって」『シャーロック・ホームズ紀要』第十四巻第一号　日本シャーロック・ホームズ・クラブ　二〇〇九年
「ピカデリー一一〇番地A――推理小説黄金時代のモダーニティ」『シャーロック・ホームズ紀要』第十六巻第一号　日本シャーロック・ホームズ・クラブ　二〇一一年
「デュパン対ホームズ」『シャーロック・ホームズ紀要』第二十一巻第一号　日本シャーロック・ホームズ・クラブ　二〇一六年
中西裕『ホームズ翻訳への道――延原謙評伝』日本古書通信社　二〇〇九年　延原謙著作目録付
長沼弘毅『シャーロック・ホームズの紫烟』文藝春秋　一九六六年
『シャーロック・ホームズの挨拶』文藝春秋　一九七〇年
ノックス、ロナルド・A・『陸橋殺人事件』宇野利泰訳　創元推理文庫　一九八二年　解説戸川安宣
バカン、ジョン『三十九階段』小西宏訳　創元推理文庫　一九五九年　解説中島河太郎
ハッドン、マーク『夜中に犬に起こった奇妙な事件』小尾芙佐訳　早川書房　二〇〇三年
平賀三郎『シャーロック・ホームズ学への招待』丸善ライブラリー　一九九七年
平賀三郎編著『ホームズまるわかり事典』青弓社　二〇〇九年
『ホームズなんでも事典』青弓社　二〇一〇年
『ホームズおもしろ事典』青弓社　二〇一一年
『ホームズの不思議な世界』青弓社　二〇一二年
ヒルトン、ジェームズ『学校の殺人』滝口直太郎訳　東京創元社　一九六〇年

廣野由美子『ミステリーの人間学：英国古典探偵小説を読む』岩波新書　二〇〇九年　文学者によるミステリー論。英文学の一ジャンルとして、推理小説の成立過程をたどったもの。
ポー、エドガー・アラン『E・A・ポー』鴻巣友紀子訳　集英社文庫　二〇一六年
『黒猫／モルグ街の殺人／アッシャー家の崩壊／他』豪華版世界文学全集8　河出書房　一九六五年　解説松村達雄
『ポー名作集』丸谷才一訳　中公文庫　一九七三、二〇〇四年
ホーナング、E・W・『二人で泥棒を—ラッフルズとバニー』藤松忠夫訳　論創社　二〇〇四年
堀啓子『日本ミステリー小説史』中公新書　二〇一四年
丸谷才一『快楽としてのミステリー』ちくま文庫　二〇一二年　上級読者によるミステリー論。書評部分は選択にやや男性読者寄りの視点。
水戸俊介「推理家デュパンのアイロニー——ジャンル論的ポウ研究」東洋大学大学院紀要四十六号　二〇〇九年　Web.
ミルン、A・A・『赤い館の秘密』柴田都志子訳　集英社文庫　一九九八年　解説宮脇孝雄
メイヤー、ニコラス『シャーロック・ホームズ氏の素敵な冒険』田中融二訳　扶桑社　一九八八年
山田勝『孤高のダンディズム——シャーロック・ホームズの世紀末』早川書房　一九九一年
Austen, Jane. *Sense and Sensibility. The Cambridge Edition of the Works of Jane Austen.* Cambridge University Press. 2006.

Bentley, E. C. *Trent's Last Case: The Woman in Black. A Resurrected Press Mystery*. Resurrected Press, 2010.

Buchan, John. *The Thirty Nine Steps*. Houghton Miflin Company, 1915. Facsimile Edition by Fabbri Publishing Ltd., 1991.

Carr, John Dickson. *The Mad Hatter Mystery*. Penguin Books, 1933, 1955.

Chesterton, G. K. *The Innocence of Father Brown*. Penguin Books, 1950.

The Man Who Was Thursday: A Nightmare. Penguin Classics. Penguin Books, 2011.

Christie, Agatha. *The Mysterious Affair at Styles*. Project Gutenberg. Web.

The Murder of Roger Ackroyd. Pocket Books, 1954.

The Thirteen Problems. William Collins Sons, 1981.

The ABC Murders. Harper Collins Publishers, 2001.

Murder in Mesopotamia. Dell, 1969.

A Pocket Full of Rye. Pocket Books, 1953.

One, Two, Buckle My Shoe. Fontana Books, 1940.

An Autobiography. Harper Collins Publishers, 1993.

Curtain: Poirot's Last Case. Fontana Books, 1980.

（Writing as Mary Westmacott）Absent in the Spring. HarperCollins Publishers, 1997.

Dickens, Charles. *Barnaby Rudge. Penguin English Library*. Penguin Books, 2012. With Illustrations by

George Cattermole and Hablot K. Brown.

Doyle, (Sir) Arthur Conan. *A Study in Scarlet. Penguin Classics*. Penguin, 2001. Introduction by Iain Sinclair. Notes by Ed Glinert.

The Sign of Four. Penguin Books, 1982.

The Adventures of Sherlock Holmes. Oxford World's Classics. Oxford University Press, 2008.

The Memoir of Sherlock Holmes. Penguin Books, 1950.

The Hound of the Baskervilles. The Modern Library. Random House, 2002. Introduction by Laurie R. King. Notes by James Danly.

The Return of Sherlock Holmes. Penguin Books, 1981.

The Valley of Fear. Penguin Books, 1981.

The Case-Book of Sherlock Holmes. Penguin Books, 1951.

Memories and Adventures. Project Gutenberg. Web.

Du Maurier, Daphne. *Rebecca*. Penguin Books, 1969.

Eliot, T. S. *Murder in the Cathedral*. Faber and Faber, 1968.

Old Possum's Book of Practical Cats. Harcourt Brace, 1982.

The Illustrated Old Possum: Old Possum's Book of Practical Cats. Illustrated by Nicolas Bentley. Tsurumi-shoten, 1980, 1997.

Gardner, Erle Stanley. *The Case of the Velvet Claws*. Ankerwycke, 1934, 1961.

The Case of Nervous Accomplice. London. Pan Books, 1955, 1964.

The Case of the Ice-cold Hands. London. Pan Books, 1962, 1971.

Green, Hugh ed. *The Rivals of Sherlock Holmes*. Penguin Books, 1970.

Haddon, Mark. *The Curious Incident of the Dog in the Night-Time*. Random House, 2004.

Lellenberg, Jon, Daniel Stashower, & Charles Foley. *Arthur Conan Doyle: A Life in Letters*. The Penguin Press, 2007.

Lofting, Hugh. *Doctor Dolittle's Zoo*. Puffin Books, 1981.

Milne, A. A. *The Red House Mystery*. Project Gutenberg.

Orwell, George. "Raffles and Miss Blandish" *Critical Essays*. Secker and Warburg, 1946.

Orczy, Baroness. "The Mysterious Death on the Underground Railway". *The Rivals of Sherlock Holmes*. Ed. by Hugh Green. Penguin Books, 1974.

Poe, Edgar Allan. *Selected Tales*. *Oxford World's Classics*. Oxford University Press, 1998, 2008. Introduction and Notes by David Van Leer.

Pugh, Brian W. *A Chronology of the Life of Sir Arthur Conan Doyle*. London, MX Publishing, 2009.

Queen, Ellery. *The Greek Coffin Mystery*. Penguin Drop Caps. Penguin Books, 2014.

The Roman Hat. New York, Mysterious Press, 1929, 1955.

Sayers, Dorothy L. *Whose Body?* Harper Paperbacks, 1995.

Clouds of Witness. Harper Paperbacks, 1995.

Unnatural Death. Harper Paperbacks, 1995.

The Unpleasantness at the Bellona Club. Harper Paperbacks, 2006.

Strong Poison. Harper Paperbacks, 1995.

Five Red Herrings. Hodder and Stoughton, 2003.

Have His Carcase. Harper Paperbacks, 1995.

Murder Must Advertise. Harper Paperbacks, 1995.

The Nine Tailors. New English Library. Hodder and Stoughton, 1982.

Gaudy Night. Harper Paperbacks, 1995.

Busman's Honeymoon. Harper Paperbacks, 1995.

Stevenson, Robert L. *Letters of Robert Louis Stevenson.*Wikisource.

Stout, Rex. *Fer-de Lance*. New York, Bantam Books, 1992.

The League of Frightened Men. Bantam Books, 1992.

The Rubber Band/The Red Box. Bantam Books, 2009.

Some Buried Caesar. Bantam Books, 1994.

*Black Orchids/The Silent Speake*r. Bantam Books, 1994.

Too Many Cooks/ Champagne for One. Bantam Books, 2009.

Murder by the Book. Bantam Books, 1992.

Death of a Doxy. 1966. Bantam Books, 1995.

Tey, Josephine. *The Daughter of Time.* Arrow Books, 2009.

Van Dine, S. S. *The Bishop Murder Case.* The Echo Library, 2007.

Wodehouse, P. G. *Thank You, Jeeves.* Penguin Books,1999.

『リーダーズ英和辞典』第二版　研究社　一九九九年

『リーダーズ・プラス』研究社　一九九四年

『ブリタニカ国際大百科事典』（電子辞書版）（ブリタニカ・ジャパン、二〇一二）

Oxford Dictionary of National Biography. Oxford University Press, 2004.

The Oxford Companion to English Literature. 6th Edition. Ed. by Margaret Drabble. Oxford University Press, 2000.

The Oxford English Dictionary. 2nd ed. Clarendon Press, Oxford, 1989.

あとがき

しばらく前から、時折目にする「推理小説の黄金時代」という言葉が気になっていた。魅力的な響きだが、いったいいつの時代をさすのだろうと漠然と考えていた。これが調べてみてもよくわからない。どうやら一九二〇年代、三〇年代をさすらしいとわかってきたが、研究書もないので、いっそ自分で確かめてみようと思ったのが出発点である。二〇〇〇年から日本シャーロック・ホームズ・クラブ関西支部に加えていただいていることも、動機の一因となった。コナン・ドイルのシャーロック・ホームズの『ストランド・マガジン』掲載を基点としてその前後を見ていくうちに、なるほどこれは「推理小説の黄金時代」だと納得できたので、まとめたのが本書である。はじめは『シャーロック・ホームズと推理小説の黄金時代』とするつもりだったが、長いので『ホームズと推理小説の時代』というタイトルになった。

推理小説の系譜といっても、ホームズとワトスンの関係を中心に据えて読んだので、多少偏っているかもしれない。また、肝心のホームズに関する部分はごく初歩的なものなので、シャーロッキアンやホームズィアンからは今さらという声があがりそうである。天才気質の気難しい探偵と、常識人で親しみのもてる助手という構図は、単に性格の違いというだけでなく、イギリスの場合、両者の出身階層の違いに由来するところがあって、なかなか興味深い問題を含んでいる。本書では取り上げなかったが、コリン・デクスターの「モース警部もの」はその良い例だろう。日本でもテレビで人気の「相棒」シリーズのエリート秀才警部と、熱血活動型凡人刑事の組み合わせも、ホームズとワトスンに由来するのだと納得できれば、おもしろいのではないだろうか。

引用した推理小説は六十年の年月をかけて、身を入れて読んだものばかりだ。何度も繰り返し読んだもの、何度も読んで覚えてしまったもの、英語で読んだもの、日本語と英語の両方を比べて読んだもの、本棚から引っ張り出して数十年ぶりに再読したもの、実家の古い本棚まで探して読んだもの、いろいろな読み方をしたが、どれもおもしろく読んだ。なかには調べていくうちに、もっと知りたくなって急遽アマゾンやネットの古本屋から取り寄せたもの、図書館まで行って探した本もあった。おかげで整理をしなければならない本棚にさらに本が増え、本の置き場所がなくなった。そのために書いている間も、校正をする間も、こちらの本棚からあちらの部屋、一階から二階へと、連日本を捜して家の中をうろついた。

今回、長年、趣味でこっそり読んでいた読書を公表する気になったのは、引退して大学の仕事から解放されたことが大きい。また、辞めたとはいえ、実は週に一度非常勤講師として「英米文学史」の授業を受け持っているので、それも推理小説の系譜をたどりたくなった一因かもしれない。文学史に登場しない「推理小説」というものを、表舞台に紹介して、この先の発展を期待したいところである。

本書は、日本シャーロック・ホームズ・クラブ関西支部で口頭発表したものや、会の論集『シャーロック・ホームズ紀要』に発表したもの、『ホームズおもしろ事典』『ホームズなんでも事典』に寄稿したものを元に、クラブ会員の活発なご意見、ご発表を聞いて新たに学習したことを加えて書きあげた。附録1の「千駄ヶ谷のシャーロック・ホームズ」は平賀三郎編著『ホームズの不思議な世界』中の同名の短編と一部内容が重複していることを、お断りしておきたい。

さて原稿を書いたのはよいが、出版先を探さなければならない。これが一番の難問である。長期戦を覚悟していたところ、昔お世話になったことのある筑摩書房編集局の渡辺英明さんからメールをいただき、なんたる奇遇かと驚いた。校正に時間を取り、渡辺さんにはご迷惑をおかけしました。本の出版についてはコナン・ドイルも苦労したし、私が研究してきたイギリスの作家ジェイン・オースティンも、アイルランドの作家ジェイムズ・ジョイスも、ずいぶんな苦労をした。それに比して、我が身の幸運というにはもったいないような、めぐりあわせにただただ感謝である。

最後に、コナン・ドイルにならうわけではないが、細かなミス、思い違いも多々あろうと思われる。同好の先輩方にご指摘いただきたく、お願い申し上げます。

毎回拙い発表に耳を傾け、有益な議論で場を盛り上げてくださった日本シャーロック・ホームズ・クラブ関西支部のみなさまを始め、追分セミナーのみなさま、たびたび貴重な情報をくださったＪＳＨＣの遠藤尚彦さんに感謝の意を捧げます。

二〇一八年二月

中尾真理

本書は「ちくま学芸文庫」のために新たに書き下ろされたものである。

現代文読解の根底　高田瑞穂

伝説の参考書『新釈 現代文』の著者による、もうひとつの幻のテキストブック。現代文を本当に正しく理解するために必要なエッセンスを根本から学ぶ。

読んでいない本について堂々と語る方法　ピエール・バイヤール　大浦康介訳

本は読んでいなくてもコメントできる！ フランス論壇の鬼才が心構えからテクニックまで、徹底伝授した世界的ベストセラー。現代必携の一冊！

高校生のための文章読本　梅田卓夫／清水良典／服部左右一／松川由博編

夏目漱石からボルヘスまで一度は読んでおきたい文章70篇を収録。読解を通して表現力を磨くテキストとして好評を博した名アンソロジー。（村田喜代子）

高校生のための批評入門　梅田卓夫／清水良典／服部左右一／松川由博編

筑摩書房国語教科書の副読本として編まれた名教材の批評編。気になっていた作家・思想家等の文章を、短文読切り解説付でまとめて読める。（熊沢敏之）

謎解き『ハムレット』　河合祥一郎

優柔不断で脆弱な哲学青年——近年定着したこのハムレット像を気鋭の英文学者が根底から覆し、闇に包まれた謎の数々に新たな光のもと迫った名著。

日本とアジア　竹内好

西欧化だけが日本の近代化の道だったのか。魯迅を敬愛する思想家が、日本の近代化、中国観・アジア観を鋭く問い直した評論集。（加藤祐三）

文学と悪　ジョルジュ・バタイユ　山本功訳

文学にとって至高のものとは、悪の極限を掘りあてることではないのか。サド、プルースト、カフカなど八人の作家を巡る論考。（吉本隆明）

来るべき書物　モーリス・ブランショ　粟津則雄訳

プルースト、アルトー、マラルメ、クローデル、ボルヘス、ブロッホらを対象に、20世紀フランスを代表する批評家が、その作品の精神に迫る。

ドストエーフスキー覚書　森有正

深い洞察によって導かれた、ドストエーフスキーを読むための最高の手引き。主要作品を通して絶望と死、自由、愛、善を考察する。（山城むつみ）

西洋文学事典　桑原武夫監修　黒田憲治／多田道太郎編

この一冊で西洋文学の大きな山を通読できる！20世紀の主要な作品とあらすじ、作者の情報や社会的トピックスをコンパクトに網羅。（沼野充義）

貞観政要　呉兢　守屋洋訳

大唐帝国の礎を築いた太宗が名臣たちと交わした政治問答集。編纂されて以来、帝王学の古典として屹立する。本書では、七十篇を精選・訳出。

シェイクスピア・カーニヴァル　ヤン・コット　高山宏訳

既存の研究に画期をもたらしたコットが、バフチーンのカーニヴァル理論を援用しシェイクスピア作品に流れる「歴史のメカニズム」を大胆に読み解く。

シュメール神話集成　杉勇　尾崎亨訳

「洪水伝説」「イナンナの冥界下り」など世界最古の神話・文学十六篇を収録。ほかでは読むことのできない貴重な原典資料。豊富な訳注・解説付き。

エジプト神話集成　杉勇　屋形禎亮訳

不死・永生を希求した古代エジプト人の遺した、ピラミッド壁面の銘文ほか、神への讃歌、予言、人生訓など重要文書約三十篇を収録。

宋名臣言行録　朱熹編　梅原郁編訳

北宋時代、総勢九十六名に及ぶ名臣たちの言動を大儒・朱熹が編纂。唐代の『貞観政要』と並ぶ帝王学の書であり、処世の範例集として今も示唆に富む。

十八史略　曾先之　今西凱夫訳　三上英司編

『史記』『漢書』『三国志』等、中国の十八の歴史書をまとめた『十八史略』から、故事成語、人物にまつわる名場面を各時代よりセレクト。（三上英司）

孫子　（漢文・和訳完全対照版）　アミオ訳　守屋淳監訳・注解　臼井真紀訳

最強の兵法書『孫子』。この書を十八世紀ヨーロッパに紹介したアミオによる伝説の訳業がついに邦訳。その独創的解釈の全貌がいま蘇る。（伊藤大輔）

プルタルコス英雄伝（全3巻）　プルタルコス　村川堅太郎編

デルフォイの最高神官、故国の栄光を懐かしみつつローマの平和を享受した〝最後のギリシア人〟プルタルコスが生き生きと描く英雄たちの姿。

和訳 聊斎志異　蒲松齢　柴田天馬訳

中国清代の怪異短編小説集。仙人、幽霊、妖狐たちが繰り広げるおかしくも艶やかな話の数々。日本の文豪たちにも大きな影響を与えた一書。（南條竹則）

ギルガメシュ叙事詩　矢島文夫訳

ニネベ出土の粘土書板に初期楔形文字で記された英雄ギルガメシュの波乱万丈の物語。「イシュタルの冥界下り」を併録。最古の文学の初の邦訳。

北欧の神話　山室静

キリスト教流入以前のヨーロッパ世界を鮮やかに語り伝える北欧神話。神々と巨人たちとが織りなす壮大な物語をやさしく説き明かす最良のガイド。

漢文の話　吉川幸次郎

日本人の教養に深く根ざす漢文を歴史的に説き起こし、その由来、美しさ、読む心得や特徴を平明に解説する。贅沢で最良の入門書。（興膳宏）

「論語」の話　吉川幸次郎

人間の可能性を信じ、前進するのを使命であると考えた孔子。その思想と人生を「論語」から読み解く中国文学の碩学による最高の入門書。

老子　福永光司訳

己の眼で見ているこの世界は虚像に過ぎない。自我を超えた「無為自然の道」を説く、東洋思想が生んだ画期的な一書を名訳で読む。（興膳宏）

荘子 内篇　福永光司　興膳宏訳

人間の醜さ、愚かさ、苦しさから鮮やかに決別する、古代中国が生んだ解脱の哲学三篇。中でも「内篇」は荘子の思想を最もよく伝える篇とされる。

荘子 外篇　福永光司　興膳宏訳

内篇で繰り広げられた荘子の思想を、説話・寓話のかたちでわかりやすく伝える外篇。独立した短篇集として読んでも面白い、文学性に富んだ十五篇。

荘子 雑篇　福永光司　興膳宏訳

荘子の思想をゆかいで痛快な言葉でつづった「雑篇」。日本でも古くから親しまれてきた「漁父篇」や「盗跖篇」など、娯楽度の高い長篇作品が収録されている。

ちくま学芸文庫

ホームズと推理小説《すいりしょうせつ》の時代《じだい》

二〇一八年三月十日　第一刷発行

著　者　中尾真理（なかお・まり）
発行者　山野浩一
発行所　株式会社　筑摩書房
東京都台東区蔵前二―五―三　〒一一一―八七五五
振替〇〇一六〇―八―四一二三
装幀者　安野光雅
印刷所　星野精版印刷株式会社
製本所　株式会社積信堂

乱丁・落丁本の場合は、左記宛にご送付下さい。
送料小社負担でお取り替えいたします。
ご注文・お問い合わせも左記へお願いします。
筑摩書房サービスセンター
埼玉県さいたま市北区櫛引町二―六〇四　〒三三一―八五〇七
電話番号　〇四八―六五一―〇〇五三

ISBN978-4-480-09847-4 C0198